月滿霜河

上

春風解凍

簫樓——著
伊吹五月——繪

好讀出版

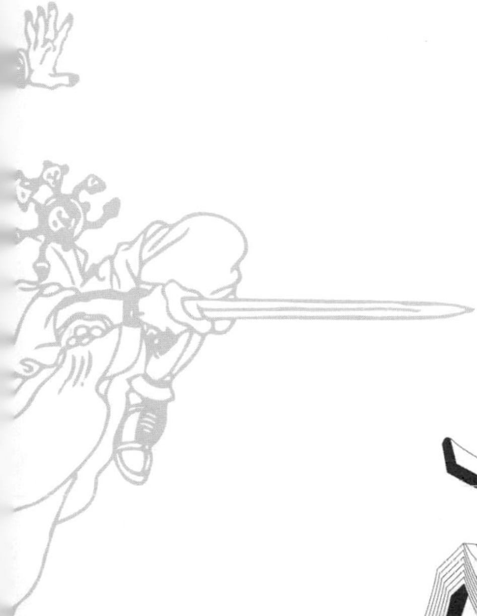

目錄

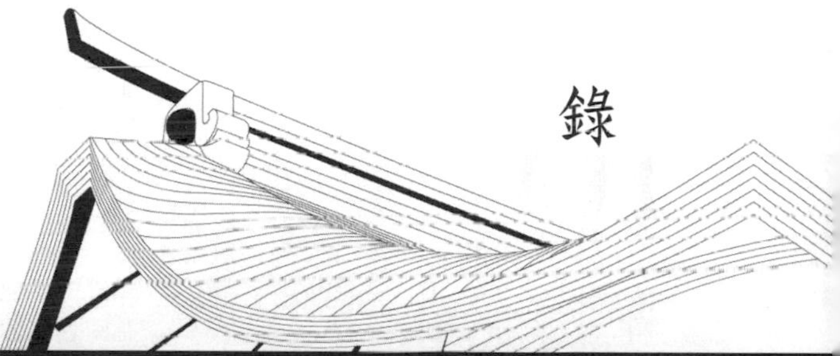

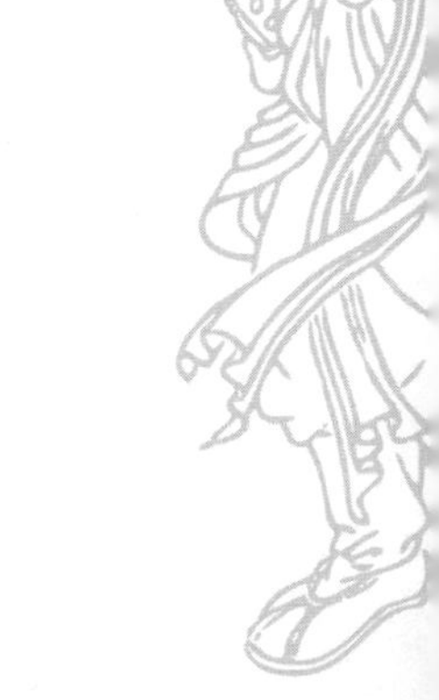

月滿霜河

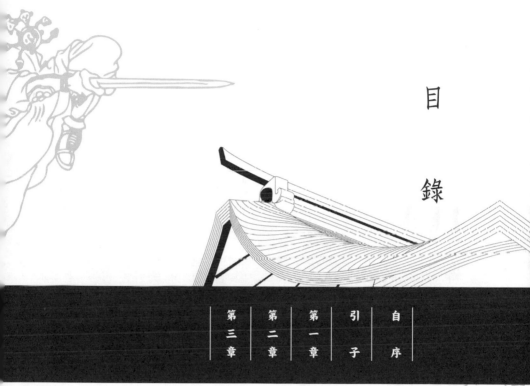

愛讓我們完滿，勇敢讓我們堅強——自序

做爲寫手，怎樣在講好一個故事的同時，向人物的內心世界做更深入的挖掘，是我一直思考的問題。因爲故事是永遠講不完的，而幽微曲折的人性才是最深不可測的黑洞。

我曾看過一本心理懸疑小說，裡面講到某種心理現象：人在遭遇了創傷性經歷以後會產生一種心理保護機制，會透過自動過濾、遺忘、改造來覆蓋掉自己的痛苦遭遇。可是這種覆蓋並不能眞正治癒人的心理創傷，潛藏在意識深處的創痛常常會透過僞裝形態重現於人的噩夢之中，如影隨形。只有當人勇敢面對眞相，接受自己內心的黑暗，才有可能眞正地放下。

看完這部小說，我深受觸動，人的心靈往往最善於自我欺騙，但它同時又是最堅韌和最強大的。我始終堅信，人們天生心靈中即存有著嚮往光明的本能，這是人抗拒沉淪進而實現自我救贖的希望。從林歸遠到孔瑄再到衛昭，都是如此。曾經有讀者反映，我的書裡男主角總是比女主角更出彩。而我自己卻一直期待能寫出一個不遜色於男主角的女主角，所以這一次，我想塑造出一個不一樣的女主角。她不萬能、不甜美，還有著明顯的性格缺憾，但她堅強獨立又刻苦，有血有肉，更貼近我們。

我想寫一個遭受過心理創傷的女子是如何克服內心陰影，戰勝自己，勇敢追求幸福的心路歷程。就像題記中所寫的：「愛讓我們完滿，勇敢讓我們堅強。」有的苦難會變成癰疽，而有的，歷經時光磨礪之後卻會化爲光彩奪目的珍珠。於是就有了《月滿霜河》這個故事，有了薛蘅這位主人公的誕生。

相比起《流水迢迢》中的衛昭和裴琰，薛蘅這個角色更加不好寫。衛昭和裴琰都是屬於比較極致的人物，

傳奇性尤強。而薛蘅，我希望她更靠近生活一點。她的缺點和優點同樣突出，寫作時既要顯示她乖僻的性格，但又不能過火，不能讓讀者討厭她，所以掌握的難度會更大。而且這還是一個偏向「女強男弱」意味的故事，有些讀者剛開始閱讀時甚至難免產生心理抵觸。不過也正因爲在這個角色身上花費許多心血，所以作者我才更偏愛她，薛蘅這個人物部分地表達出了我理想中的女性形象。

在原先的設想中，書中兩個主角皆有各自的隱痛，有著不同的心理黑暗面，但這樣一來，文中的心理描寫必然要占更重的分量。此對於古言武俠這種類型來說顯然不太適合，所以有些設計好的、更有衝擊力的橋段就只能忍痛割愛了，男主角謝朗的性格也做了相應的調整。不過細想一下，恐怕也只有這樣充滿陽光氣息、毫無陰霾的少年，才能打開薛蘅的心門，照亮她的生命吧！

除了薛蘅，文裡還寫了一系列的女性群象，有天眞癡情的柔嘉、豪爽直率的裴紅菱、機警聰慧的柴靖、睿智慈祥的太奶奶，還有對薛蘅人生影響至深的薛季蘭。這篇文也算是她們的成長故事和人生傳奇。就個人口味而言，我向來偏好江湖傳奇，所以我讓這些可親可愛的古代女性也有機會和男性一樣橫戈躍馬、縱橫四海，雖然知道這純只是個美好的幻想，可話說回來，「武俠故事」本身不就是成人的童話麼？

拉拉雜雜扯了一堆，權當是我在創造這個故事過程當中一點微不足道的心得和體會吧。如果拙作能讓讀者諸君讀後有片刻的愉悅和感動，那就是我最大的滿足了。

——作者　簫樓

引子

雪，鋪天蓋地的雪。

殷國景安八年冬天的大雪，讓許多涑陽人終生難忘。

雪是十月底開始下的，綿綿不絕，即使偶爾晴上兩日，未等積雪融化，又有一場大雪悄無聲息地降落。瑞雪兆豐年的喜悅未久便被這場二十多年來罕見的大雪沖散，涑陽城籠罩在一片白茫茫之中，襯得人們的臉色也是一片蒼白。出行不便、柴價米價暴漲、病弱孤殘在嚴寒中淒涼地死去，帝都人都被這陰沉的天空和連綿的大雪壓得喘不過氣來了。

而這年冬天發生的另一件事情，更讓本已人心惶惶的帝都陷入了巨大震驚之中：驍衛將軍謝朗，即將要在十二月十九這日，東市問斬！罪名是：裡通丹國、暗中策動神銳軍軍變、謀害御史臺大夫。

就是那個曾被殷國上下視爲民族英雄、忠貞名將的謝朗？那個膽智超群的少年英雄，如陽光般燦爛張揚的涑陽小謝？

曾經率領一千騎兵閃電奔襲，深入丹境六百餘里，斬敵三千、拔了丹軍王旗卻能全身而返的驍衛將軍，居然裡通丹國！那以忠義驍勇而聞名、立下赫赫功勛的神銳軍，竟然在謝朗的陰謀策動下全軍譁變、據城作亂！身爲謝氏嫡房獨子、柔嘉公主的未來駙馬、前程似錦的謝朗，竟然因爲陰謀敗露，暗下劇毒謀害查案的御史臺大夫！

許多人都不相信，卻不得不信。

玄貞門外御詔高貼，黃綾黑字、千鈞之筆加上朱紅之印，最末一句寫道：

十二月十九日午時三刻，東市問斬！欽此！

「謝將軍，你可有何話，要本官轉告令尊？」

乾枯的臉滿面皺紋，瘦小的身子努力支撐著稍顯肥大的官服，讓人難以相信他就是朝廷正三品大臣，刑部尚書郭煥。他微瞇著眼，看著眼前這張俊朗的面容、這經歷三個月牢獄生活卻仍英挺的身形，心中頗為感慨。他與謝朗之父謝峻同朝為官，同為正三品大臣，二人又同為顯慶六年的進士。可以說，他是看著眼前這個年輕人從粉妝玉琢的孩童，長成了英姿勃發的七尺男兒。今日，他卻要做為監斬官，驗明其眞身、親下斬令，看其血灑東市，命赴黃泉。

謝惘懷啊謝惘懷，這可要對不住你了。

不是我不想保你的兒子，實是證據確鑿，龍顏震怒啊，更何況……

郭煥捋了捋頷下稀疏的幾綹鬍子，清了清嗓子，「謝將軍，時候不早了，若是有話要轉告給令太祖母和令尊的，就說吧。」

雪，下得越發大了，空中彷彿有成千上萬的白蝶翩然飛舞。勁風吹過，又彷彿有人踏著九歌之曲，回風舞雪，攪破天地間的冷霧，飄落一地冰寒。

法場內外，數千雙眼睛穿透風雪，俱望向法場中央那道傲然而立的身影。

謝朗微微仰頭，看了看滿天飛雪，又環顧四周。東邊，滿面哀傷之意看著自己的，是陸元貞；西面，額頭青筋暴起、被幾名部下死死拉住的，是驍衛軍的翊麾校尉郝十八；遠處隱隱傳來的哭泣聲，好像是二姨娘的丫頭紅蕖的聲音。

眞好，雖奇冤難雪卻未累及他人，看來聖上對王爺、對謝家還有幾分眷護之心。

謝朗面上露出一絲釋然而近乎頑皮的笑容，可轉瞬，笑容又帶上了幾分苦澀。他扭頭望向北面天空，然什麼都看不到，天地之間唯聞風雪呼嘯。

我，等不到你回來了。

通化門。

因爲大雪，除了運送柴米油鹽的車轅，幾乎再無人馬進出通化門。守城衛士們也站不到一刻，便輪流躲到垛房裡烤火。

已近正午時分，只聽得馬蹄疾響、鞭聲勁催，衛士們不及亮戟喝問，駿馬已激起數尺高的雪塵，消失在漫天大雪之中。

有衛士欲追趕，同伴將他拉住道：「那是平王府的鐵甲棗騮駒，你找死麼？」

馬上之人穿著水藍之衫、灰色之氅，披滿一肩白雪，喝馬聲在風雪中聽來，急促而帶著幾分嘶啞。駿馬所去方向，正是距通化門不遠處的東市。

「大人，午時三刻已到。」刑部主事輕聲稟道。

謝朗抬眼望向郭煥，「煩請郭大人轉告我太奶奶和爹一句話。」

「謝將軍請說。」郭煥微笑著說道，心中卻讚了一句：「好小子，倒是個不怕死的種，都這個時候了，還如此從容鎮定。」

謝朗眉目間銳意忽濃，聲音冷靜而堅決，「謝朗不孝，卻向謹守謝氏家訓，此去無愧於天地，請二老保重！」

有人放聲大哭嚷喊：「少爺！」「將軍！」

郭煥微微點頭，轉身走上監刑臺，目光與觀斬的雍王一觸即分，雍王嘴角露出一絲難以抑制的笑容。

「午時已到，斬訖報來！」

寫著血紅大字的斬令如同地獄閻羅的索命牌，啪嗒落地，法場周圍數千百姓頓時一陣騷動。

陸元貞絕望地閉上了雙眼。

郝十八目眥欲裂，慢慢跪落在雪地上，十指緊摳著膝下的積雪，關節「喀喀」作響。

謝朗反而笑得更加輕鬆了，但無論行刑官如何推搡，他始終沒低下頭，就這麼直挺挺地站在肆虐的風雪之中。他就這麼坦然地站立，好像背後仍統領著浩然大軍，彷似在他面前的仍是敵人的千軍萬馬，彷如他仍長纓在手、銀甲在身。

行刑官無奈，只得對劊子手搖了搖頭，退開數步。

劊子手深吸一口氣，斬刀端平，微微瞇了瞇眼，再大喝一聲，雪花亂舞，刀光乍起，疾削向謝朗頸側。

陸元貞雙膝發軟，眼見就要跌坐在雪地中，卻突聽到一聲怒喝。

「刀下留人！」伴隨著這聲怒喝，挾著雷霆之力，從人群外擲來一件灰氅。

劊子手的刀在距謝朗頸側約數寸處，被這灰氅撞得脫手落地，劊子手更是承受不住這股力道，蹬蹬退後幾步。

所有人尚未反應過來，藍色身影從馬鞍上騰起，右足力踏馬頭縱向人群上方。她雙足急點，連踏數人肩頭，再運眞氣，彷似羽遊於天，於瞬間落在法場中央、謝朗身側！

陸元貞猛然睜開雙眼，郝十八疾速站起，紅蕖也止住了哭泣。

圍觀人群頓如同沸騰了的水，疾速往前湧，又在禁兵的長刀威喝下往後退。

法場內外，亂成一團。

喝聲初起，謝朗眼中神光遽閃，他呼出一口長氣，慢慢轉頭，正對上落在自己旁側的身影，對上那刻骨銘心、魂牽夢縈的雙眸。

你，終於來了！

雍王霍然而起，喝道：「有人劫法場，拿下！」

禁兵們急擁而上，藍衫女子將握著一塊玉牌的左手高高舉起，厲聲道：「我乃奉旨徹查漁州兵亂、御史大夫暴亡案之特使，天清閣閣主薛蘅，誰敢上來！」

雍王急走至監刑臺邊，怒指薛蘅，暴喝道：「兩個月期限已過，聖令昭然，謝朗罪行滔天，午時處斬。你擾亂法場，該當何罪？」

薛蘅秀眉一挑，運足真氣，法場內外數千人聽得清清楚楚，聞見她說：「謝朗一案，實屬蒙冤。我奉聖命，已經查得分明，並有人證、物證可證謝朗清白，以免聖上被小人蒙蔽，冤殺忠臣。這闖法場之罪，我自會一力承擔！但行刑之事卻須推後，待我入宮向聖上呈上證物，真相將大白於天下！」

雍王連聲冷笑，「薛閣主，這恐怕由不得你了。斬令一下，不可推後。要怪，只能怪你未在兩月期限內趕回來！」旋將手一揮，「拿下，行刑！」

薛蘅早已拔劍，劍橫胸前，森寒劍刃照亮了她的眉眼，「雍王殿下，您今日無法擒下我的。若是一意斬了謝朗，不怕真相大白後，聖上雷霆震怒麼？」

雍王將心一橫，面色更加陰沉，冷冷道：「拿下，斬！」

禁兵們再度向前衝，陸元貞、郝十八等人熱血上湧，衝破阻攔圍至謝朗身邊。郝十八雙目圓睜，喝聲震耳欲聾，「不怕死的，就來吧！」

激戰，一觸即發。

大雪仍在簌簌下著，落滿了薛蘅的劍刃，也落滿了謝朗雙肩。

素服而立的謝朗，卻只靜靜望著薛蘅，彷彿周遭一切都與他無關。看著她與雍王針鋒相對，看著她拔劍怒喝，他倏地想起她北上查案之前到天牢來看自己，卻只說了冷冷的兩句：「你還沒死。」、「要死，你也得等我回來後再死！」

他忽然呵呵笑了起來，笑容一如既往，陽光般燦爛。

薛蘅卻不看他，緊握劍柄，目光冰冷直視禁軍。

天清閣閣主名滿天下，禁軍不敢輕敵，前排執槍、後排握戟，列隊慢慢逼近。

「慢著！」監刑臺東面一直坐著的一位清矍老者站起身來，走下監刑臺。

禁兵們聽得分明，唬得紛紛讓開。臺上雍王眉頭深鎖，與刑部尚書郭煥遞了個眼神。

老者負手走到法場中央，望向薛蘅。

薛蘅鬆了口氣，收劍行禮，「請德郡王主持公道。」

德郡王盯著她看了片刻，沉聲問道：「人證、物證，可能證明謝朗清白？」

「人證、物證經得起三司會審，謝朗確係冤枉，幕後主使另有其人。」薛蘅坦然回望著他。

德郡王點了點頭。雍王焦慮，向郭煥使了個眼色。

郭煥進士出身，入翰林後專攻刑法，後由刑部主事、郎中、侍郎，升至刑部尚書，精通律法。他急忙下臺，大步走至德郡王背後，小聲提醒道：「郡王，依本朝律法，斬令一旦發出，除非有聖上旨令，否則不得收回。」

德郡王淡淡道：「那就請薛閣主入宮，去請聖上旨令。」

「依律法，斬令發出後一刻鐘內，須得完刑。」

德郡王微皺眉頭。雍王也走了過來，望著薛蘅，唇邊浮起一抹冷酷的笑容。

德郡王略略沉思，忽伸手解下身上紫袍披在了謝朗肩頭。薛蘅大喜，雍王卻赫然變色。

本朝之初，名將聶晨蒙冤，法場行刑之時，賢王趕到，將御賜王袍覆在聶晨的身上，行刑官只得依律法推後一個時辰行刑。同時吳王進宮力勸太宗，太宗終下了詔令暫緩行刑，救下聶晨一命。後來聶晨洗清冤屈，威震邊關，驅除狄虜，成爲一代名將。賢王卻因王袍覆囚之舉而被削去王爵之位，但仍成就了殷朝一時佳話。

德郡王乃當今聖上景安帝的親叔叔，年高德劭，且景安帝得以承繼皇兄之位，德郡王功不可沒。昨日他提出要來觀刑，雍王便知定是平王在背水一搏，果不其然，關鍵時刻，德郡王竟不惜被削王位也要力保謝朗。

雍王咬了咬牙，道：「一個時辰。」

德郡王望向薛蘅，「你聽見了麼，只有一個時辰。」

一個時辰！一個時辰內，要在這大雪之中由東市趕到皇宮，覲見聖上陳明一切，再由聖上下旨赦人。更要命的是，景安帝今日去了太清宮，並下令不見任何臣子。何況，這一路往太清宮，不知暗中有多少弘、雍二王手下布下的重重關卡！

陸元貞吸了口冷氣，當機立斷，趁沒人注意自己之時悄悄往外退。

薛蘅看向謝朗，目光在他面上凝住，嘴唇微微動了動。

「臭小子，要死，你得等我回來後再死！」——這句話她並沒有說出口，畢竟這裡是刑場，不是天牢。她轉頭，拔身時抛下一句：「多謝郡王！」

藍色身影迅如閃電撕開漫天雪花，越過人群縱身上馬，疾馳向皇城。

雍王眼鋒微閃，默然做了個手勢。

劇變迭生，圍觀人群早就看得呆了，鴉雀無聲。
天地之間，唯有風雪呼嘯，素羽飛捲。
謝朗望著藍色身影遠去的方向，忽咧嘴壞笑了一下。然後他用盡全部力氣，大聲喊道：「蘅姐！」
「蘅……姐……」東市、長街，他這清亮高亢的聲音穿透飛雪，久久迴響。
馬背上的薛蘅身子一僵，回頭看了看，可是人群黑壓壓一片，她看不見他的身影，但他的笑容彷彿就在眼前。她的眼窩一熱，狂抽身下駿馬，身形幾乎騰在半空，疾馳向皇宮。
謝朗笑了笑。蘅姐，我在這麼多人的面前喚過你了，你以後可不能再爲這個惱我、罵我，或是不理我了。
他轉身望向德郡王，朗聲笑道：「反正還有一個時辰才挨那一刀，不知郡王可有興趣，與謝朗對弈一局？」

第一章 冤家宜結

為首一名少年繫著白色披風，內著玄色勁裝，額上一抹鑲玉絲帶，眉宇飛揚尤顯神采奕奕。薛蘅看得清楚，正是自己的師姪謝朗。

畫舫上，粉紅翠綠的姑娘們都擁到船邊，紛紛嬌笑著揮動手中的香巾，口中嚷道：「小謝可來了！小謝，想死姐姐們了！」

她冷眼睇看謝朗與一眾少年公子興高采烈地登上畫舫，看到他笑著與畫舫上的女子一一打招呼，對此人更是不屑，冷哼一聲，「不成材的渾小子！」

一　相見難歡

殷，景安五年。

三月末，涑陽郊外西山的桃花已經落盡，落花紅紅白白、飄飄灑灑鋪滿山間，襯著山巒上的碧蘿翠樹，山腳的一帶綠水，暖意融融。這裡本爲荒山野嶺，但八年前，有位青年在此赤手空拳擊斃兩頭猛虎，轟動涑陽，更因此而被景安帝賞識，提入軍中，平步青雲，成爲天下聞名的燕雲大將軍。

從此，涑陽的王公貴族們紛紛湧來此處，以行圍打獵、狩獸爲樂，一時蔚爲殷國風尙，倒將皇族正兒八經的南蘇圍場給冷落了。

這日申時，山間犬吠聲忽盛，大隊人馬跟著獵犬由山巒上席捲而下，追趕一頭野鹿。野鹿的雙眼驚恐萬分，跳躍著東躲西藏，卻躲不開高超獵人的圍追。獵犬越發囂狂，野鹿越加悲憤，牠嘶鳴著，在包圍圈中橫衝直撞。

包圍圈外，一名穿紫色勁裝的少年側頭笑道：「柔嘉，你想要捉活的，怕是不行了。」

他身邊少女約十四五歲，穿淺綠色勁裝，身形輕盈婀娜，奔到前方一黑衣少年身邊，語帶央求，「明遠哥哥，能不能不傷牠，將牠擒下？」

黑衣少年俊眉微蹙，想了想，回身走向那紫衣少年，「請王爺助謝朗一臂之力。」

紫衣少年含笑點頭。少女卻怕傷了那野鹿，拉著黑衣少年的衣袖搖了搖，「明遠哥哥，要是沒有把握，就放牠走吧！說不定有小鹿在等著牠呢。」

「柔嘉，你放心，肯定沒有小鹿在等牠。」紫衣王爺笑出聲來。

「爲什麼？」少女清眸如水，仰頭望著他。

黑衣少年謝朗從箭囊中取出六枝長箭，一一折斷箭頭，遞了三枝給紫衣王爺，回頭笑道：「柔嘉有所不知，這是頭剛剛成年的雄鹿，當然沒有小鹿在等牠。」

少女雖不知如何分辨未成年的雄鹿，卻也放下心來，見謝朗右手輕擺，便微笑著，如同小鹿般跳開幾步。長箭慢慢搭上弓弦，獵犬在主人的號令下，只將野鹿圍住，不再吆喝追趕。野鹿趴在草地上劇烈喘氣，似是力竭，但牠的眼睛透著猩紅，彷彿在等待著，做殊死一搏。

紮步、吐氣，謝朗和紫衣王爺運力拉弓，巨弓「吱呀吱呀」輕響，弓弦漸被拉到極致。謝朗穿的是勁裝，隨著這拉弓之力，他胸前衣衫徐徐綻開，露出賁張的肌肉。綠衣少女本盯著野鹿，慢慢地視線轉到他身上，再也移不開來。

大弓拉滿，謝朗與紫衣王爺同時勁喝出聲。侍從們會意，迅速散開來，齊聲大喝。野鹿正惶惶不安，驚得猛然立起，前蹄懸空。

六枝長箭挾著勁沛眞氣射出，只在空中「嗤」的一聲閃了閃，幾乎同時射中野鹿胸腹數處。野鹿嘶叫一聲後滾翻在地，侍從們拉著大網撲過去。野鹿僅僅掙扎了數下便不再動彈，側躺在網中呦呦低鳴。

「還是明遠哥哥最棒！」少女嬌笑道。

「死丫頭！眼中就只有你的明遠哥哥！」紫衣王爺賞了她一記白眼。

少女抱住他的左臂，輕晃著笑道：「皇兄是英明神武的平王殿下，自然毋須柔嘉再誇了！」

平王笑了笑，幼妹雖偏心，但他也看得分明，自己的三枝箭稍稍落後於謝朗的箭勢。他看向謝朗，「下次賽箭，小謝別藏私，與本王正式比一場。」

謝朗正拄弓而立，聞言轉過頭來，意興勃發，「這話可是王爺說的，別到時輸了，又來尋我的晦氣！」

平王大笑，正要說話，少女忽然叫道：「快看！」

平王與謝朗同時轉頭，只見那野鹿身上，不知何時停了隻黑鳥。鳥如雲鷂般大小，渾身羽毛烏亮，在野鹿身上跳來跳去，頭微微歪著，似是好奇這大傢伙為何躺在地上不能動彈。

少女看著這隻黑鷂，心中喜愛，恨不得即刻將牠帶回宮中餵養，「明遠哥哥，我想要這隻鳥，千萬別傷牠。」

謝朗自十歲起成為平王秦磊的陪讀，隨平王同行同止，與其胞妹柔嘉公主秦姝也十分熟稔。他視她如同幼妹，向來不願拂了她的意，此刻聽她這般央求，便將右臂一攤。侍從遞上輕弓，他將箭頭折去，瞇起雙眼瞄準正在野鹿身上悠閒踱步的黑鷂，控制好力道，黑翎長箭倏然而出。

柔嘉雖知箭頭折去，黑鷂無性命之憂，但也難免擔心，在長箭射出的一瞬旋奔向野鹿。

謝朗箭一出手便知必中，輕弓在手中滴溜轉了轉，瀟灑轉身。轉身一剎那，他面色乍變，急撲出去，抱住柔嘉翻滾於地。

柔嘉天旋地轉，耳邊聽到野鹿的大叫及眾人的驚呼喝斥，待被謝朗抱著滾開很遠，再狼狽地坐起，仍不知發生了何事。

平王卻在一邊看得分明，箭射出的剎那，黑鷂振翅而飛。野鹿受驚，背脊微聳，這一箭結結實實地射在了牠身上。吃痛下牠大叫一聲，猛然掙開繩網，揚蹄站立。眼見奔過去的柔嘉就要被牠的前蹄踏中，幸虧謝朗反應極快，及時將她抱離險境。

侍從們都是平王麾下精銳之士，忙一擁而上將繩網拉緊，野鹿再無力氣掙扎。

待柔嘉反應過來發生了何事，她的纖腰正被謝朗有力的臂膀緊緊抱住，而她的頭也正依偎在他的頸窩。她正迷糊之際，平王大步過來問道：「柔嘉沒嚇著吧？」

謝朗扶著柔嘉站起，鬆開雙手，笑應：「讓她嚇一嚇也好，免得下次行事魯莽。」

平王見柔嘉神情怔怔，小臉時紅時白，忙摸了摸她的額頭，「別眞是嚇著了，回去又得挨母后的責罵。」

柔嘉回過神，瞥了瞥身邊的謝朗，面泛紅暈，低聲道：「皇兄放心，我沒事。」

平王和謝朗未在意她的異樣。謝朗正要說話，「撲楞」輕響，黑影一閃，先前那頭黑鴿竟再度從空中飛落，仍舊在野鹿身上輕輕縱躍，躍得數下，仰頭「咕嚕」數聲似在嘲笑什麼。

謝朗一擊失手，本就不豫，此時見這黑鴿「挑釁嘲笑」，心頭火起，冷聲道：「今天不活捉了你這畜生，我就不是涑陽小謝！」

柔嘉忙道：「別傷牠！」

「放心吧。」謝朗再取一枝長箭，折去箭頭，對準黑鴿。

箭影閃過，黑羽展翅，他這一箭仍射了個空。黑鴿於空中「哇」聲大叫似在炫耀，盤旋數圈後向西飛去。

眾人大感驚訝，謝朗乃世家子弟，自幼習武，其槍箭雙絕在涑陽無人不知。有仰慕他的坊間女子，更是編了一首詞，讚其風采，其中便有一句：「寒劍鵰翎，但看涑陽小謝。」

今日他射擒這黑鴿，兩度失手，平王覺得不對勁，見這黑鴿靈性十足，忙道：「小謝，這黑鴿子，只怕是有主之物……」

話剛出口，謝朗已躍身上馬，黑衣黑騎濺起一線灰塵，追著空中那道黑影疾馳而去。

平王還未下令，柔嘉也翻身上馬，大呼道：「明遠哥哥，等等我！」

黑鴿在空中時而展翅盤旋，時而拍翅低飛。

謝朗一心想生擒牠，照舊折斷箭頭，瞅準機會連射三箭，仍被這黑鴿一一避開。他少年心性，又素有些強脾氣，想起今日如果連隻扁毛畜生都拿不下，何談他日沙場殺敵、爲國效忠？

眼見黑鴿越飛越高，一直向西，而牠不時發出的叫聲更像是在嘲笑他，謝朗恨得牙癢癢，狠抽身下駿馬，緊追不捨。

再追數里，黑鴰似顯力乏，在空中低低盤旋，終於在一棵參天大樹上收翅而立。謝朗也在樹下拉住駿馬，一人一鳥，靜靜對望。

見他不再彎弓搭箭，黑鴰似是放鬆了些，再過一陣，謝朗微微笑了笑，撥轉馬頭。

黑鴰見謝朗撥轉馬頭，示威似地叫了兩聲，見謝朗不理牠，便低下頭梳理羽毛。牠低頭一瞬，謝朗猛然回身，雙臂急舉，白翎長箭如閃電般射出。

長箭出手，謝朗咧嘴而笑，卻聽有女子怒喝聲傳來，夾雜著尖細的嘯聲。一枝短箭由右前方射來，竟快過他的箭勢，在長箭快要射中黑鴰之際，將長箭擊落。

黑鴰受驚，「哇」聲大叫，撲扇著翅膀向下急落，撲入一人懷抱。

謝朗笑容僵住，抬眼望向右前方官道。只見兩名女子正策馬而立，一人年過四十而著青色衣裳，一人二十來歲而穿藍色粗布衣裳，兩人身上皆沾著灰塵，想是長途跋涉、風塵僕僕。

黑鴰在那藍衫女子懷中拱躍，女子不停輕撫著牠，像啜哄受驚的孩子，「小黑乖，不怕……」

黑鴰慢慢平靜，藍衫女子抬頭直視謝朗，冷聲道：「渾小子，你為何要傷我家小黑？」

謝朗這才知平王之話沒錯，黑鴰果是有主之物，不禁面上一紅，一時間不好答話。馬蹄聲響，柔嘉策馬趕將上來，嬌聲大呼：「明遠哥哥，射中了麼？」

「抱歉，在下並不知這鳥是有主之物，一時興起……」謝朗向藍衫女子抱拳微笑。

藍衫女子冷哼一聲，打斷了他的話，「萬物皆是生靈，難道因為是無主之物，你就可濫殺生靈麼！」

謝朗見她怒目而視，再見那黑鴰確實嚇得不輕，只得拱手致歉，「大姐見諒，是在下一時魯莽，先行賠罪。只是大姐有所誤會，在下並非想傷牠，只是舍妹見牠可愛，一時動了豢養之心。」他右手慢慢托起，手中一枝長箭已折去了箭頭。

藍衫女子卻冷笑道：「誰是你大姐？沒規矩的渾小子！」

柔嘉畢竟是皇室公主，天生嬌貴，眉宇間傲氣湧上，手中馬鞭怒指藍衫女子，「大膽……」

謝朗知己方理虧，不欲糾纏，又見那女子袖箭了得而擔心柔嘉的安全，也不再多說，拉過柔嘉的馬韁微微運力。柔嘉話尚在嘴邊，已被他拉得一同馳向來路。

望著兩騎遠去，藍衫女子忿忿地罵了聲：「臭男人！」

一直未出聲的中年女子眉頭微皺了一下，策馬前行，「走吧，得趕在天黑前進涑陽。」

日落時分，二人隨著喧鬧的人群進了城。涑陽是殷國京都，千年古城，物華天寶，又未受十七年前那場令生靈塗炭的大洪災影響，隱然已成為天下最富庶繁華的都城。

青石長街，店鋪林立，人群熙攘。二人牽馬慢慢走著，青衣女子歎道：「時間過得真快，一晃十二年過去了。十二年前，涑陽還沒有這麼熱鬧。」

藍衫女子是頭一次來到京城，雖性格持重，也不禁好奇地四處張望，聞言轉過頭來，「娘，當年您與方道之先生一番辯論，轟動殷國，可惜阿蘅無緣一睹娘的風采。」

青衣女子怔了一下，胸口微微發悶，再走數步才微笑道：「方先生德高望重、才華蓋世，他是故意相讓，倒非娘真的贏了他。」

藍衫女子阿蘅卻是不信，娘才華蓋世，為天下女子之翹楚，又何須男人相讓？

「這次娘可得帶阿蘅去拜會方先生，阿蘅有些問題想請教方先生。」

青衣女子淡淡道：「再說吧，也不知得不得空。」

二人轉過數條大街，在一處赫赫府第前停住腳步。這是一處黑門大宅，高高的門楣上懸掛著鎦金大匾，上頭以楷體端正書寫著「謝府」兩字。府門前，七八名黑衣家丁正伸長了脖子向遠處望著。

青衣女子提步走向石階，剛踏上兩級，一名年長些的家丁喝道：「你是何人？」

青衣女子微微一笑，「我要見你家大人。」

家丁見她粗布衣裳似是村婦，但眉目淡雅，有股掩飾不住的書卷氣，而她身邊的年輕女子同樣眉清目秀，身形高瘦挺直，自有一番傲氣，倒也不敢怠慢，「我家大人剛剛下朝，敢問大嬸貴姓，小的也好通報。」

「我姓薛，從洛北孤山而來。」

家丁記下，又轉身向其餘家丁道：「看著點，少爺回來了，就好生伺候著！」急急由小角門進府。

過不一會兒，府門大開，一名中年男子急步而出，看清石階下的青衣女子，忙上前躬身行禮，「謝峻見過師叔！」

府門前，家丁們皆張大了嘴，個個難以置信，自家老爺、當朝正三品大員、工部尚書，竟會對一村婦口呼「師叔」。只有一名年長些的依稀知道，老爺年幼時投入聞名天下的天清閣讀書學藝，看來這貌不驚人的中年女子，就是現任天清閣閣主薛季蘭了。

謝峻側身將薛季蘭迎入正堂，丫鬟們奉上清茶。謝峻看了看立在薛季蘭背後的藍衫女子，微笑道：「這位是……」

「是我的三女兒，薛蘅。」

薛蘅神情淡靜，穩步上前，如男子般長揖見禮，「薛蘅見過謝師兄。」

「師妹多禮了。」謝峻伸手虛扶了一下，呵呵笑道：「師叔來得正好，師姪眼下正有件要緊事，想請師叔幫忙。」

薛季蘭還未答話，前堂傳來一陣喧擾之聲：「少爺回來了！」「少爺今天打了頭大野豬！」

謝峻眉頭一皺，見薛季蘭停住飲茶望向前堂，不由苦笑，「犬子頑劣，都十七歲了，還只識習武練箭，讓師叔見笑。」

薛季蘭唇邊帶著一絲微笑，似是想起了什麼，聲音也帶上幾分柔和，「少年心性本就如此，憫懷不必過於約束他。」

「是、是、是。」謝峻連聲應是。

腳步聲響，黑衣少年踏進正堂，端正行禮，聲音清朗，「朗兒給爹請安！」

謝峻看著兒子身上的泥土草屑，還有額頭上的汗跡，怒意湧上，「瞧你這樣子，成何體統！」

「爹有所不知，今日是殿下定要朗兒陪他去狩獵，並非朗兒貪玩。」黑衣少年抬頭笑答。

謝峻冷哼了一聲，「有長輩在，你也是這麼不識禮數。還不快拜見師叔祖和師叔！」

謝朗狩獵歸來，在府門前早有家丁偷偷告知：老爺在正堂陪一名從洛北孤山來的師叔說話。他本來怕爹責罵，想偷偷溜到太奶奶那裡避避風頭。聽到有長輩在，想來爹不會當著長輩的面痛罵自己，心中一喜，知機不可失，便施施然來正堂請安。

聽到謝峻此言，他忙整了整衣襟，垂首走到薛季蘭面前，恭恭敬敬地行大禮，「謝朗拜見師叔祖！」

薛季蘭柔聲道：「朗兒起來吧，十多年不見，長這麼高了。」

謝朗素來不喜長輩們將他當小孩看待，聽薛季蘭這話不由腹誹了幾句，但表面上仍端正致禮。他又向薛蘅行禮，「謝朗拜見師叔。」

薛蘅自謝朗邁入正堂，便認出他是先前在西山欲射擒小黑的那名黑衣少年，見他竟是謝師兄的公子，暗道原來如此。這等官宦紈袴子弟，她向來有幾分厭惡，見謝朗在自己面前深深彎腰，有心折他一番，半晌都不發話，直至薛季蘭回頭看了她一眼，方冷冷淡淡回了句：「不必多禮，師姪起來吧。」

謝朗微笑著站直，這才看清面前二人的相貌，不由「啊」的大叫一聲。

謝峻正端起茶盞喝茶，聽到謝朗大叫，抬頭怒道：「毛毛躁躁的，像什麼話！」

謝朗心呼不妙，他知爹雖習過武藝，卻因謝氏世代簪纓，為殷國名門望族，習武只圖防身，仍以詩書傳家，對自己習武弄劍、狩獵鬥箭向來不滿。爹更恪守名士持身之道，不欲捲入朝廷各派系的鬥爭之中。自己因被聖上欽點為平王陪讀，與平王過從甚密，爹還屢屢警告：莫要參與皇族傾軋，以免給謝氏帶來滅頂之災。

他雖心中另有打算，卻不便詳細告知謝峻。眼見謝峻就要動怒，謝朗靈機一動，右臂偷偷移到背後，只聽「啪」的一聲，一物掉在地上，他忙俯身去拾。

謝峻怒氣沖沖，問道：「什麼東西？」

謝朗將一枚豆綠色卵石奉到謝峻面前，「是西山山頂月泉中的碧瑩石。太奶奶昨天念叨，說年輕的時候在西山玩，看到那月泉中的石頭很漂亮，朗兒聽著便記下了。今日殿下相約，朗兒本來不想去的，但聽說是去西山，一時想起太奶奶說的話就去了，正想著要把這石頭給太奶奶送去。」

謝峻對七十五歲的老祖母極為孝順，聽到是老人家念叨著的東西，忙說：「快送去吧。」又板著臉道：「給太奶奶請過安後，到澹然閣來，我有話要問你。」

謝朗應是，躬腰退出正堂。他轉過迴廊，估計爹再聽不到自己的聲音，嘟囔道：「什麼鬼師叔！都比我大不上幾歲，還是個女流之輩！」

望著謝朗遠去的身影，薛蘅面上露出不屑之色。卻聽謝峻向薛季蘭笑道：「犬子頑劣，讓師叔見笑了，我還想著要將他送到師叔那裡學藝，請師叔好好約束約束。」

薛季蘭微笑說：「我看他的根骨，倒是極佳的練武之才，而且頗有將星之相，憫懷不必約束他。本門向來注重因材施教，當年憫懷入閣，程師兄覺得憫懷適合數學、水利、工器之道，這才成就了憫懷一代能臣。若非如此，當年的大洪災，殷國不知還要死多少百姓。」

謝峻忙道：「師叔過譽。」又歎，「唉，只恨憫懷學藝不精，未能及早勘到洪災，致使……」

「憫懷不必自責，津河之難實乃天意，非人力所能阻擋。我由孤山一路向東，看著憫懷這些年主持修建的水利工防，殷國百年內應當再無洪災之虞。」薛季蘭憶想起十七年前生靈塗炭、洪魔肆虐的情形，深深地歎了口氣。

許是洪災話題過於沉重，二人都不再說話，謝峻命丫鬟們將薛氏母女帶到秋梧院歇息。待丫鬟退下，薛蘅忍不住冷哼一聲。薛季蘭放下包袱，回頭問道：「阿蘅，怎麼了？」

薛蘅從銅壺中倒水，替薛季蘭擰來熱巾，又替她輕捏著雙肩，過了片刻才道：「娘，我記得《山河注》上說過：西山月泉水質特殊，碧瑩石浸在其中時呈嫩綠色，若離了月泉，便會在數日之後轉爲豆綠色。剛才那臭小子手中的石頭是豆綠色的。」

薛季蘭微愣，然後笑了起來。

薛蘅撇嘴道：「他根本就是存心搪塞謝師兄，那石頭是他從前就預備下的，他忙著打獵，才不會到月泉去取一塊石頭。」

薛季蘭搖了搖頭，「我觀那孩子秉性純良，雖稍嫌頑劣，只因年紀尚幼而未經歷練，他日必成大器，你不可小覷了他。明日你謝師兄稟過聖上後，咱們便要進宮，早點歇息吧。」

薛蘅不以爲然，從布囊中取出小黑，見牠無精打采，撫了撫牠的頭，「自己玩去吧，但這裡人多複雜，你小心點。」說著走到窗前，舉起右臂放小黑振翅而去。她再走回榻前端坐下來，閉上雙目進入渾然忘我的境界。

薛季蘭從行囊中取出一本書，看得幾頁，再抬頭看著薛蘅練功的樣子，輕不可聞地歎了口氣。

第二日謝峻下了早朝，便有旨意進謝府，宣天清閣閣主薛季蘭及其義女薛蘅進宮覲見帝后。

薛季蘭與薛蘅仍是粗布衣裳，未施脂粉，素面入宮。母女二人隨著內侍到了重儀宮，馬上又有旨意到，說帝后正在御苑賞花，宣薛氏母女御苑覲見。

二人隨著內侍一路而行，眼見前方綠丘隱現，也聽到了一陣歡笑聲。

薛蘅穩步走著，忽然身子向左急側，右手往空中一探，將迎面飛來的一顆彩球牢抓在手中。她低頭細看，察見是殷國貴族們喜歡玩的遊戲——擊鞠。

「喂，扔回來！」

薛蘅抬頭，只見前方御苑紅牆上有個少女探出頭來。

「哎呀，公主，這樣好危險……」

「公主，小心些……」

薛蘅看清這少女正是昨日在西山跟隨著師姪謝朗的那名綠衣少女，才知她竟是今上的公主，忙微微低首，右手輕揚將彩球擲了回去。

柔嘉伸手接過，也未看清來人模樣，笑著跳回草地上，「父皇打出界外便是輸了，再來！」

「好，再來，今天朕非贏了你這小丫頭不可！」景安帝饒有興致地微笑。

有內侍入苑跪稟道：「啓稟陛下，天清閣閣主薛季蘭率義女薛蘅覲見。」

景安帝放下擊杆，轉身道：「平王來接著打吧。」

平王本侍奉在側，聞言忙上前雙手接過擊杆。

柔嘉卻悶悶不樂，「我不和皇兄打，他喜歡使詐！」

景安帝呵呵笑著，在銅盆中淨了手，待薛季蘭與薛蘅走到面前呼聖跪落，和聲道：「薛先生平身！」

薛季蘭站起，又向一旁的皇后行大禮。皇后上前攙住她的手，親熱道：「十二年未見，薛先生風采依舊。」又看著一旁垂首而立的薛蘅，微笑道：「這就是先生的義女？第幾個？」

「回皇后，她叫薛蘅，是臣收的義女，排行第三。」

景安帝洗淨手，命內侍在湖畔涼亭賜座。眾人坐定，看著遠處的平王和柔嘉公主擊打彩球，聽到柔嘉不停的嬌嗔聲，皇后微笑道：「這就是柔嘉，當年多虧薛先生救了她一命，現下長這麼大了。」

今上景安帝本為先帝昌宗的同胞弟，昌宗無子，才傳位於景安帝。十二年前，薛季蘭入京，景安帝還潛龍於王府，皇后也只是一名側妃，柔嘉當時僅三歲，某夜突發疾病，太醫束手無策，眼見就要小命不保，薛季蘭當夜正與方道之在王府辯論，看出異樣，一掌擊上柔嘉背心，柔嘉吐出一粒棗核，眾人這才知她是被棗核卡住咽喉。幸有薛季蘭，柔嘉才撿回一條小命。

薛季蘭聽到皇后此言，乍然想起某道月白色身影，心尖處隱隱作痛，面上卻仍保持著恭謹的微笑，歎道：「十二年過去，臣老了許多，陛下和娘娘卻仍如昔日一般，真是大殷之幸！」

景安帝和聲道：「薛先生此次進京，不知要住多久？朕去歲冬天見到方先生，他當時正在卜卦，說薛先生不是今春便是今夏要重返京城，朕還不信。現下看來，方先生的卦實是神準。」

遠處，柔嘉公主的嬌笑聲穿破一池碧水傳來。涼亭邊，梨花碎落如雨，隨風飄揚。

薛季蘭覺涼亭一角外的碧藍天空有些刺目，垂下眼眸，從袖中取出某樣東西呈於景安帝面前，道：「臣斗膽，此次進京，替三女薛蘅求陛下玉印加符！」

二　試玉

景安帝正飲茶，聞言吃了一驚，連咳數聲。宮女、內侍們蜂擁過來伺候，景安帝待氣順些，揮手命眾人退去，涼亭中僅餘帝后及薛氏母女。

景安帝望著跪在面前的薛季蘭，許久方道：「薛先生，你正當盛年，爲何早早便要定下接掌天清閣之人選？」

「啓稟陛下，是爲了《寰宇志》。」薛季蘭從容答道。

景安帝猛然站起，大聲道：「《寰宇志》！」

「是。」

景安帝大喜，急忙上前扶起薛季蘭，「薛先生找到《寰宇志》了？」

薛季蘭忙躬腰答道：「臣有負聖恩，《寰宇志》尚未尋獲。」

景安帝「啊」了一聲，失望之情溢於言表。

二百多年前，齊、梁二國雙分天下，東西對峙，齊國更是昌盛一時，疆土龐大，卻因齊煬帝窮兵黷武，國力消耗過巨，致使民不聊生，天下大亂。最終殷國太祖皇帝率兵起義，滅齊立殷。

當時輔佐殷太祖打天下的是一位奇人，自號「青雲先生」，其人文武全才，精通天文地理、算術兵法。殷太祖立國後，本要冊封其爲鎮國公，青雲先生堅辭不受，掛冠而去，雲遊至殷國西境的孤山後定居下來，廣收門徒成立了天清閣。

太祖見青雲先生無意當官，尤感敬佩，遂頒下旨意：天清閣歷任閣主都封爲「國士」，並將數名皇子送去天清閣學藝。其後二百多年，世家子弟入天清閣學文練武之人層出不窮，現任工部尚書謝峻便是其中一名。

青雲先生爲了表示對太祖的忠心，也留下遺囑：歷任天清閣閣主，在選定下一任閣主時，必須持傳宗之符親自入京求得當今聖上的玉印，才能傳位於下任閣主。

青雲先生仙去時，留下一封密函，說明其所學均來自一本《寰宇志》，但他亦只參透其中三分。陰差陽錯，他學到這三分後，《寰宇志》就不知何故下落不明了，他留下一些線索，希望有弟子能尋到，令其重見天日並為社稷朝廷所用。

其後二百餘年，朝中密探及天清閣門下弟子皆在尋找《寰宇志》的下落，卻一直未有所獲。

十七年前津河大洪災，殷國蒙難，北面疆土屢被丹族占領，而濟江以南也為當地世族軍閥所割據，至今未能收服。先帝昌宗在面對如此大的紛亂時，曾經歎道：「若有青雲先生再生，若有《寰宇志》在手，又何愁南方不定，何愁丹族侵擾！」

所幸殷國根基尚在，昌宗又在洪災後與民休息，北面也屢有勝績，漸將丹族往北驅趕。至於南面被各世族軍閥割據的疆土，只因隔著天險濟江，才一直未能平定。

景安帝即位之初便派人暗中尋找《寰宇志》，一直未能如願。此番聽薛季蘭提起《寰宇志》，以為已經找到而大為激動，再聽尚未找到，不免有些失望。

薛季蘭婉轉道：「啓稟陛下，《寰宇志》雖未能找到，但臣已獲知一些線索。」

「哦？說來聽聽。」

「線索是一本書，臣為了參悟這本書，心力損耗過巨，落下了疾患。」

皇后聽著，不由心疼道：「實是有勞薛先生了。」

薛季蘭謝過恩，續道：「臣所幸不辱聖恩，參悟了五六分，但若想繼續參透此書，須得尋一僻靜處，放下一切門內俗務，所以臣不適於再擔任天清閣閣主一職。臣之三女薛蘅勤奮好學、資質出眾，技藝出類拔萃。臣請陛下恩准，由她接任天清閣閣主一職，臣便可放心尋找《寰宇志》。」

景安帝默然聽著，待薛季蘭說罷，沉思良久，又看了看靜立一旁的薛蘅，語帶疑慮，「薛蘅，你今年多大了？」

薛蘅不慌不忙，跪下回答：「回陛下，民女薛蘅，今年實歲二十有二。」

「這個……」景安帝向薛季蘭道：「會不會太年輕了些，又是女子？朕記得你有個義子，排行老大的，十二年前你帶到涑陽來的那個，朕瞧著他不錯。」

薛季蘭愛憐地看了薛蘅一眼，「阿蘅雖然年輕，又是女子，但她日後成就必在臣之上，臣決心已定，請求陛下恩准！」

暮春之風自湖面颼過來，涼亭內隱入長久靜默中。

湖對面，柔嘉將彩球擊入門洞，如小雀兒一般跳躍，但她身邊的平王卻持杆而立，轉頭望向涼亭這邊。

景安帝思考片刻，頷首道：「朕可以准薛卿所請，但有一樣條件。」

「求陛下明示。」

景安帝站起身往涼亭外走去，眾人連忙跟上。一行人逶逶迤迤出了御苑，過了數處宮苑，景安帝在一處廢墟前停住腳步。他望著廢墟，眼中隱有淚光。

皇后上前柔聲勸道：「請陛下保重龍體，姐姐若還在世，也不願看到陛下爲她傷心。」

景安帝歎了口氣，轉頭望著薛蘅，「薛蘅。」

「民女在。」

「這是故皇后所居的鳳儀宮，故皇后去後一直空著，前月不幸失火。朕現下打算重建鳳儀宮，想趕在故皇后冥誕前落成。但工部派人看過，說要清理此處雜物，又要運來大批材料，還要取來新土動工，五個月的時間實在不足，加上此處位於皇宮東北，重建此舉會嚴重影響宮內風水。朕命你三日之內想出法子解決此等問題，若能辦到，朕就允了薛先生的請求。」

他停了停，又道：「這三日，薛先生便住在宮中，不得爲薛蘅出謀畫策。」說完袍袖一拂，不再看薛蘅，逕向南面走去，皇后與眾人急忙跟上。

薛季蘭看了薛蘅一眼，拍了拍她的肩膀，跟著離去。

薛蘅在廢墟附近詳細查勘，不多時，工部官員奉旨趕到，爲首之人正是謝峻。

謝峻一直在爲此事煩惱，昨日薛季蘭到來，他便指望掌門師叔幫襯自己一把。景安帝這道旨意一下，他心裡樂開了花，薛蘅倘能解決這些難題自然大好，要是連天清閣的嫡傳弟子都不能解決，日後聖上也怪不到他。當然，若是能夠不重修鳳儀宮則最好不過，他還指望用這三百萬兩銀子去興修津河的水利，偏偏用來重建鳳儀宮，今年的水利銀子就捉襟見肘了。

可景安帝對故皇后情深義重，御史大夫們屢次上疏，勸諫停止重建鳳儀宮，景安帝勃然大怒，一一斥回，還罷了數人的官，遂沒人再敢多言。

謝峻陪著薛蘅於鳳儀宮附近詳細地查勘，直到天色漸黑，薛蘅仍未想到良策，兩人只得趕在宮門落鑰前出了玄貞門。

謝府家丁牽過馬來，謝峻招呼薛蘅上馬。薛蘅卻聽到空中一聲鳴叫，她面無表情，向謝峻道：「謝師兄，我還得再看看這京城的地形，說不定可尋出法子。」

謝峻雖然多年不曾回過孤山，但與師兄弟們向有聯繫，也隱隱聽聞，這位最受掌門師叔器重的三弟子秉性古怪。聽說她十分勤奮，經常挑燈夜讀到天明，又天性儉樸，一年四季就是兩三件衣裳；住在孤山最簡陋的竹廬，屋內不見任何裝飾之物；還不苟言笑，視男人如惡仇等等。如今聽她這麼一說，他忙道：「師妹自便。」

薛蘅緩步走出數條大街，轉入一條小巷，甫將手指放在唇間，吹了聲口哨。撲楞聲響，小黑從空中撲下，薛蘅一把接住，嗔道：「到哪裡玩了一天？」

小黑抬頭叫了一聲，振翅往西邊飛去。

薛蘅兩年前在孤山一處峭壁上撿到奄奄一息的小黑，與二哥薛忱想盡辦法才救回牠一命，從此小黑便與她和薛忱形影不離。兩年的朝夕相處，她早明白小黑鳴叫的意思，見牠低低而飛，遂提步跟上。

薛蘅循著小黑的鳴叫一路向西，穿過繁華大街、熙攘人群，小半個時辰後，站在了一池平湖前。

此時已是華燈初上，涑陽城的夜晚仍如白晝般喧囂熱鬧。

明月生輝，湖邊垂柳輕擺，湖水閃耀著粼粼波光。

湖面上，數十艘畫舫緩緩移動，舫上歡歌笑語、絲樂陣陣。

薛蘅聽著畫舫上傳來的女子嬌笑聲，再看看湖邊石碑上刻著的「翠湖」二字，搖了搖頭，惱道：「堂堂天子腳下，居然也放縱這等煙花之地。」

小黑從空中落下，「哇」聲大叫。薛蘅板起臉來，「小黑，你是正經人家的孩子，別來這種地方。」

小黑又展翅飛上半空，仍然連聲大叫。薛蘅正要喚牠下來，忽聽靠近湖邊一艘畫舫上傳來十餘名女子的嬌呼聲。

「小謝！小謝！」

「小謝來了！」

馬蹄躂躂，湖邊碎石路上，數騎疾馳而來，到了拴馬柱前，「唏律律」一陣長嘶，眾人齊齊下馬。

爲首一名少年繫著白色披風，內著玄色勁裝，額上一抹鑲玉絲帶，眉宇飛揚尤顯神采奕奕。薛蘅看得清楚，正是謝師兄的公子，自己的師姪——謝朗。

畫舫上，粉紅翠綠的姑娘們都擁到船邊，紛紛嬌笑著揮動手中的香巾，口中嚷道：「小謝！」「小謝可來了！」「小謝，想死姐姐們了！」

薛蘅這才知小黑在空中發現了謝朗的行蹤，牠昨日險被謝朗一箭射中，想是不甘心，探得他行蹤後旋來通知自己。

她冷眼睇看謝朗與一眾少年公子興高采烈地登上畫舫，看到他笑著與畫舫上的女子一一打招呼，對此人更是不屑，冷哼一聲，「不成材的渾小子！」

她對這等景象極爲厭惡，轉身快走。小黑再叫數聲，見主人並不回頭，也只能慢慢跟上，不時叫上一聲，似是因主人不能替自己報一箭之仇而倍感委屈。

畫舫在湖中慢慢行著，不時有絲竹聲和女子嬌笑聲傳出，有遊客自湖邊經過，稍加打聽，不禁都感歎謝家公子年少風流、豔福無邊。

畫舫底艙，謝朗挑起珠簾，見平王正執筆疾書，笑道：「王爺倒是自在，害我又白擔這風流名聲！」

平王抬頭笑了笑，放下筆，肅容道：「來齊了麼？」

「都到了。」謝朗與一眾少年依序坐下。

平王向謝朗微笑，「委屈明遠了，皇兄盯得緊，本王又未開府建制。咱們雖然義氣相投，也只能借這珍珠舫來聚會議事。」

謝朗擺擺手，笑應：「不妨、不妨，謝朗早說過，這顆腦袋都是王爺的，何況區區名聲。萬一傳到我家老爺子耳中，大不了讓他揍一頓就是。」

少年們轟然大笑，一個接一個揶揄，「小謝，你皮厚，讓你家老爺子多揍幾板子，又有何妨呀。」「實在揍得厲害，讓太奶奶出面，大事化小，小事化無。」
平王待眾人笑罷，叩了叩案几。屏風後轉出一位姑娘，眉目豔麗、膚色勝雪，手中捧著一卷畫軸。沒見過這位姑娘的少年俱各心中暗凜，他們皆懷一身藝業，卻沒能聽出屏風後有人，看來她定是珍珠舫的主人——秋珍珠。
眾人都知秋珍珠乃平王心腹。平王屢受弘王、雍王合力排擠，又未開府建制，多有不便，故只得暗中建了這艘珍珠舫，由秋珍珠主持，負責打探和傳遞情報、討論朝政，同時暗中培養自己的勢力。
秋珍珠微笑著將卷軸展開。平王面容嚴肅，指向圖上某處，道：「據最新收到的消息，丹軍已移至此處，靳燕雲的人馬正往此處調集，估計不久會有一場血戰。」
他的手在圖上劃過，「這是丹軍和我軍的調兵路線，時日緊張，咱們的人沒法子弄清楚全部的情況，但大致相差不多。」
謝朗看著地圖，雙目生輝。旁邊一位少年卻眉頭緊鎖，喃喃道：「危險！」
「元貞說得對，靳燕雲此次略嫌冒進，十分不妙。」平王點頭道。
陸元貞托住下巴沉思片刻，又道：「從地形來看，靳燕雲若在此處戰敗，只怕性命難保。」
「爲何？」
「不好說，只願我的一番猜測莫成眞。」陸元貞歎道。
平王也歎道：「可惜靳燕雲死腦筋，我若修書警告他，他定會細稟父皇說本王干預軍事。倘被大哥和二哥得知，安本王一個干預兵權、圖謀不軌的罪名，可就……」
「是啊。」陸元貞想起朝中局勢讓平王束手束腳，縱然預感到前線危急，亦無法化解，不由心情沉重。
謝朗卻想到下一著，忙道：「若靳燕雲眞的戰敗，岷山危險！」

「不錯。」平王道：「所以靳燕雲必會分出人馬固守岷山，他若戰敗身亡，丹族要攻下岷山也非輕而易舉之事。這時，父皇定會從朝中另行選派將領。」

少年們明白過來，紛紛摩拳擦掌，「我們無論如何要抓住這個機會，非把兵權拿到不可。」

平王目光自眾人面上一一掠過，沉聲道：「現下要做的便是等待時機，只要前線戰報一回，趁皇兄不備，將兵權搶到手！」

謝朗馬上拊掌，「好！咱們就詳細籌畫，等軍報進京，不管出現什麼情況，隨機應變，要搶在弘王之前將兵權奪到手！」

畫舫在少年與歌妓們的歡聲笑語中緩緩靠岸。

謝朗一副喝多了的樣子，與眾歌妓依依惜別，踏鐙上馬，往城東謝府馳去。他怕弘王手下暗中監視自己，仍裝出一派胡鬧模樣，若非家僕緊跟著，險些就跌落下馬來。

回到府門，遙見大門左邊掛起了兩盞燈籠，正是家丁們以暗號通知：老爺在正堂等他回府。

謝朗不由發愁，這麼晚才回家，又不能向固執的爹說出與平王密商要事的實情，只怕一頓責罵是免不了的。他想了想後輕輕下馬，小廝們會意，將馬牽開。

他沿著牆根一路向西，在西南角停住腳步。這裡是無人居住的秋梧院，通過這院子即可直達太奶奶住的碧蘭閣，只要在那裡躲上一夜，便可萬事大吉。

謝朗得意地笑了笑，將披風解下繫在腰間，腳尖在牆壁上點了點，身形如壁虎般蹭蹭兩下，眨眼工夫便攀到了牆頭。他剛將身子閃過牆頭，正要翻入院內，忽有一物撲來，疾如閃電。謝朗躲閃不及，被那物啄中右肩，「哎喲」一聲跌落牆頭。

水花四濺，謝朗全身一涼。他竟一時忘了秋梧院內有處荷塘，先前爬上牆頭正近荷塘邊，這一跌剛好跌入水中。

秋梧院久未住人，荷塘一片枯敗景象，淤泥也積得很深，謝朗狼狽萬分地從淤泥中提出雙腿，游向岸邊。黑影再度撲下，謝朗水性不佳，既要躲避襲擊又要不沉入水中，照顧不暇，左肩再被黑鳥啄了一下。

黑鳥不停攻擊，謝朗躲閃間怕父親聽見，不敢怒喝出聲。黑鳥卻甚是得意，「哇哇」大叫。

待謝朗千辛萬苦地攀上岸邊的石頭，抹去面上水珠後睜開眼，一雙寒星似的眼眸嚇得他大叫一聲，復跌回水中。

薛蘅冷眼看著水中掙扎的謝朗，見他即將上岸，喝道：「哪裡來的毛賊！」隨手折下一根竹枝，「唰唰」幾下攻向謝朗。

謝朗抵擋不住，「撲通」一聲再度落水。眼見薛蘅守在岸邊，他怕爹聽到動靜趕來，忙低聲道：「是我呀。」

「你是誰？」

「可惡！」謝朗心中暗罵。但領教過薛蘅方才那幾招，他知自己不是她的對手，只得放軟語氣道：「我是謝朗。」

「謝朗是誰？爲何夜闖他人府第！」

謝朗恨恨地翻了個白眼，萬般無奈，咬牙道：「師叔，我是您的師姪，謝朗。」

薛蘅緊盯著他，語帶疑慮，「我的確有個師姪叫謝朗，可他就是這家宅子的主人。若是主人，爲何不由正門出入，要行這宵小之事？」

謝朗見她不再出招，語氣也有所緩和，忙爬上岸。他怕爹發現，顧不上全身濕透，趕緊往院門溜去。

人影一閃，薛蘅攔在他面前，冷冷道：「天黑無燈，我看不清你的面目，怎知你就是我師姪謝朗？若眞是謝朗，爲何要從這處翻牆入院？」

羽翅輕響，小黑落在薛蘅肩頭，牠看著謝朗狼狽之狀，想是十分得意，「哇哇」仰天連叫數聲。

謝朗對這扁毛畜牲恨到極點，心頭火起，怒道：「這是我家的宅子，我想怎麼走就怎麼走！你管不著！」

「畜生！」怒喝聲傳來。謝朗眼前一黑，只見謝峻正站在院門口，旁有兩名家丁打著燈籠。

謝峻怒氣沖天，順手拿起牆邊一根竹棒，急步走來。謝朗知大事不妙，向一名家丁使了個眼色，便老老實實地被謝峻揪住往地上一趴。

謝峻手中竹棒落下，怒罵道：「打你個畜牲！夜不歸府！翻牆入院！還敢頂撞師叔！我打死你，省得他日你做出欺師滅祖之事！」

謝朗運起硬氣功，護住屁股不被打裂。他眼角瞥見薛蘅抱著小黑站在一旁，一副看好戲的神情，氣得「啊啊」大叫。

謝峻只道他吃不住打，竹棒便落得慢了些。薛蘅見謝朗暗瞪著自己，不由嘴角微撇，卻聽院門外傳來蒼老的聲音：「住手！」

枴杖點地聲由遠而近，一名老婦走入院中。謝峻忙扔下竹棒，上前扶住老婦，惶恐道：「祖母怎麼來了？是孫兒教子無方，這畜生……」

老婦白髮蒼蒼卻相當有精神，步子也邁得極大。謝朗見救星趕到，心中得意，裝出一副被打傷了的模樣，掙扎著站起，躬身泣道：「朗兒不孝，讓太奶奶傷心。」

太奶奶見他全身濕透，雙肩鮮血滲出，心疼到不行。但她知孫子謝峻必不是沒來由地責打重孫子，也不好責罵，便緊握住謝朗的手牽著他往院外走，口中大聲道：「這大冷天的，趕緊換衣衫，別凍著了！」

「祖母大人，這畜生……」謝峻話甫出口，太奶奶將手中枴杖用力一頓，回頭冷哼了一聲。謝峻不敢再說，垂下頭去。

太奶奶牽著謝朗出了院門，謝朗忍不住回頭，恰與薛蘅冷冷的眼神對個正著。他促狹心起，右眼一瞇，得意洋洋扮了個鬼臉，又「哎喲」叫了一聲，裝模作樣地齜了一下牙，這才一瘸一拐地扶著太奶奶揚長而去。

薛蘅心中冷哼一句：「芄蘭之葉，童子佩韘！」

謝峻呆站在原地，望著地上的水漬、血漬，想起兒子自幼淨喜舞槍弄箭，一心欲入伍從軍，又想起早逝的妻子，再想起謝氏嫡宗僅這一根獨苗，不禁長長歎了口氣。

他拭了拭濕潤的眼角，見薛蘅正抱著小黑站在荷塘邊，忙過來道：「犬子頑劣，讓師妹見笑。日後還請師妹幫我多加教訓，以免他走入歧途。此處許久沒有住人，條件太過簡陋，師妹還是住到夏爽閣去吧。」

薛蘅卻不答話，緊盯著月光下的荷塘。水面在月光照映下反射著幽幽波光，薛蘅眼力極佳，可見到池中先前被謝朗帶起的淤泥仍有一部分存留在水面，未沉澱下去。

謝峻輕喚：「師妹！」

薛蘅一驚，腦中霎時豁然開朗，轉頭道：「師兄，我想到辦法了！」

和風煦日下，旌旗傘蓋如雲，簇擁在鳳儀宮廢墟前。

聽說薛蘅想出了兩個月內重建鳳儀宮的辦法，並奏請聖上親臨鳳儀宮聽取陳情，景安帝下朝後即帶著大臣們擺駕而來。大皇子弘王、二皇子雍王、四皇子平王、六皇子愼王亦隨駕在側。

皇后正與薛季蘭於嘉儀宮對弈，聽報後好奇心起，同下令擺鳳駕，一行人浩浩蕩蕩趕了過來。

侍帝后趕到後，內侍便扯著嗓子宣薛蘅見駕，卻不見了她的人影。諸臣正議論紛紛，一名小內侍氣喘吁吁跑來稟道：「啓稟陛下，薛蘅請罪，求陛下移駕蘭浦亭，她再詳細稟告修建計畫。」

大臣們聞言互相對望，都覺這薛蘅未免太過大膽。薛季蘭卻微微笑著，似是對這弟子極有信心。

皇后有心幫襯薛季蘭，走到景安帝身邊柔聲道：「今天天氣這麼好，陛下帶著眾臣在園子裡走走，賞賞春光，倒也不失爲一樁美事。」

景安帝點頭，「嗯，皇后言之有理。」遂也不叫御輦，提步慢行。

一長溜人群跟在皇帝背後，往蘭浦亭而去。

一路走來，春光明媚、鷺鶴翩飛。景安帝心曠神怡，繁冗政務帶來的壓力一掃而空，他不時和身邊的皇后及平王敘著話，尤覺心情舒暢。

愼王年幼，又一貫與平王交好，也擠上前去。景安帝素來愛憐幼子，便握住愼王的手，細問學業近況。

弘王、雍王在後悄悄交換了眼色，皆看到對方眼中的嫉妒之意。

沒多久，眾人走到了距鳳儀宮約半里路的蘭浦亭。這是御苑中一處用來賞秋菊的亭子，建在寬約兩丈的水渠上。春風徐來，水渠中的浦草隨風搖擺，觀之如綠波起伏，柔媚動人。

景安帝讚了一聲，「宮中還有這等妙處！」

薛蘅趨近跪下，「民女斗膽，勞動聖駕，罪該萬死。」

「平身吧，眼下人也到齊了，你且細細說來。」

薛蘅磕頭應是，站起身走到蘭浦亭前，指著亭下的渠水，道：「這明波渠，引自宮外的洮水，用來灌溉宮中樹木花草。只是爲了宮禁安全，洮水入皇宮之處用鐵洞閘護衛，且渠溝只開到此處便未再往內苑延伸。」

眾人都不明白明波渠與重修鳳儀宮有何關係。謝峻卻恍然省悟，縱是素來持重，也忍不住輕「啊」了一聲，看向薛蘅的目光充滿欣賞之意。

他在當年洪災中立下赫赫功勛，又執掌工部多年，水利工器一行無人能出其右。薛季蘭前日帶著薛蘅進京，他知道薛季蘭竟有意將閣主之位傳給這位年輕師妹時，頗有些看法，不過他為人沉穩，倒也沒多說什麼。景安帝令薛蘅找出快速修建鳳儀宮的方法，謝峻心中暗喜。他心甘情願奉一女子為掌門師叔，那是因為薛季蘭才華橫溢，就連當代大儒方道之先生都甘拜下風。但如果要他再奉一年輕女子為掌門，未免稍感不服。他想看薛蘅受挫，不料薛蘅竟想出此等妙計，實教他歎服不已，對這位小師妹的看法便與先前截然不同。

薛蘅續道：「在五個月內重建鳳儀宮且不影響皇宮正常生活，難點在三：一是要將廢墟上的殘垣斷木、碎石沙礫運走；二是要從宮外運進來大量的新土、木材及石料；三還不能在皇宮中穿過，以免影響到陛下和宮中各位娘娘王爺們的清靜。」

景安帝問：「難處大家皆曉，可與這明波渠有何關係？」

「稟陛下，明波渠距鳳儀宮僅半里路，民女算了一下，如將渠溝向鳳儀宮再延伸半里，掘出的新土正可做為修建鳳儀宮所需的新土。」

工部侍郎、郎中們立時紛紛省悟，連連點頭。平王看著薛蘅，隱露沉思之意。

薛蘅見大部分人還不太明白，道：「挖渠至鳳儀宮，解決了新土問題。而重建所需的其餘木材石料，又可裝在船上由宮外經渠溝運進來。」

景安帝完全明白過來，喜道：「等材料全部運進來後，廢墟上的殘垣斷木、瓦礫碎石便可填回這半里路的溝渠中，如此不用再運出去，又可恢復明波渠的原貌。」

慎王年幼，卻聰慧有餘，搶著道：「這樣的話，工匠亦可由水路出入，不會干擾到父皇和母后的清靜！」

皇后摸了摸慎王的頭頂，微笑著向薛季蘭點了點頭。

薛蘅卻似還有話說，旋又噓了回去。景安帝看得清楚，笑道：「小薛先生有話就說吧。」他這一聲「小薛先生」叫出，等同承認了薛蘅下一任天清閣閣主的身分。
薛蘅微微低頭，稟道：「民女細細查看過鳳儀宮附近地形，由於那處是個風口，加之後面小山丘上栽的都是易燃樹木，土質也屬燥土，所以鳳儀宮極易失火並難以施救。」
景安帝一直爲了鳳儀宮在大火中毀於一旦而心痛，那處承載著他與故皇后的恩愛時光，忙追問：「小薛先生可有法子補救？」
「啓稟陛下，若想鳳儀宮不再失火，唯一之法是將鳳儀宮主殿修矮丈半，方圓範圍縮小至原來的六成，如此可減少風力，並遠離易燃土質及樹木。」
謝峻忍不住要笑出聲來，怕景安帝看見，忙垂下頭，心中連讚這小師妹聰慧善良。他昨夜不過隨口和她提了一下重建鳳儀宮耗費過巨，若能省下部分銀子用於河工水利，必是百姓之福。
可重建鳳儀宮是景安帝迫切要進行的，而且希望將鳳儀宮建得和從前毫無二致，誰都不敢相勸。薛蘅這番話實是最巧妙的勸法，既讓鳳儀宮重修，又可省下一部分庫銀。
景安帝哪曉得這二人的心思，皺眉想了片刻後終不敢冒險，遂向謝峻道：「謝卿。」
「臣在。」
「就依小薛先生所奏，鳳儀宮縮至原樣的六成重建，一應辦法均依小薛先生之策。」
謝峻大聲應道：「臣遵旨！」後抬起頭看向薛蘅。薛蘅嘴角隱有一絲笑意，謝峻便也微笑致意。
景安帝見鳳儀宮能趕在故皇后冥誕前建好，心懷大慰，轉向薛季蘭道：「薛先生。」
「臣在。」
景安帝面帶微笑，「十日之後是入夏節，朕將擺下夜宴，屆時會請方道之先生前來。朕這些年來很想再聽二位先生談經論道，朕亦會在那日正式玉印加符，允准小薛先生爲下一任天清閣閣主。這十日，你就和小薛先生住在謝卿家中吧。」

薛季蘭愣了一瞬，深深彎下腰去，「臣遵旨。」

她彎腰許久，暗運眞氣才壓抑下胸腹之間翻騰的血氣，並趁景安帝在眾臣擁衛下離去之機悄悄抬袖，拭去唇角溢出的一抹血跡。

淡淡月光照著一池枯荷，清冷之風將薛季蘭鬢際的髮吹起很高。

薛蘅自屋內走出，看著娘默立於荷塘邊，乍地發覺她瘦了不少。聯想起許多事，薛蘅心中忽然湧起強烈的不安，便走到薛季蘭身邊，輕輕抱住她的左臂，並將臉貼在她的肩頭。

薛季蘭心中一酸，伸出右手撫了撫薛蘅的臉，柔聲道：「阿蘅，別再看書了，早點歇息吧。」

「不，娘不睡，阿蘅也不睡。」

薛季蘭不再多說，靜靜望著池塘。十二年前，此處一池碧荷，陪著自己賞月觀荷的，是那個月白色身影……

她陷入久遠回憶中，薛蘅不敢驚擾，默默地依著她。

待隱約聽到薛季蘭若有若無的輕歎聲，薛蘅低喚道：「娘。」

「嗯。」

「今晚，阿蘅想和娘睡一張床。」

除了剛收養薛蘅的那一年，薛季蘭夜夜帶著她入睡，之後她變得極爲獨立，一人獨居在苦寒的竹廬。此刻聽到她這句話，薛季蘭眼眶漸濕，點頭道：「好，好。」

三　少年心事當拿雲

十日時光轉眼就過，薛氏母女在秋梧院閉門不出，謝峻則忙得腳不沾地。鳳儀宮重建相當順利，他對小師妹的欣賞之意又濃了幾分。

他一忙碌，便顧不上到祖母的碧蘭閣將不肖子謝朗揪出來狠狠斥責教訓，自然也不知道，謝朗肩傷早癒，也早已經溜出謝府，與平王諸人辦了數件大事。

這日是四月初二，入夏節。景安帝在宮中舉辦夜宴，宴請各國使節、王公大臣。聽聞方道之先生和薛季蘭先生都將出席宮宴，全城轟動。十二年前，方道之與薛季蘭一番精彩絕倫的辯論，讓目睹過那場辯論的人們記憶猶新。此番得以重見二位先生的風采，人人神往。

每年入夏節，眾大臣特別是翰林院的翰林們都會進獻新作的詩詞，名為「入夏帖」。內侍們會早早地將這些詩詞張貼在宴會四周的牆壁或樹木上，然後由帝君品鑒評出當年的最佳詩詞，當選者宮花簪帽，乃是莫大的榮耀。

今年方、薛二位先生與宴，若能被這二位稱讚幾句，將天下揚名。文臣們憋足了一口氣，要在宴會上拔得頭籌，這詩詞自是作得精彩至極。

景安帝於戌時三刻步入玉林殿，一路看著這些詩詞頻頻點頭，卻不對任何一首加以評論。待全部看完，景安帝才向一旁的薛季蘭笑道：「薛先生覺得哪首最佳？」

「臣不敢妄評，恭請陛下裁決。」

景安帝正要說話，內侍高聲稟道：「方道之方先生覲見聖駕！」

景安帝喜道：「方先生來了。」

薛季蘭垂下眼簾，彷彿不敢看那個緩步踏入玉林殿的月白色身影，忽而又自嘲似地笑了笑，終抬起頭直視正悠然行來的當代大儒——方道之。

方道之由遠趨近，面上仍掛著那溫雅謙和的微笑，雙眸一如當年清亮。他在景安帝面前俯下身去，「草民拜見吾皇陛下！」

「方先生快快請起。」景安帝親自將方道之挽起。

君臣二人相視一笑，方道之隨後微笑著看向薛季蘭。

入夏的初月，被滿殿燈火、滿樹燈籠映得黯然失色，但在薛季蘭看來，滿殿燈火、滿樹燈籠彷彿都不存在，只有一彎清月籠罩著眼前這個十二年未曾見面的人。

她微微欠身，「方先生別來無恙？」

方道之也微微欠身，「薛先生離後安好？」

二人再度直視，俱各微笑，也不再說話，隨著景安帝落坐，薛蘅自坐在薛季蘭背後。

宴過三巡，景安帝微生醉意，他能在先帝諸皇弟中被選中爲皇儲，方道之功不可沒。他素極尊重方先生，見方道之淡淡而飲，眉宇間仍籠罩著多年來揮之不去的惆悵，便微笑著問道：「方先生，你看今年這詩詞，誰可評爲首者？」

玉林殿內殿外，所有人都支起耳朵，等著聽方道之的點評。

方道之微微而笑，轉動著手中的酒杯，良久甫搖了搖頭。

景安帝見他不答，不以爲忤，又笑向薛季蘭，「薛先生認爲呢？」

「都好。」薛季蘭也淺淺而笑。

文臣們大失所望，看來大家費心作出的詩詞，均入不了二位先生的眼。

景安帝略感失望，他目光掠過坐在薛季蘭背後的薛蘅，心中一動，笑道：「不如小薛先生來作一首詩詞，讓大家見識見識天清門下的文采吧。」

薛蘅知皇帝有心爲難，卻也不能退避，便離席跪下，「臣遵旨。」

景安帝來了興致，道：「小薛先生才華橫溢，得規定時刻才顯公平。這樣吧，以一炷香爲限，還有，詩詞須得吟誦涑陽美景，韻麼，倒是不限。」

薛蘅只得再領旨，有內侍抬過長案，磨墨奉筆，又點燃薰香。

此時玉林殿內殿外一片寂靜，人人都看著薛蘅，只有薛季蘭仍慢條斯理飲著茶。她抬頭時與方道之的目光對個正著，微笑著頷首，仍舊低頭飲茶。

薛蘅執筆沉思，待薰香燃過兩分，腕底如風，輕巧落筆。她每寫一句，即有內侍大聲報出來。第一句是：「東嶺小雨初霽，西山落霞幾度。」

內侍念罷，景安帝讚道：「東嶺多雨，西山多晴，妙啊！小薛先生這一句，將春末夏初涑陽東西兩座大山的景致寫盡了。」

大臣們忙附和叫好。薛蘅繼續落筆，第二句是：「北塔望青雲，夜市翠湖閒步。」

七十多歲的老翰林夏松捋鬚讚道：「北塔、青雲寺、夜市、翠湖，涑陽城內四大風光名勝俱全寫入，『望』、『閒』二字尤道盡初夏心情，妙！」

景安帝則笑咪咪望著薛蘅，看她要怎樣寫下這〈如夢令〉的最末句。

薛蘅卻不再落筆，目光望向玉林殿外。

梧桐樹下，謝朗正與陸元貞等人圍坐一席。他們雖沒有官階，卻因身爲平王陪讀，得以隨平王列席盛宴。

謝朗一直掛念著前方戰事，本無心去聽這些詩詞，只是此時夜清風朗，人人注目於那個藍色身影，他便也停了和陸元貞的話語，望向殿內的薛蘅，看她這最末句是否會技驚四座。

薛蘅的目光越過重重人影，看到謝朗後靈機一動，也未細想即揮筆落墨。待收完最後一筆，她神色平靜地向景安帝行禮，回到薛季蘭背後坐下。

內侍低頭看著她這最後一句，微微愣了一下，但還是尖著嗓子將整首詞連貫著大聲念了出來：「東嶺小雨初霽，西山落霞幾度。北塔望青雲，夜市翠湖閒步。小謝，小謝，驚起鶯燕無數！」

景安帝正在喝茶，驟聽到最後一句竟是「小謝，小謝，驚起鶯燕無數！」，一時掌不住，一口茶全噴在了龍袍上。

內侍們慌忙上來伺候，景安帝手指著薛蘅，再指向殿外謝朗那一桌，哈哈大笑。

謝朗身為世家子弟，相貌英俊，武藝出眾，又是平王的陪讀，與柔嘉公主秦姝同是青梅竹馬。皇后看在眼中，有心將秦姝下嫁給謝朗。只是謝朗在涑陽素有風流少年之名，他與翠湖珍珠舫的姑娘們交情匪淺，經常帶著一群世家子弟在珍珠舫上流連，這名聲也隱隱傳入宮中，加上秦姝年紀尚幼，皇后便將這念頭放了下來。

此刻景安帝聽到薛蘅這一句「小謝，小謝，驚起鶯燕無數！」，想起皇后在自己面前念叨過的事情，不由哈哈大笑。

謝朗風流之名在京城內早有傳聞，一眾臣工見皇帝大笑，登時哄堂大笑。

坐在左首第二席的謝峻面色鐵青，眼睛似要噴出火來，死死盯著數席開外不肖子的身影，若非是在御宴，只怕就要當場執行家法。

梧桐樹下，謝朗俊面通紅，偏又無法為自己「洗冤正名」，眼見陸元貞等人也憋著笑，他氣得牙關暗咬，放在桌下的右手運力，「啪」的一聲，一雙玉箸斷為兩截。

景安帝笑罷，點頭歎道：「小薛先生這首〈如夢令〉，吟頌涑陽風光，可真是……非常應景。朕看，今年這入夏節詩詞的頭名，就定爲……」

薛季蘭神情冷肅地看了薛蘅一眼，離席跪下，「啓稟陛下。」

「薛先生請說。」

「薛蘅這首詞，純係玩笑之語，又不合詞格韻律。且詩詞最要講究溫柔敦厚，她這首詞一味嘩眾取寵，太過尖刻而有失厚道，不宜取爲頭名。」

景安帝「哦」了一聲，再看看謝峻和謝朗的神色，沉吟片刻，轉頭望向方道之，「依方先生之見……」

方道之微微欠身，答道：「薛先生言之有理，此詞文辭雖佳，但終究少了些氣度。」

薛蘅被薛季蘭那一眼看得十分難受，竟似喘不過氣來，景安帝的話語也似在她耳邊飄浮，「既然如此，就依二位先生的意思，此次入夏節詩會不取頭名，所有作了詩詞的臣工皆賞賜宮花一枝，小薛先生同賜宮花一枝。」

眾臣跪低呼聖，薛蘅也離席跪下，只是心中頗不是滋味。

眾人尚未站起，忽聽到宮門方向傳來焦灼萬分的長喝：「八百里加急軍情！八百里加急軍情！」

眾人齊齊轉頭，景安帝心跳陡地加速，猛然站起。

傳訊官滿頭大汗、滿身灰塵，撲倒在御座前，大聲泣呼：「稟陛下，瑪西灘一戰，我軍戰敗，燕雲大將軍陣、陣亡了！」

景安帝眼前一黑，身形晃了晃，在內侍的攙扶下穩住，定定神，厲聲道：「快細細稟來！」

「是，瑪西灘一戰，我軍中伏，燕雲大將軍死在敵軍亂箭之下，所率三萬神武軍……」

「怎樣？」

傳訊官垂下頭，泣道：「僅有五千人退守至燕雲關……」

景安帝一陣眩暈，群臣趴在地上，都覺四肢涼透。平王見不幸被自己料中，同感心情沉重，悄悄偏頭，向陸元貞和謝朗使了個眼色。

傳訊官喉嚨嘶啞，稟道：「丹軍一路向南，所幸燕雲大將軍之前曾留了三萬人馬在岷山，由裴將軍指揮。由瑪西灘退下來的五千神武軍死守燕雲關，血戰數日，幸得裴將軍派出人馬及時支援才未丟掉燕雲關。現下兩軍正在燕雲關至岷山一帶交戰，戰事十分激烈，但我軍糧草、藥材缺乏，將領也十亡六七。裴將軍請求陛下速派大軍支援！」他跪前幾步，將手中血書高高舉起，泣不成聲，「陛下，瑪西灘血流成河，燕雲大將軍死不瞑目，求陛下速派大軍為將士們報仇雪恨！」

殿內殿外，一片死寂。

那個殷國人心目中的戰神，那個曾在西山空手殺虎、被景安帝笑著封為燕雲大將軍的靳燕雲，竟死於亂箭之下。而丹軍又兵壓岷山，所有人心中如被烏雲沉沉壓著，喘不過氣來。有些膽小的文臣想起那凶殘成性、燒殺擄掠的蠻夷丹族騎兵，更是嚇得瑟瑟發抖。

方道之輕轉著手中酒杯，輕不可聞地歎了口氣。

就在這片死寂之中，忽有一把豪氣沖天的聲音喝道：「怕甚！和丹賊拚了！為燕雲大將軍報仇雪恨！」

景安帝與眾臣齊齊抬頭，只見梧桐樹下謝朗長身而起，英氣勃發，傲然環顧四周。

伴隨著他的喝聲，陸元貞等世家少年紛紛站起，大呼道：「對！和丹賊拚了，為死難將士報仇雪恨！」

少年們的呼聲震破雲霄，所有人望著他們，只覺這群熱血少年意氣風發、光彩奪目，令滿天星辰黯然失色。許多官員追想起了自己的少年時光，感同身受，先前因大敗而帶來的驚恐逐漸消失，數十人相繼呼道：「對，和丹賊拚了，為死難將士報仇雪恨！」

謝朗離席，大步走到御座前跪下，抱拳抬頭大聲道：「微臣謝朗，願以一腔熱血精忠報國，願以這微弱之軀浴血沙場，願以鐵血忠心守疆衛土。求陛下恩准謝朗入軍殺敵，為萬千將士報仇雪恨！」

景安帝還未發話，謝朗又用力咬破右手食指，鮮血迸濺而出。他撕下披風，在披風上快速書上一個殷紅的大字「戰」，旋高舉起披風，眼光有意無意掃過一旁的薛蘅，朗聲道：「微臣以往多有胡鬧，今日得未來的掌門師叔一詞提醒，深悔昔日之過。求陛下給微臣為國效忠的機會，微臣願血戰至最後一刻，將這微末之軀捐於沙場！」

乾清殿，巨燭悄無聲息地垂淚，殿內氣氛讓人窒息。

景安帝和閣臣們經過商議，發出軍令急調寧朔、東陽的六萬人馬北上支援裴無忌，並緊急徵調糧草、藥材運往軍中。可議到由何人率領這六萬大軍及裴無忌手下倖存的三萬人馬時，景安帝卻犯了愁。

一直以來，殷國北線大軍向由燕雲大將軍一手統領，他對景安帝忠心耿耿又勇猛無雙，朝中無時不以北面為虞，其餘名將多數集中在南方應付濟水以南的軍閥。誰也沒料到靳燕雲竟會戰死沙場，朝廷此時，竟找不到一個富有經驗的猛將來挑起重擔。更何況大家都心知肚明，此次擔當領軍大將等同拿下北面兵權，九萬大軍在手，縱是皇帝也不得不忌。

弘王早就有心要奪這兵權，雍王一向唯他馬首是瞻，遂力薦由弘王妃的兄長伍敬道掛帥，領兵出征。

景安帝面色陰沉，從案頭取了一本札子擲給雍王。雍王拾起細看，卻是御史臺大夫鐵泓彈劾伍敬道在故太皇太后冥誕日，於府內飲酒擺宴並傳歌姬獻舞。雍王心中一凜，不敢再說，只暗中揣測，太皇太后冥誕已過去兩個多月，御史臺大夫今時彈劾伍敬道，不知是偶然抑或有意為之？

景安帝沉吟不語，想了許久，望向大殿左側一直沉默不言的方道之，「方先生，你看……」

方道之想了想，道：「現下前線是裴無忌的神銳軍、元暉的東陽軍、孫恩的寧朔軍。這三人素來互不相服，只聽從靳燕雲的指揮，如今靳燕雲不在了，只怕沒有哪個將領能夠鎮住他們。」

「先生的意思是……」

「這三人都是猛將，作戰不在話下。關鍵是派去之人必須有鎮得住他們的身分地位，兼具代表天子皇威、振奮軍心、震懾敵軍的作用。」

景安帝點點頭，正要詢問派何人合適，平王忽然出列，單膝跪地大聲道：「父皇，兒臣願爲國盡忠，率軍出戰！」

殿內頓時嗡聲一片，殷國立國以來，皇子親自帶兵出征，實屬罕見。當然歷代帝王忌諱皇子擁兵自重，也是個重要原因。此番國難當頭，平王順著方道之的話請纓出戰，大出眾臣意料。

景安帝一言不發，看著鑾臺下的平王，見他神情堅毅，緊抿著的嘴唇像極了自己年輕時的樣子，眼神不禁逐漸柔和。

弘王被平王這一記打得措手不及，還未想好如何修辭，景安帝已動了念。

「平王，你眞的想清楚了？打仗可不比行圍打獵，步步都是殺機啊。」

平王頓首，「兒臣願爲父皇、爲秦氏守住北面江山，兒臣不懼生死，求父皇恩准！」他又抬頭坦然直視於景安帝，「父皇，我等熱血男兒，若不能以身報國，又有何顏面苟活於世上！」

景安帝想起夜宴時謝朗等人請纓殺敵的情景，那股豪情，在眾人最沮喪之刻及時穩住了人心，此時國難當頭，若是不允這幫熱血少年的請求，豈不寒了人心？

「好！朕就准你所求，由你帶領這六萬人馬，與裴無忌會合，統領北面軍務！」

平王放下心頭一塊大石，沉聲道：「兒臣遵旨！兒臣定不負父皇期望，誓要將丹賊趕回阿克善草原！」又道：「兒臣懇請父皇應允，謝朗、陸元貞等兒臣的陪讀，均隨兒臣出征。」

景安帝看向謝峻，「謝卿。」

謝峻正一直為了薛蘅那首詞而氣惱，既恨不肖子令自己顏面掃地，又怨這小師妹不通人情世故，在眾人面前令謝家出醜。後來謝朗當庭一呼願以熱血報國，挽回了點面了，他心裡才稍復平靜。可再一想到若聖上真准了兒子的請求，謝家唯一的獨苗要上前線殺敵，不由又憂心忡忡。他深知兒子心高氣傲，今日被薛蘅當著文武百官的面諷刺其風流秉性，若是不允他入伍，只怕他再抬不起頭來，仕途亦然岌岌可危。

景安帝的祖母與謝家太奶奶乃多年的閨中密友，他不願令老人家為重孫子憂心，遂先徵詢謝峻的意思。

謝峻將心一硬，跪下道：「陛下，犬子頑劣不堪，唯有一片忠心對天可表。臣懇求陛下讓他到軍中歷練，也好為陛下效犬馬之勞！」

景安帝頗感欣慰地點了點頭，又起了安撫之心，和聲道：「謝卿。」

「臣在。」

「當日謝朗出生，老太君入宮，與故太皇太后閒談，故太皇太后說要讓謝朗做皇家的女婿。後來柔嘉出世，故太皇太后還『拊掌』笑道：可有個重孫女來償這個願了。朕看謝朗這孩子天性純良，有意將柔嘉許配給他，不知謝卿意下如何？」

謝峻受寵若驚，伏地泣道：「謝朗何德何能，竟能以無用之軀尚主。吾皇仁慈聖明，微臣父子唯有肝腦塗地以報聖恩！」

調兵調糧各項事宜商議完畢，天已露白。

平王恭送景安帝離去，轉身時眼神與一旁的方道之交會，微不可察地點頭致謝。他覺今夜之事進行得格外順利，也替妹子和謝朗歡喜，克制著興奮之情匆匆出了玄貞門。

謝朗與陸元貞等人見平王出來，紛紛圍上。平王笑著拍了拍謝朗的肩，「小謝，到了戰場上，咱們好好地比一回，你想藏私可是不行了！」

少年們齊聲歡呼，更有幾個調皮的圍上來抱住平王的腰，將他舉起在原地轉圈。

平王落地，再笑著推了推謝朗，「不過本王得事先和你說好，上了戰場，奮勇殺敵可以，但千萬別拚命！你這條小命得留著回來和柔嘉成親。」

謝朗不明白平王這話是什麼意思，愣愣地「啊」了一聲。

平王大笑，指著謝朗道：「大家看看，小謝被指為駙馬，高興得變傻子了。」

少年們省悟，哄笑著齊道恭喜，調皮的數人將謝朗抓住往空中拋。只有陸元貞心中苦澀難言，慢慢地退後了幾步。

謝朗腦中一片迷糊，他沒料到皇帝竟會將柔嘉公主許配給自己。他雖與柔嘉一塊兒長大，偏只待她如親妹妹一般，並無絲毫男女之情。此刻終身大事就這樣稀里糊塗被定下，他茫然失措，但君命難違，在這出征當口也無推卻的可能。他轉而想到能夠出征沙場，立覺精神抖擻，等少年們將人放下，他俊面生輝，開懷而笑。眾人又狠狠地調侃了幾句。

大家都知軍情緊急，遂各自回府準備，只等平王接過御賜兵符，便要離京。

謝朗夙願得償，想到終可入伍從軍，雀躍萬分，偏想起回去後如何說服太奶奶和一眾姨娘，便有些發愁。晨曦中，遠遠望見家中的高門大楣，他拉住坐騎，滿面為難之色，半晌方撓了撓頭，在家丁們的簇擁下入了府門。剛過照壁，一群人挾著香風，呼天搶地擁靠來。

「明遠，兵凶戰危，你可不能上戰場啊！」二姨娘想是熬了通宵，眼眶有點黑，不見平時的精明俐落。

「明遠啊，你是獨子，謝家還靠你來承繼香火，你怎能丟下太奶奶、老爺和我們啊！」三姨娘也沒睡好，連她那支最愛的玉蝶簪也忘了戴上。

「明遠啊，你要是去了戰場，吃又吃不好、睡又睡不好，姨娘會心疼死的。」四姨娘雙目紅腫，必是哭了幾回。

五姨娘已說不出話來，揪著謝朗的衣袖，嚶嚶而泣。

謝峻嫡妻生下謝朗不久就撒手人寰，其後謝峻再娶了四房妾室，卻都無所出，謝家便僅謝朗一根獨苗。四位姨娘因為無所出，加上謝朗自幼長得冰雪可愛，四人皆將他視如己出。四位姨娘在打馬吊時那是生死對頭，唯對謝朗的疼愛呵護出奇一致。

先前謝峻回府，說起聖上已准了謝朗隨平王出征。五姨娘本抓了一手天胡清一色牌，也不知是高興還是擔憂謝朗，一口氣沒回過來，竟當場暈倒。

這邊五姨娘還沒醒，那邊四姨娘已哭得上氣不接下氣，所幸二姨娘遇事沉穩，伺候謝峻歇息後，又命人將消息瞞著太奶奶。鬧哄哄到天亮，見謝朗回府，四人再也按捺不住滿心的擔憂，圍著他哭了起來。

謝朗頭疼不已，他素來敬重四位姨娘，只得勸了這個又勸那個，哄得唇乾舌燥仍不見成效。

他正仰天長歎的當兒，「篤、篤、篤」一陣枴杖用力戳地，蒼老威嚴的聲音由廊下傳來：「哭哭哭！就只知道哭，成何體統！」

謝朗忙上前跪下，「朗兒不孝，求太奶奶恕罪。」

太奶奶沉著臉，目光掃過堂前，四位姨娘不約而同地低下頭，輕聲喚道：「老祖宗……」

「明遠，你隨我來。」太奶奶不理會上來攙扶的丫鬟，大步往前走去。謝朗連忙跟上，心內忐忑不安，唯恐太奶奶仗著和故太皇太后的關係，入宮向聖上請求將自己留下。

太奶奶卻一直沉默，大步走向松風苑，下人們知那是她清修的禁地，不敢再跟上去，只謝朗一人惴惴不安地跟著。

太奶奶在苑中松樹下站定，晨風將她鬢邊銀髮吹得絲絲揚起。謝朗心裡難過，走到她身邊低聲道：「太奶奶，朗兒想在出征之前，給您再梳一回頭髮。」

謝朗自幼喪母，謝峻當時忙著治理水患，四位姨娘又無育兒經驗，可說是太奶奶一手將他帶大的。聽到這話，她微微側頭，強忍住就要落下的淚水。

謝朗從房中拿來木梳，請她在椅中坐下，低頭替她梳著稀疏的白髮，喉頭哽咽，「太奶奶，以後您不能再吃蠶豆了，再吃的話，左邊那顆牙會保不住的。」

太奶奶本滿懷憂心，被他這句話逗得一笑，心情跟著平靜下來。等謝朗替她將頭髮挽好，太奶奶沉聲道：「明遠。」

「是。」謝朗轉到她跟前撲通跪下。

「我來問你，謝家子孫，最要謹守的是哪幾個字？」

謝朗抬頭道：「忠、孝、情、義！謝家男兒，當謹守這四字。」

「是，你記住這四個字。你戰場英勇殺敵，才是為國盡『忠』、對長輩盡『孝』，也是對百姓有『情』，對同袍弟兄盡『義』。你能做好這四個字才是我謝家的子孫，你若虧了其中一個，便不用再回來見我！」

「是。」謝朗哽咽難言，用力磕頭。

太奶奶低頭看著他，良久才輕聲道：「去給你娘道個別吧，這一去，也不知何時才回來。」

謝朗說不出話，只是磕頭。他走到院門口，再回頭看了看，終於狠下心，轉過身往供奉著娘親靈位的祠堂奔去。

「明遠，明遠……」太奶奶低低喚了兩聲，踉蹌走到西側小角門處，在角門邊的石凳上坐下來。她正啜泣，角門外忽然傳來蒼老的聲音：「我就知道你會哭，還跟我保證說不會哭，都幾十歲的人了，說話不算數。」

太奶奶抬頭，將枴杖在地上用力頓著，怒道：「我沒哭！再說了，我就說話不算數了，你想怎麼樣？」

門外那老人不敢再說，過了一會兒聽到她又在哽咽，煩道：「好了、好了，你別難過了，我去跟著他。等他在戰場上玩夠了，我會把他平平安安帶回來的。」

「這話可是你說的，要是明遠少了根頭髮，我找你算帳！」太奶奶橫了黑色角門一眼。

門外老人嘿嘿一笑，「我這麼做，有好處不？」

「你要甚好處？」

門外老人似是不敢開口，過得許久，他試探著道：「阿蘭，咱們有五十年沒見面了吧，總是這麼隔著門說話……」

太奶奶面色一沉，站起身來，「單風，你答應過我的，今生今世若再見我的面，下輩子便不能和我在一起。」

門外老人長歎了口氣，半晌才輕聲道：「是，我答應過你的，就定要做到。罷罷罷，阿蘭，我和明遠都不在你身邊，你得保重。明遠說得對，別再吃蠶豆了，我可不想在奈何橋上與你重逢時，你是個缺了牙、說話漏風的老太婆！」

太奶奶又好氣又好笑又心酸，終忍不住一笑，在眼眶裡蓄了多時的淚水也沿著滿面皺紋緩緩淌落。

謝朗滿心愧意與掛念，卻只能硬著心腸低頭往前走。經過秋梧院，聽到「吱呀」的關門聲，他抬起頭，正見薛季蘭和薛蘅從院中出來。

他恨恨地盯視薛蘅一眼，上前給薛季蘭行禮，「師叔祖。」

「朗兒別這麼多禮，快去給你娘道別吧。」薛季蘭看著他，語含憐愛。

謝朗一愣，不明白師叔祖怎地知道自己要去向娘道別，他輕聲應是，忍不住横了薛蘅一眼，才往祠堂方向奔去。

薛蘅冷哼一聲。薛季蘭倏地停住腳步，「阿蘅。」

昨夜御宴，薛季蘭當眾指出薛蘅所作之詞過於刻薄、有失厚道，薛蘅心裡頭一直不能平靜，此刻聽她隱有責備之意，心中又生難過，低下頭喚道：「娘。」

「知道自己錯在哪裡麼？」

薛蘅自十五歲那年取得天清閣年考首名後，即再未聽到娘用如許嚴厲的語氣對自己說話。雖然內心深處，她認為自己不過是將謝朗風流本性如實寫出而已，但還是低聲道：「昨夜那首詞，是阿蘅考慮不周。」

薛季蘭道：「阿蘅，你要知道，執掌天清閣，並非單靠你的文才武功就行的。做人，特別是做一閣之主，你切記要圓通包容，勿傷人自尊，勿揭人之短，更勿……」

她歎了口氣，未再說下去。旋有家丁氣喘吁吁跑過來報道：「薛先生，聖旨下，宣您和小薛先生接旨！」

謝府中門大開，香案前烏壓壓跪了一院子的人，唯只太奶奶有誥命又有故太皇太后親賜魚符，免跪聽旨。

宣旨內侍帶來了三份旨意，一份是封謝朗為左驍衛副將，從五品，命其即日隨平王出征；一份是聖命以柔嘉公主下嫁，封謝朗為駙馬，先行訂親，待謝朗從前線歸來後再擇吉日成親。

第三份聖旨則是下給薛氏母女的。昨夜景安帝本要當著文武大臣之面給薛蘅玉印加符，封其為天清閣下任閣主，但被前線軍報一攪，這事擱了下來。此時這道聖旨便是命內侍總管帶了玉印前來，在薛季蘭奉上的閣主制令上沉沉蓋印，完成了天清閣閣主就任前最重要的步驟。

待宣旨太監離去，五姨娘眼眶一紅，二姨娘則吩咐侍女們趕緊去給謝朗準備衣物和路上吃的糧食。正鬧成一團，太奶奶將枴杖用力戳地，「都給我站住！」

幾位姨娘不解，太奶奶舉起枴杖，一一點著，「你、你、你們，乾脆都隨明遠上戰場好了。一個給他準備吃的，一個給他燒熱水，再多幾個給他洗衣裳！」

謝朗沒憋住，低頭偷笑，又向二姨娘道：「二娘，軍營中自會有發下來的軍服。再說了，殿下都得和士兵們吃同樣的軍糧，以示甘苦與共。」

幾位姨娘無奈，只得又圍在謝朗身邊絮絮叨叨，依依不捨。

薛季蘭微笑著向謝朗招了招手。謝朗看得清楚，走近行禮，「師叔祖！」

薛季蘭忽將右手一揚，抓起院中一根竹棒掃了過來，謝朗嚇得往後仰倒。

薛季蘭步步緊逼，手中竹棒隱有風雷之聲。謝朗被她逼得步步後退，直到在地上拾到一根竹棒，運起槍法才能勉力招架。

四位姨娘齊聲驚呼，被謝峻喝住。院中二人鬥得激烈，眾人都被逼到簷下站著。

謝朗明白，師叔祖是在指點自己的武功。他自幼喜好習武，但謝峻怕他惹事生非而不願給他延請武術教習，他卻在七歲那年，機緣巧合被杏子巷賣香燭的單爺爺看中，夜夜來授他武藝。他不知單爺爺的武功有多高，學武也很辛苦，他憑著一股熱情苦練了三年，及至十歲那年入宮陪讀，和宮中侍衛交手，竟在三十招之後甫落敗，這才知單爺爺乃是武林高手。

再過數年，他已鮮有敵手。雖可能還比不過宮中三大侍衛總管，但「涑陽小謝，槍箭雙絕」卻是無人不知、無人不曉的。

此刻薛季蘭的竹棒如風輪般使出，招式巧妙，比之單爺爺剛猛凌厲的槍法另有一種靈動矯捷。

謝朗喜得心頭癢癢，用心記住她的棒勢，越打越是興起。直到薛季蘭連掃十八棒，一個旋身收住竹棒，謝朗方撲倒在地，「多謝師叔祖！」

薛季蘭面色不變，從袖中取出一塊銅片遞給謝朗，「你的槍法極不錯，但也有個破綻缺口。你讓做鎧甲的人將這銅片鑲在那處吧。」

謝朗曾聽單爺爺說過同樣的話，忙雙手接過銅片，「多謝師叔祖！」

謝峻大喜，掌門師叔竟將天清閣至寶「麒麟片」送給兒子，實是天大的恩德，忙上前來致謝。

薛季蘭道：「惘懷不必多禮，我的事情也辦好了，不便久留，就此告辭。」

謝峻知不便相留，只得躬身道：「我送送師叔和師妹。」

「不必了，朗兒即將出征，你們一家子好好敘敘話吧。」薛季蘭再向太奶奶躬身致意，往府門走去。

薛蘅向太奶奶和謝峻欠腰告辭，直起身，與謝朗目光對個正著，二人均看到對方眼中濃濃的憎惡之情。她神色淡漠，轉過身追上薛季蘭。

空中一聲鳴叫，謝朗心呼不妙，連著向後翻騰數下才避過小黑的利喙。小黑見他狼狽樣，得意地叫了幾聲，黑翅高展，消失在高門大院之外。

謝朗恨不得將這隻扁毛畜牲的毛給拔光，再剁了清蒸、紅燒外加油炸好解氣。卻見四位姨娘又七嘴八舌地圍將上來，他只得怒哼一聲，將這筆帳暗暗記在了薛蘅頭上。

薛蘅隨著薛季蘭出了謝府，見她往城東走去，神色如常，但始終不發一言。薛蘅不敢多問，只隨她默默走著。

二人半個時辰後到了城東的青雲寺。由青雲寺紅牆西面山路往上走，是一片極茂密的竹林，竹林深處隱見一處屋角。

薛季蘭在竹林小徑前默立有頃，風吹起她的裙裾，簌簌輕響。

也不曉過得多久，薛季蘭長長歎了口氣，低聲道：「阿蘅，咱們走吧……」她正要轉身，竹林中忽然傳出一縷琴聲，琴聲錚然數下，如清風朗月，又似高山流水。薛蘅這一生中何曾聽過這般朗澈的琴音，不禁停住了腳步。

琴聲漸轉歡快，洋洋灑灑，讓人宛如置身和風麗日下、青天碧水間，薛季蘭默默聽著，身子微微發抖。她閉上雙眼，又睜開來，疾速轉過身，右足卻不小心絆上一塊石子，向前一撲。

薛蘅忙伸手扶住，「娘，怎麼了？」

薛季蘭勉強笑道：「沒事，走吧，我想去給明遠他們送送行。」

涑陽北門外的穜穀坡，馬蹄躂躂，鎧甲生輝。

由於此次支援裴無忌的六萬人馬主要調自東陽、寧朔等地，平王從京城僅帶去驍衛營五千、武衛營五千。軍情緊急，這一萬人馬將星夜北上，到東陽與那六萬主力會合後，再馳援岷山。

鼓號齊響，聲震天地，景安帝依禮祭天告祖，一萬精兵跪地呼聖。景安帝滿面鄭重之色，將半邊兵符交給玄甲鐵衣的平王，再勉勵了他幾句。平王叩別父皇，號角齊吹，一萬將士齊齊上馬，啓程北上。

明黃龍旗下，景安帝雙手負在背後，緩緩往將士們離去的方向走去。眾臣不敢相勸，唯有默默跟著。

天空中一群雁鳥飛過，景安帝輕歎了口氣，低聲道：「老四，你要平安歸來才是。」

聽到這句話，他身邊一名內侍裝扮的人再也按捺不住，搶過侍衛手中馬韁，嬌喝一聲，向北追去。

景安帝急呼：「柔嘉！」見柔嘉充耳不聞，逕自打馬而去，他忙揮手道：「快，快去把公主追回來！」

侍衛們這才知柔嘉公主竟裝扮成內侍，跟著皇帝前來爲平王送行，忙分了一部分人上馬疾追。

柔嘉狂抽駿馬，雙眸中盛了多時的淚水再也控制不住，簌簌垂落。

「皇兄，明遠哥哥，你們定要平安歸來，定要……」她默默念著，前方漫天旌旗，她眼中卻只看見王旗下那兩個漸行漸遠的身影。

她好想追上去，再聽他們喚一聲「柔嘉」，再在他們寵愛的目光下，如小雀鳥一般唱歌。可她終在杏林前勒住坐騎，長久佇立，遙望著王旗下那兩個身影漸漸消失在視野之中。

戰馬奔騰，馳過石鼓山腳時，薛季蘭與薛蘅正站在山腰處的離亭內。

望著王旗捲舞，黑壓壓的人馬馳過山路，薛季蘭歎了口氣，「一萬兒郎去，不知幾人回。唉，南面疆土未定，北面又起戰火……」

薛蘅遙望天際一抹浮雲，低低道：「憐我世人，憂患苦多。」

薛季蘭沉默片刻，甫道：「走吧，我們今晚還要趕路到賀郡。」

薛蘅再回頭看了看涑陽方向，覺得這半個月光陰恍如一場夢，她終要由這繁華富庶的京城，回到那自己命中注定歸屬的洛北孤山。

〈番外〉打雀英雌傳——謝府姨娘們的馬吊大戰

景安六年，夏，四月。

謝府，秋梧院西偏房內。

「七餅！」

「吃，五六七！」

「慢著，我要碰！」

「慢著，七餅可是炮，四七餅，兩頭槓！咱糊了！」四姨娘興奮得連連拍桌，又伸手到三姨娘的荷包裡拿銀子。

三姨娘連當幾圈炮手，惱羞成怒，將牌桌上的骨牌一頓亂攪，「不來了！你們偷牌的偷牌，放水的放水，合著欺負我一個！再也不玩了！」

二姨娘斜著身子，閒閒道：「老三，這便是你的不對了，你哪隻眼睛看到我們偷牌了？看到了就要捉現行才是。再說，誰給誰放水？這一局，你連吃三張牌，可都是老四放給你的，你自己最後關頭要當炮手，還能怪誰呀？」

「反正你們就是嫉妒我長得漂亮，合夥來欺負我！」三姨娘緊按著荷包，不讓四姨娘搶去。

五姨娘戴瑜忍不住了，怯怯喚道：「三姐。」

三姨娘和四姨娘還在糾纏，沒搭理她。五姨娘又怯怯地喚了聲：「三姐……」

三姨娘用力按著荷包，怒道：「有屁快放！」

「三姐，你左邊袖子裡還有張牌……」

三姨娘噎住，手一鬆，四姨娘已將荷包搶了去，從裡頭拿出一錠碎銀子，眉開眼笑地坐回原位用力洗牌，「來來來，再來！」

「你少說句話會死啊！」三姨娘氣得用力敲了一下五姨娘的頭，又發狠道：「我偏不信這個邪，今天非扳回本不可！」

二姨娘「噓」了一聲，「小聲點，別讓老祖宗聽見了。這裡可是咱們最後一處隱祕地方，誰要是聲音大到把老祖宗招來了，誰就下桌子，還要負責借銀子給老祖宗。」
另外三人連忙點頭，屋內一時只聽到摸牌和出牌的聲音。
摸得兩圈，二姨娘喝了口參茶，道：「也不知明遠現在怎麼樣了？」
說起謝朗，四個人都停住了動作，五姨娘幽幽歎了口氣，眼眶一紅，險些落淚。
三姨娘素來欺負她性子弱，撇嘴道：「哭什麼哭！明遠不是在信中說了麼？岷山守住了，他還連斬敵方三員大將。聽說軍報入宮，聖上龍顏大悅，皇后娘娘也連聲誇讚咱們明遠呢。」
四姨娘右手撐住下頷，遙想謝朗手持銀槍在戰場上威風凜凜之狀，輕歎道：「可惜咱們是女子，不能上戰場，不然眞想去瞧一瞧明遠的威風樣子。」
「想吧你。」二姨娘摸牌，看到正是自己想要的五餅，控制住不露出笑容，丟出一張三條，淡淡言道：「自古以來，哪有女子上戰場的？你下輩子投個男兒身，那還差不多。」
五姨娘忽想起造訪過謝府的那位天清閣閣主薛季蘭，道：「要是能像薛閣主那樣，走遍殷國，被人尊呼爲一聲『薛先生』，這一生也不枉爲女子了。」
四姨娘雙掌合十，「說起來，倒眞要感謝薛先生。聽明遠信中說，若非薛先生給的那塊麒麟片，他就要被丹賊那個什麼王爺一槍刺中命門，眞是險啊，阿彌陀佛！」
二姨娘卻歎了口氣，輕聲道：「你們還不知道吧，老爺昨天收到孤山來的信，那薛先生，上個月過世了。」
「啊！」其他三人齊齊張嘴。四姨娘忙念了聲「阿彌陀佛」，又問：「怎麼會這樣？上次薛先生來京，可還好好的，她不過四十來歲的人，怎麼會……」
「具體的也不清楚。」二姨娘歎道：「老爺一宿沒睡，不停在歎氣。他感歎師叔英年早逝，又說接掌天清閣的，便是上次隨薛先生一起來咱們家的那位小薛先生，說她畢竟年輕又是女流之輩，也不知能不能擔起這個重任。」

室內陷入沉默，三姨娘趁這幾人都在發愣，偷偷順手摸了張牌進來，又偷偷換了張牌出去。見沒被發覺，她心裡樂開了花，面上卻保持平靜，「這人啊，今日不知明日事，說不定哪天，一伸腿就到閻王爺那裡報到去了，咱們還是多多積福行善吧。要不，明天去萬福寺燒香！一來求菩薩保佑明遠，二來也爲薛先生上炷香。」

「不去。」五姨娘嬌滴滴道：「天氣太熱，不想動。」

二姨娘頓時露出一副鄙夷神態，「就你嬌氣些，你若是不去，夜市上新出的玉蕊粉，我可不會給你帶回來。」

五姨娘丟出一張牌，賭氣道：「不帶就不帶。反正我也是人老珠黃，又不圖生個一兒半女，又不圖被老爺寵愛，只圖明遠平安歸來，早些和公主成親，再生幾個孫子孫女讓我抱抱便行了。」

說起未來的公主媳婦，幾個人驟時來了精神。四姨娘道：「也不知這戰事什麼時候能結束，這都打了一年，也應該要打完了吧。我還指著明遠早些回來，和公主成親呢。」

「公主怕也是等不及了。」五姨娘嘻嘻一笑，「前兒個她還巴巴地派了抱琴來給老祖宗送什麼桃子，還不是巴望著能從咱們這兒得到明遠的隻言片語嘛。可你們說，明遠這傻小子，怎就不知道給公主寫封信呢？或者在給老爺和老祖宗的信中捎帶著提提公主都好啊，害得咱們只能捏造那麼幾句話來哄人家小姑娘。」

「就是，明遠這小子，只在信裡說這仗打得多麼激烈，吃的用的是多麼艱苦，頭半年，還和那老將裴無忌吵了一架，被平王殿下裝模作樣地責打了幾板子，頗吃了些苦頭。唉，也不曉得他到底過得怎樣？」

「哎呀，咱們明遠實心眼，從小就是不撞南牆不回頭的性子，這日後要是和公主吵起架了，可怎麼辦？」

「放心吧，公主一顆心全在咱們明遠身上，又是那等溫柔性子，肯定會讓著他的。」

「就是，別瞎操心了。」二姨娘不動聲色地打了一張牌，道：「我昨天問了老爺，公主也過了及笄之禮，只要明遠得勝回朝，馬上就會舉行婚禮。咱們得及早準備才是，到時大家都不准偷懶。」

她轉向五姨娘道：「特別是你，不准假裝害病。」

五姨娘委屈道：「誰裝病了？人家確實是身子骨弱嘛。二姐啊你放心，明遠成親，我就是爬也要爬起來看新媳婦進門的。」

三姨娘打了張牌出去，諷道：「到時你還是回床上養著較好，免得大家又得看你裝出一副受累的樣子，說我們這也沒做好，那也沒做好。」

「就是，就是。」四姨娘連連點頭。

五姨娘惱了，將牌一推，「不玩了！」

二姨娘正抓了張牌，看清楚後尖叫一聲，「胡了！自摸，清一色！」她興奮不已，連拍桌子，卻見三姨娘和四姨娘幸災樂禍地看著自己，低頭一看，只見桌面上的骨牌已被五姨娘推得亂七八糟，自己那一手清一色的好牌自然也被推得看不出原樣。

二姨娘愣了一瞬，接著一聲驚天動地的大叫。五姨娘自知理虧，起身就跑，二姨娘捋著袖子追了上去。

三姨娘一副看好戲的神情，抓了把瓜子慢慢嗑著。

四姨娘一邊抹牌，一邊絮絮叨叨道：「二姐，五妹，你們這樣鬧，會把老祖宗引來的……」

景安七年，夏，四月。

謝府，澄漪院放酒的地窖內。

雖是夏初，地窖內卻十分陰冷，五姨娘披上了夾衣仍瑟瑟直抖，牙關輕敲，「二、二、二姐，我、我、我們還是另、另外找個地方玩吧，這、這裡太、太、太冷了。」

「你倒說說，這謝府之內，還有哪處是老祖宗沒找到過的？」二姨娘冷笑。

三姨娘嗑著瓜子，「誰讓你那次得意忘形，讓老祖宗聽到聲音找到了秋梧院？咱們沒地方躲了，只能躲到這裡來。」

「就是，老祖宗雖然出牌慢了點，牌品相當臭，又從不拿私己銀子出來和咱們玩，但她總是長輩。依我說，倒不用躲，她老人家想玩，咱們陪她玩就是，只不過，五妹你不用上場，在旁邊端茶遞水好了。」二姨娘閒閒道。

五姨娘無奈，只得打起精神摸牌，口中嘟囔道：「我不也是看老祖宗年紀大了，經不得刺激，她玩馬吊又容易興奮，怕她有個好歹麼？」

牌過幾輪，她倒還小贏了一點，便也漸漸忘記了寒冷。

二姨娘的大丫鬟紅藻進來替幾人斟上參茶，輕聲道：「看過了，老祖宗正午寐，一時半會醒不來。聽墨書說，老祖宗說醒來後要到佛堂靜坐參禪。」

四人大喜，放鬆了不少，隨著「戰事」越趨激烈，爭執之聲也越來越大。

三姨娘這日手氣特背，不到一個時辰便輸光了荷包裡的銀子，眼見又放了五姨娘一炮，她氣得將桌子拍得砰砰響，「見鬼了、見鬼了，你們八成是使詐，聯起手來對付我！」

五姨娘哼道：「少廢話，給銀子！」

「不給！輸光了，沒銀子！」

五姨娘起身來取她的耳墜子，「沒銀子，就拿這個抵數！」

三姨娘慌忙躲開，怒道：「這個不能給！」

「爲什麼不能給？」

「這可是我三十四歲生辰時，明遠巴巴地讓金匠按最新式樣打了送給我的。要是他回來，我還得戴上這個去接他，當然不能給！」

她這句話頓時勾起了眾人對謝朗的思念之情。五姨娘也一時忘了索要賭債，坐回原位，撐著下頜幽幽道：「唉，都兩年了，這仗還沒打完。」

「是啊。」四姨娘歎道：「明遠這小子，也不知怎回事。去年的信是一個月一封，今年倒好，三四個月還不見一封信回來。好不容易盼到一封了，他也沒說什麼，只那麼輕描淡寫幾句話，也不知他過得到底好不好，萬一、萬一受了傷，咱們也不知道……」

二姨娘壓低了聲音，「聽老爺說，丹賊被咱們的大軍趕到了薩努河以北，本可以一鼓作氣將他們趕回阿克善草原，但咱們的糧草一時沒跟上，軍中餓了數日，平王殿下也只能跟著士兵吃草根樹皮，又殺了些戰馬才度過危機。這種情況下，明遠自然沒心思給咱們寫信了。」

「那他是不是吃了不少苦啊？」五姨娘相當心疼。

「老爺說了，讓他吃點苦才是正經事。正因爲軍中缺糧，明遠請纓去奪丹賊的糧草，只帶了千名精兵，一晝夜行數百里，奪了批糧草回來。平王殿下上表給明遠請功，聖上封了明遠爲驍衛將軍，聽說連那個最難纏的老將裴無忌也開始對明遠讚賞有加呢。」

「阿彌陀佛！」四姨娘念了聲佛，道：「明遠下次可別這麼冒險才好。」

「就是，他是堂堂駙馬，何必拿這尊貴的身子去冒險，公主可不想沒過門就成爲寡……」五姨娘幽幽道。

「呸、呸、呸！快吐口水！」三姨娘罵道。

五姨娘略感尷尬，旋想起了三姨娘的賭債，起身去摘對方耳墜，「你先把這帳給結了！」

三姨娘哪肯，與她廝鬧起來，躲閃間正撞上端著雞湯進來的大丫鬟紅藻和綠柳。「鏘啷啷」響聲在地窖內久久迴響，瓦缸和瓷碗碎片到處都是，而三姨娘、五姨娘、紅藻、綠柳身上也濺滿了雞湯。

眾人正十分狼狽之時，地窖入口忽然傳來一把蒼老的聲音：「哈，可逮著你們了！」

景安八年，初春，正月十六。

謝府，二姨娘的留芬閣內室澡屋內，深藍色的粗麻布將窗子遮得嚴嚴實實，屋內點著數支蠟燭。

二姨娘按住桌面，一臉嚴肅，「我可把醜話說在前頭，這回誰要再鬧事，把老祖宗引來了，別怪我扣她的月例！」

「二姐放心！」另三人忙點頭。

五姨娘怯怯道：「這裡會不會太危險，我總感覺老祖宗隨時會找來。」

三姨娘語帶不屑，「你見識太淺了，俗話說得好：『最危險的地方就是最安全的地方』，老祖宗絕想不到咱們會選在這留芬閣玩馬吊。再說院門口有紅藻守著，只要她叫一聲『老祖宗』，咱們就不出聲，老祖宗怎可能會到這黑乎乎的澡屋裡來查看？」

四姨娘連連點頭，「三姐說得有理。」

五姨娘跟著放下心投入到「戰事」中，不多時便贏了數兩銀子，喜得眉花眼笑，總算克制著沒大聲笑出來。

二姨娘同樣心情舒暢，邊出牌邊低聲笑道：「話說回來，咱們玩了今天，明天可得幹正經事了。明遠馬上就要回來，他這一回，封爵、領賞、慶宴自是少不了，只怕馬上便要和公主成親，謝府可有得忙了。」

三姨娘喜道：「是，二姐放心，咱們就玩了今天，明天開始辦正事。昨兒個我兄弟媳婦來，還說咱家舖子新到了一批南梁國的絲綢，正好辦喜事用。」

「嗯。」二姨娘點點頭，轉向五姨娘道：「老五，這酒，可都得由你娘家包了。」

「好。」五姨娘應得格外爽快，「就等著這一天哩，早和我大哥說了，大哥說能為明遠娶公主準備酒，那是添光生輝的事兒。」

四姨娘家境卻沒有三姨娘和五姨娘好，聞言便低聲道：「二姐，那我……」

二姨娘素憐她出身貧寒，忙道：「你來幫我的忙，這裡裡外外，我一個人肯定忙不過來，總不能請老祖宗出來理事。」

四姨娘連忙點頭，「放心吧，二姐，你說東我絕不往西。」

三姨娘打出手中的牌，道：「不過我說明遠這孩子，可真是！從去年到今年，就回了一封信，還只一句話，什麼『戰事將定，不日回京』。你說說，這叫怎回事？是不是把我們都忘了啊？」

「唉，三年沒見，也不知明遠長高了沒有？下下個月可就是他二十歲的生辰。小柱子那天聽從前線回來的傷兵說，明遠黑了不少。」

二姨娘也十分想念謝朗，發了一會兒呆，在五姨娘的催促下才亂丟了張牌出去，「是啊，他這一句話，可把我害苦了。昨天公主不是派抱琴來給老祖宗送宮花麼？又到我這裡打探明遠的消息，我只得再撒了一回謊，說明遠寫了信回來，請我們代他向公主表達思念之情，還胡亂謅了一句詩。」

五姨娘向來自恃有幾分詩才，忙問：「什麼詩？說來聽聽。」

二姨娘想了想，道：「是北梁國大才子趙醉的那句。我看老爺經常在姐姐靈前念叨的，什麼來著，對了，是『兩處相思不相見，淚濕青衫情無限』！」

五姨娘拍掌笑道：「二姐，我服了你啦，這句詩，保管讓公主喜翻了一顆春心！」

「以後明遠安享公主柔情密意時，可不能忘了我的功勞。」二姨娘十分得意。

四人想像著謝朗得勝回朝、迎娶公主、洞房花燭夜的情形，都笑出聲來。忽聽到外面傳來紅蕖大聲的呼喚：「給老祖宗請安！」

四人面色齊變，手忙腳亂地吹滅蠟燭，屏氣斂聲。

不多時，枴杖點地聲傳來，隱隱聽到太奶奶在外屋內轉悠，似是在問紅蕖：「你家主子呢？」

「回老祖宗，主子和三位姨娘全都上街去了，說是少爺快回來了，要去置辦一些物事。臨走時主子吩咐了可能很晚才回來，說要是老祖宗午寐醒了，就讓我們好生伺候著。」

太奶奶哼了一聲，不再說話，過得片刻，枴杖聲遠去，院門也「吱呀」關上。

四人齊吁了口長氣，連忙點燃蠟燭。三姨娘得意道：「我說這裡最安全吧。」

四姨娘笑道：「三姐這主意還真是不錯。」

五姨娘笑著摸牌，「咱們好不容易……」

「砰」聲響起，澡屋門被大力推開，太奶奶站在門口，笑得十分得意，「哈哈，我就知道你們躲在這裡！」

四人臉色都不好看，卻只得齊齊站起行禮，「給老祖宗請安！」

太奶奶笑咪咪走過來，看了看桌子上的骨牌，「你們四個，今天誰贏了？」

「五妹。」二姨娘、三姨娘、四姨娘齊齊指向五姨娘。

「你既贏了，就讓位，我來！」太奶奶把五姨娘一推。

五姨娘愁眉苦臉地站在一旁，又不敢告退，突想起荷包還放在桌子上，忙彎腰去拿。太奶奶卻一把按住，「反正是你贏回來的，我接你的位，就算我的本錢好了。」

五姨娘叫苦連天，看見三姨娘面上幸災樂禍之色，恨恨地盯了她幾眼，噘起嘴站於一旁。

太奶奶將枴杖放下，笑著摸了張牌進來，瞇著眼看了半天，等另外三人不耐煩地打起呵欠，她才慢悠悠打了張七條出去。太奶奶剛將牌放下，便馬上催二姨娘，「快出，快出，就你慢！」

四　君心只在凌煙閣

正月二十二的下弦月，宛如一抹淡淡白煙，裊裊娜娜掛在柳梢頭。

柔嘉嘴角含笑，望著案上的澄心箋。細薄光潤的羅紋箋紙上，用端秀小楷寫著一句詩：「兩處相思不相見，淚濕青衫情無限。」這是明遠哥哥託二姨娘轉給自己的詩。三年了，他為避嫌，沒給自己寫過隻言片語，卻託二姨娘帶來如許情意深重的……

她慢慢伸出手去撫摸著澄心箋，如羊脂般白膩的手指劃過詩句，在「情」字上長久摩挲。

大宮女抱琴進來，看著柔嘉頰邊的兩團紅暈，抿嘴一笑。

「公主，早些歇著吧。」抱琴將手中披風替柔嘉披上，「春夜料峭，您若是不小心病了，明天可怎麼去見咱們的駙馬爺呢？」

柔嘉跺了跺腳，伸手來擰她的面頰。抱琴笑著躲閃，鬧得一會兒，柔嘉拉住她的手，兩人並肩伏在窗臺上，望著窗外朦朧的月色。

「抱琴。」

「是，公主。」

「聽人說，皇兄這三年變了很多，他是不是長高了，還是瘦了，或者是黑了呢？」

抱琴憋住笑，「平王殿下有沒有變，奴婢可不知道。但奴婢那天去給謝府太奶奶送宮花，小柱子告訴我，謝將軍倒是比三年前高了些，也黑了些。」

柔嘉默想了少頃，面頰紅暈更深，又低聲道：「抱琴。」

「嗯。」

「皇兄好不容易將丹賊趕了回去，也不知道他這三年，吃了多少苦呀。」

抱琴幽幽歎了口氣，「唉，平王殿下有沒有吃苦，奴婢眞是不知道。但奴婢聽說，謝將軍可吃了不少苦，聽說但凡有難打的戰役，謝將軍必是第一個請纓；聽說他和驍衛軍眾士兵們同吃同住，身邊連個伺候的親兵都沒有；還聽說，他曾經三天三夜沒闔過眼，就爲了和那個裴無忌打的賭，要守住赤水原。」

柔嘉也歎了口氣，不過片刻，她心情又舒暢起來，「抱琴。」

「是，公主。」

「這仗總算打完了，丹族人也被趕回阿克善草原，皇兄總算要回涑陽了。」

抱琴同替她歡喜，將手一合，笑道：「是啊，明天，咱們就可以見到得勝回朝的謝將軍了。」

兩人笑成一團，柔嘉滿心的幸福和歡喜無處宣放，激動之下，她拉住抱琴的手，雙眸閃亮，「抱琴，你幫我個忙，好不好？」

涑陽北郊有一處高坡，坡上樹木茂密。初春的寒霧在晨曦下升騰，不時有雀鳥從林中飛起，飛向東面漸亮的天空。

柔嘉與抱琴坐在最高處一棵大樹的樹幹上，遙望著北方的官道。抱琴嘟囔道：「公主，奴婢這眞是最後一次幫您溜出宮了，回頭若被娘娘責罵，或被鄧公公關進了黑屋子，公主可不能見死不救。」

柔嘉抱住她的左臂，仰面笑道：「好姐姐，不會的啦。我不過想早點看到皇兄，只要遠遠看他一眼，我就馬上回宮，母后不會發現的。」

「那咱們說定了，只要看到平王殿下，不管他身邊有沒有那個人，咱們都回宮。」抱琴板起臉。

柔嘉窘了，將她的手一甩。抱琴笑了出來，「好啦，那麼看到謝將軍後，咱們就回宮。」

林間有鳥兒在宛轉啼唱，柔嘉只覺時間過得好慢，不停地問著抱琴：「他們到底什麼時候到啊？」

抱琴先是頗耐心地回答：「禮部定的是巳時一刻在穜穀坡舉行犒賞大典，這裡距穜穀坡不遠，估計辰時末，平王殿下就會率著將士們經過這裡。」

柔嘉卻每過得片刻便問一遍，抱琴再答兩遍後懶得理睬，自顧自地依在樹幹上闔眼小憩。

抱琴正睡得迷迷糊糊之時，柔嘉大力將她搖醒，「來了！來了！他們回來了！」

抱琴未加提防，險些跌下樹去。所幸她反應敏捷，不動聲色地運起內功穩住身形，嗔道：「公主，您這樣大聲，會讓人發現的。若是讓驍衛軍們瞧見他們謝大將軍的未婚妻巴巴地在樹上等著他，可就……」

柔嘉連忙鎮定下來。馬蹄聲越發清晰，官道盡頭，黑壓壓的人馬漸馳漸近。

此時天已大亮，這日竟是初春難得的晴天，清晨旭光穿破層層雲團投在數千人的鎧甲上，熠熠生輝。

柔嘉說不出話來，緊揪著抱琴的衣袖。抱琴張目看了有頃，歎了口氣，「五千驍衛軍、五千武衛軍出征，看樣子，只回來六千人。唉……」

柔嘉一愣，過了片刻把雙手合十，低低念頌：「只求菩薩保佑，我大殷再無戰爭之虞。」

數千鐵騎疾速馳來，震得小山丘微微抖顫。隊伍前列，一騎白馬在眾人的拱扈下格外顯目，馬上之人皮弁攏髮、銀甲加身、身形威峻，正是平王秦磊。

柔嘉淚眼朦朧，看著平王越馳越近，又慢慢望向緊隨著平王、玄甲鐵衣的謝朗，他黑了些，高了些，結實了不少。以往他騎馬時總是英姿勃發、意興飛揚，而此刻他策馬而馳，沉穩如高山，英俊的面容也如同經過被風雨洗禮後的岩石，添了堅毅與沉穩。
喝馬聲中，黑壓壓的騎兵緊隨著平王迅速馳過山坡下，又帶起滿天灰塵遠去。
抱琴回過頭來，只見初春晴光照在身邊少女的臉上，她正向著曦陽微笑，漆黑雙眸綻放著幸福的光采，濃密黑亮的烏髮似也在晨風中翩然起舞。

涑陽城北門。
平王目光沉靜，端坐於馬上，望著北門上斗大的「涑陽」二字，沉默了少頃，歎道：「終於回來了。」
「是啊，終於回來了。」謝朗與陸元貞互望一眼，都難捺滿腔興奮之情。
平王回頭看了看背後的數千人馬，再看看烏壓壓擠來的人群，未再多言，輕喝一聲後策馬進城。謝朗與陸元貞微笑著抽響馬鞭，緊隨在後。
鐵甲大軍後列，奉命前來爲平王犒賞的弘王冷冷一笑，雍王聽得清楚，也跟著冷笑一聲。
兩人慢悠悠地落在最後面，看著前方熱鬧情狀，雍王話語中忿然之意甚濃，「大哥，若是當日由你領兵出征，也用不著打上三年。老四打了這麼久，死了這麼多將士，還好意思……」
弘王舉起右手，止住雍王的話語。待周邊的人都離得遠了，弘王方道：「老二，你莫看老四這仗打了三年之久，似是不值一提。但恰恰趁著這三年，他精心謀畫，掌控了北疆全域，甚至連裴無忌這塊硬石頭都投向了他。」他又望向前方，道：「老二，方才老四背後那兩個小子，你可覺得他們和從前有何不同？」
「小謝黑了些，陸元貞這小子倒沒太大變化。」
「不。」弘王搖了搖頭，目光越發幽深，話語亦越發別有意味，「三年啊……老四變成什麼樣，我還眞看不透。但你看謝朗和陸元貞那兩個小子，若說三年前，他們還只是一把剛煉成的利劍，寒光閃爍、奪人心魄，然三年之後，我發覺他們就像淬過火、飲過血的絕世好劍，收斂了鋒芒，隱去了銳氣，靜靜躺在劍鞘中，待它的主人將它從寶鞘中抽出……」

他抽出鞍旁長劍，運力一揮，身下坐騎的幾絡鬃毛被砍落下來。他吹了吹黏在劍刃上的鬃毛，緩緩道：「他們將無・堅・不・摧！」

雍王愣了許久，才道：「大哥，那怎麼辦？」

弘王嘴角牽出一絲冷笑，「一千多年前，楚君求長歌劍不得，索性將長冶子一門悉數斬殺，令長歌劍永埋於絕壁之下。長歌不出，楚君的夜雪劍便再無敵手！」

平王回宮拜見父皇、繳交兵符，景安帝一直微笑著，連看著這個兒子的眼神亦是柔和而帶著幾分讚賞。平王卻始終以謙卑姿態面對父皇褒獎和眾臣讚頌，直到回到皇后的嘉儀宮，給闊別三年的母后深深磕頭，他才略顯激動，說話的聲音也哽咽起來。

皇后將兒子看了又看卻吐說不出一句話，倒是柔嘉拉著平王的手問東問西，殿內只聽見她嘰嘰喳喳的聲音。皇后過了許久才穩定心神，見平王被纏得有些無奈，發話道：「柔嘉，這些事情，你回頭直接去問謝朗就是，何苦煩你皇兄？」

殿內之人皆掩嘴而笑，柔嘉羞得小臉通紅。平王笑道：「母后說得是。柔嘉，明遠這三年又不是時刻在我身邊，他的事情啊，你還得親自問他。」

柔嘉越發羞了，帶著抱琴躲跑出去。她本待爭口氣不去參加夜宴，但當夜色降臨，御苑方向傳來絲竹之聲，她還是忍不住換了宮裝，直奔御苑。

是夜，皇宮流光溢彩，各國使臣、文武百官魚貫入宮，參加皇帝陛下為平王及有功將士舉行的盛大宮宴。

柔嘉帶著抱琴趕到御苑時，平王、謝朗和陸元貞等有功將士正被眾人簇擁著步入宴席。不多時，御駕逶迤而來，例行的祭酒行禮後，宮宴開始。

柔嘉有滿腔的話要問謝朗，可眾目睽睽，她只得嘟著嘴坐於景安帝身側，望著被眾星捧月的平王和謝朗，神色怏怏。

笙歌曼舞中，景安帝回頭看了看她的神色，呵呵一笑，和聲喚道：「老四，明遠！」

平王和謝朗忙過來，景安帝指了指身側，「你們坐這裡吧。」

柔嘉大喜，向景安帝眨了眨眼，景安帝開懷大笑。平王會意，搶先落坐，謝朗遂只得坐在平王和柔嘉之間。

謝朗見到柔嘉，微微一愣，笑道：「三年不見，柔嘉長高了這麼多，我都快不認得了。」

景安帝大笑，平王暗罵了聲「傻小子」，笑道：「柔嘉不但長高了，還標致了不少呢。」

謝朗卻未附和，他看見長几上擺著的御酒，眼睛乍亮，坐下來喝了一杯，歎道：「整整三年沒喝過涑陽美酒了。」

柔嘉對著正向自己促狹眯眼的平王比了比拳頭，壓下羞澀之情替謝朗斟了杯酒，柔聲問道：「明遠哥哥，邊關沒有好酒麼？」

「有是有，漁州美酒天下揚名，可誰也不敢喝，喝了就得挨你皇兄的板子。」

他仰頭再喝一杯，柔嘉眼尖，看見他頸側似有幾道傷痕，忙問道：「明遠哥哥，你這裡受過傷麼？」

謝朗撫了撫左頸，「哦」了一聲，淡淡道：「沒事，不是傷。」

平王聽見，笑道：「那裡啊，是被他的得力手下抓傷的。」

「誰啊？怎麼還會抓傷人？」柔嘉連聲問道。

謝朗不答，平王道：「這可是明遠的得力手下，多虧這個手下，明遠才守住了赤水原，咱們才取得了赤水原大捷。」
景安帝聽得清楚，他雖早在軍報中得知赤水原大捷，卻不曾聽過這人，遂問道：「是哪員幹將能令我軍取得赤水原大捷？快宣他來見朕，朕要好好獎賞他。」
謝朗忙稟道：「啓稟陛下，殿下所說，並非將士，而是微臣在岷山時覓得的一隻白鵰。」
「哦，白鵰？」
「是。微臣到了岷山後，深感當地地形之複雜，見當地山民靠養鵰來尋獵物，便想到養一隻鵰加以訓練，利用牠在空中偵察敵蹤，追蹤示警。所以赤水原一戰，我軍才能及時發現丹賊左忽喇王行軍路線，將其全殲。」
景安帝喜道：「這倒是聞所未聞。快，明遠，快讓朕瞧瞧你養的白鵰。」
「陛下，這白鵰十分凶猛……」謝朗面有難色。
景安帝略有不悅，「明遠，你當朕是文弱書生不成？」
謝朗連稱不敢，微微仰頭，撮唇而呼。嘯聲壓下御苑內的簫鼓之聲，在夜色中遠遠傳開。
過不一會兒，天空中隱隱傳來一聲高亢鳴叫，謝朗微笑道：「牠來了！」
景安帝正要說話，撲楞聲響，白影挾著勁風撲下。謝朗笑著將右臂舉起，一頭白鵰落在他的手臂上，微歪著頭，黑溜溜的眼珠看著眾人。
景安帝和柔嘉見這鵰十分威猛，嘖嘖稱奇。柔嘉碰了碰白鵰的右翅，見牠並不反抗，樂得笑問起謝朗：「明遠哥哥，牠叫什麼名字？」
謝朗看著精心豢養了兩年多的鵰兒，話語中有掩飾不住的驕傲和得意，「這是北疆難得一見的白鵰，通體白羽，所以我給牠取了個名字，叫做『大白』！」
柔嘉極喜愛這白鵰，忍不住去撫牠的頭頂，哄道：「大白乖，你可別咬我……」話音未落，大白猛然昂首鳴叫一聲，同時用力扇動翅膀，嚇得柔嘉急步後退，謝朗忙將她扶住。
大白鳴叫的一瞬間，平王閃身而出，疾速擋在景安帝身前。大白卻未傷人，展翅高飛，消失於夜空之中。
謝朗鬆開柔嘉，轉頭向景安帝請罪。景安帝也不怪罪，面帶笑容地看了看平王，歸座道：「朕瞧這白鵰威武勇猛，又在赤水原一戰中立下大功，朕想賞牠。」
柔嘉喜笑顏開，問道：「父皇，您打算怎麼賞大白？牠要那些個金銀珠寶可沒用，您也不能賞牠個宮女……」
平王在旁輕笑，柔嘉臉紅了紅。
景安帝知她怕自己賞幾個美豔宮女給謝朗，便笑道：「柔嘉放心，朕這次誰都不賞宮女，朕賞大白一個官當當。」
「父皇說笑，鳥兒怎麼能夠當官？」柔嘉心中歡喜，卻撇了撇嘴。
景安帝素喜這幼女嬌癡可愛，笑咪咪道：「盛朝時，女帝為了令百花在一夜盛開，許下『第一個開花的，即封為中書郎』。後來牡丹當先開放，女帝便眞封了此花為中書郎，柔嘉忘了這回事麼？」
柔嘉笑道：「還眞忘了這回事了，難怪劉公公他們總叫牡丹為『丹郎、丹郎』。那父皇打算封大白一個什麼官職？」
御苑中所有人都傾耳細聽，看景安帝究竟要封那隻大鳥何等官職。一旁的起居郎神情鄭重、研墨捧紙，只待聖命一下，即起草朝廷最新的任職旨意。
景安帝捋著鬍子想了片刻，微笑道：「傳朕旨意：神鵰大白，勇猛威武，忠心為國，立功頗殊，今封其為驍衛軍郎將，號『威勇白郎將』，從六品，隸屬於驍衛將軍麾下。」
謝朗跪下代大白謝過，「吾皇隆恩。」

文武百官們口呼「陛下英明」，暗中卻竊笑不已。夜宴罷後，不到天明，皇帝欽封「威勇白郎將」一事便傳遍京城，成為一時佳話。

夜宴散後，景安帝命平王留下。平王低頭領命，轉頭間瞥見弘王、雍王的眼神，心中暗歎一聲。

柔嘉趁人不備，連使幾個眼色。平王笑了笑，向謝朗道：「明遠，你先別急著回府，本王還有話和你說，你到玄貞門稍等片刻。」

「是。」謝朗忙道。他不知平王有甚要緊話，與眾人一起出了御苑，在玄貞門側靜候。正數著燭影，無聊至極之時，聽到輕輕的腳步聲，轉身喜道：「王爺，可以走……」

輕笑聲如同迎春花般嬌嫩，謝朗撓了撓頭，笑道：「原來是柔嘉，我還以為是王爺。」

柔嘉滿心的歡喜，像浪水拍打岩石一樣湧上，又落下。她慢慢走近，微仰著頭看著謝朗，黑亮雙瞳在宮燈照映下，流動著異樣的神彩。

謝朗這才仔細看了看她，仍舊微笑道：「柔嘉用的什麼花粉，膚色這麼好。」

柔嘉興奮得全身輕輕顫抖，柔聲道：「真的好看麼？」

「好看。」

「是北梁國脂縣的雲英粉。」柔嘉緩緩低下頭，「明遠哥哥，你若是喜歡，我以後就一直用這個。」

「好啊。」謝朗笑道：「柔嘉若是還有這粉，能不能分我一點，我正愁沒給三娘買到合適的禮物。」

宮燈將二人影子拉得很長很長，柔嘉愣愣看著，半天才應了聲：「好，回頭我讓抱琴送些過來。」

「多謝柔嘉了。」謝朗略覺不安，似感和柔嘉不像小時候那般自然，只得不著痕跡地退後了一步，一時不知該和她說些什麼。

柔嘉看著他的影子逐寸後移，又盯著自己腳上的繡花鞋，半晌方輕聲道：「明遠哥哥。」

「嗯。」

「那句詩……」柔嘉咬了咬下唇，低低道：「那句詩，我很喜歡。」

謝朗微愣，「什麼詩？」

柔嘉深低著頭，聲音細如蚊蚋，「就是那句『兩處相思不相見，淚濕青衫情無限』……」說到最後，已低不可聞。

謝朗費了些力氣才聽清楚，覆念了一遍後點頭道：「嗯，確實是好詩。哪位才子寫的？」

柔嘉猛然抬頭，面露驚異之色，慢慢地，眼中含了一汪淚水。謝朗忙問：「柔嘉，怎麼了？」

柔嘉「哇」的哭了出來，提起裙裾，右足用力踢向謝朗。謝朗不敢閃躲，「哎呀」一聲，抱著左腳轉圈。

柔嘉猶豫片刻，轉身飛奔，消失在廊道盡頭。

謝朗正摸不著頭腦，遙見平王大步過來，忙迎上前，二人說笑著回了順和宮。

景安帝即位後，遲遲不立太子，四位皇子皆養在宮中，不允他們出宮開府建制。平王所居便爲順和宮。

屏退所有太監、侍女，平王在院內來回踱著，終於轉過身望向謝朗，肅容道：「小謝。」

「王爺有話請說。」

平王仰頭看著一彎弦月，輕聲道：「父皇允我開府建制了。」

謝朗大喜，「恭喜王爺。」

二人都知能開府建制至關重要，等同景安帝挑選繼任者的一個暗示。想到胸中壯志有機會得以實現，二人都心懷舒暢，相視而笑。

平王歎道：「不過這樣一來，大哥和二哥定會嫉恨無比，將來只怕風波不斷。」

「怕他們做甚？」謝朗冷笑道：「反正他們是不會消停的，咱們做好分內之事，不讓人抓住把柄就是。」

「嗯，眼下父皇便交代了一件事情，咱們定得辦好。」

謝朗忙道：「王爺儘管吩咐。」

「小謝，你得走一趟洛北孤山。」

謝朗吃了一驚，道：「是和天清閣有關麼？」他腦中乍然浮現一雙充滿嫌惡的眼睛，不由心中不快。

「是。薛先生去世後，由小薛先生繼任閣主。日前不久，父皇收到密報，小薛先生已經尋獲了《寰宇志》。」

謝朗對《寰宇志》略有耳聞，歎道：「《寰宇志》重現人間，也不知是福是禍。」

「是啊。可眼下，父皇絕不能讓《寰宇志》落入別人之手，所以得將此書取回。」

謝朗一聽便明，「是要暗中拿回？」

「不錯。眼下，不管是南梁、北梁，抑或丹人和西域諸國，還有南方作亂的那批逆賊，都對《寰宇志》虎視眈眈，若是明著去取，只怕會引起大亂。故此父皇將這個重任交付予我，聽父皇的口氣，咱們若是能將《寰宇志》順利取回京城，父皇將冊立我爲太子。」

謝朗欣喜地吁了口氣，平王微笑道：「我想過了，其實父皇也是這個意思：謝尙書出自天清閣，你稱小薛先生一聲『師叔』，由你帶著高手和密旨暗中去取《寰宇志》祕密帶回京城，再合適不過了。」

謝朗正色道：「王爺放心，我定會將《寰宇志》順利帶回來。」

平王拍了拍他的肩，「勞煩小謝了，出征剛歸返，又要勞你遠走一趟。你和柔嘉的婚事，也只有等你從孤山回來後再辦。」

謝朗一愣，甫想起自己與柔嘉是訂過婚的。三年來，戎馬倥傯中他甚少想起自己的這位未婚妻，即使偶爾有那麼一兩次想起，印象最深的還是她六七歲時追著自己叫「明遠哥哥」的模樣，此刻聽平王竟然說到了成親，不覺茫然不已。

平王只道他是高興得發愣，調侃道：「這事咱們得保密，不然柔嘉知道我推遲了她的婚事，非得找我拚命不可。回頭父皇將下旨意，讓你去暗巡南方軍情。你去孤山，往返約需一個半月，時日也合得上。父皇還會調些高手給你，你回去向太奶奶請安，明天就出發吧。」

謝府門前已擠得水泄不通，夜宴散後，謝峻回府，四位姨娘便率著家丁、侍女們齊列在府門前。等了許久，遠遠見小柱子飛跑回來，二姨娘忙問：「少爺呢？」

「驍衛將軍呢？」三姨娘擠上前去。

五姨娘忙加了句：「駙馬爺呢？」

小柱子喘著氣指向大道，還沒說話，二姨娘將他一把推開，迎上正策騎回來的謝朗，偏偏喉中似有什麼堵住似的，一句「朗兒」怎麼也喚不出來。

謝朗下馬，一一給四位姨娘見禮。四人都激動得說不出話，二姨娘連連揮手，家丁們忙放起鞭炮，眾人擁著謝朗直入正堂。

「太奶奶！」謝朗如一陣風捲進正堂，身形挺直，「撲通」跪在太奶奶身前，仰頭微笑，「太奶奶，朗兒回來了。」

太奶奶連連點頭卻不說話，只將右手輕舉，讓謝朗起來。

謝朗又給謝峻磕頭，待他鄭重磕完三個響頭，四位姨娘才敢上前，八隻手齊齊伸出要將他扶起。謝朗卻瀟灑站起，轉身笑道：「二娘，您辛苦了。」

二姨娘被他這句話勾起了心事，想起持家的辛苦，鼻中一酸，只覺多年操勞、滿腹辛酸，讓謝朗這一句話便熨得消失不見。

謝朗命小柱子取出從北疆帶回的禮物分發給各人，屋內紛亂不已。二姨娘悄然拭去眼角淚水，乍想起一事，忙將謝朗拉到一邊，輕聲道：「朗兒，有句詩，你聽過沒有？」

「二娘說來聽聽。」

「就是『兩處相思不相見，淚濕青衫情無限』。」二姨娘抿嘴笑道。

謝朗訝然，「這句詩很出名麼？誰寫的呀，怎麼今晚人人都念這句詩？」

五　竹廬驚夢

數百年前的洺北孤山，不過是地僻民稀、野獸出沒的荒山野嶺。自青雲先生在此建閣定居，兩百年來又有不少皇子及世家子弟來此習武學文，使得孤山天下聞名。

謝朗帶著十餘名高手，裝扮成商旅，沿津河西上，過微雨塢、長歌渡，再經瀾州北上，走得頗爲順利。到了雙雁村，謝朗細心暗查一番，見無人跟蹤始稍稍鬆了口氣。

此次任務的副手、僕射堂「八衛」之一呂青，卻總是那副似笑非笑的神情，「公子爺，大白覓食，在下撲之前是不會驚動獵物的。」

呂青在僕射堂八衛中排行第三，人稱「呂三公子」，袖裡銀針發無影、收無蹤。傳言此人性情怪異，不大聽僕射堂老大的號令，來歷也不清不楚，但他是當年的兵部尙書杜昭一力舉薦入僕射堂的，加上其身手高強，縱然有些閒言閒語，亦慢慢平息了下去。謝朗得知此行副手便是此人時頗覺頭疼，僕射堂歷來爲帝君直系力量，平王要想順利成爲儲君，僕射堂不可忽視。但一路行來，呂青並不多話，一切由謝朗作主。謝朗細心觀察，只覺他武功深不可測，看似萬事漫不經心，實則謹愼周密。

聽他這麼說，謝朗點頭道：「呂大哥言之有理，從孤山下來，才是咱們此行眞正的開始。」

呂青不再多說，斜靠在椅中，轉動著手中的酒杯，不時用竹筷輕敲桌面，唱著沒人能聽懂的曲子。

謝朗來之前，將此行任務悄密告知謝峻，謝峻畫下一幅地形圖，詳細標注了孤山附近的地形。但由雙雁村往西，謝朗帶著眾人按圖行走，卻仍是迷了路。按地圖標注，通過一片桃林後即可找到上孤山的小徑，可就是這片小小桃林，將十餘名高手給困住了。

繞得幾圈，謝朗和呂青皆知必是入了陣法。謝朗得謝峻傳授，學過一段時日的陣法，他用心研究一番，再走一圈，還是繞回了原來的地方。

呂青半瞇著眼，望天不語，再喃喃幾句，向右前方奔出，不多時仍繞了回來。他也不沮喪，倒笑得開心，「有趣、有趣，這陣法是最新出世的，頗有幾分陰柔之氣，定是女子所爲，有意思！」

謝朗立刻想起了薛蘅那冷冰冰的面容，禁不住輕哼了一聲，撮唇一呼，大白飛落在他肩頭。他打出幾個手勢，大白歪頭看著，黑溜溜的眼珠子一轉，衝上了半空。謝朗看著牠在空中盤旋的姿態，領先往桃林深處走去。

同行的牧尉風桑極喜愛大白，對牠垂涎已久，跟在謝朗背後絮絮道：「公子爺，回頭你再找隻小白送給我吧，你讓我做啥都行。」

一路走來險象環生，這桃林時而深似地穴、時而激如海嘯，謝朗不顧眼前迷象，闊步向前。

陣法發動，天地乍暗，似有狂風自陣外呼捲而來，吹得眾人衣袂飄飄。謝朗並不慌亂，翹首而望，眼神穿破昏暗捕捉到空中那個小小白點，根據大白示意，帶著眾人大步往北。

不知走得多久，天地忽爲之一朗，風止雲靜，遠處青山澄澈幽靜、近處田丘綠意蔥籠，眾人前一刻還在驚心動魄的風暴中掙扎，這一刻卻享受著盎然的山間春光，恍如隔世。

謝朗呼了大白下來，餵了塊乾肉以示獎勵。見前方有條小徑曲折向上，路旁立有一塊石碑，碑上刻著「孤山」二字，他笑道：「就是這裡了。」

柔嫩的水草在路邊小溪中伸展，孤山春景澄靜幽美。眾人循路而上，聽著鳥兒在林間啼鳴，聽著流水潺潺，均覺心曠神怡。

水聲越來越大，細細的水珠挾著絲絲寒意撲面而來。謝朗抬頭，望著前方洩玉流珠的瀑布，歎了聲：「好個水簾洞！」

眾人沿瀑布下的小湖而行，但走到半途，石路竟似被人挖斷，嘩嘩的水流從斷口處洶湧而下，遙望四周，找不到一條出路。謝朗心中不由嘀咕了一句：「好好一條上山的路也要挖斷，女人做事當眞不可理喻。」

風桑忽道：「公子，看！」

謝朗轉頭望去，只見平湖東側一塊巨石上有名十二三歲模樣的少年正在垂釣，少年做蓑笠翁打扮，盤膝而坐，左手執著釣竿，右手卻握著個酒壺，不時仰頭喝上一口。少年似不知湖邊來了這麼多人，飲了口酒，又拿起一本書搖頭晃腦吟念道：「關關雎鳩，在河之洲，窈窕淑女，君子好逑……」

眾人見他面上故作嚴肅的神情，都忍俊不禁。謝朗笑了笑，還未說話，風桑已大聲呼道：「喂，小娃娃！借問一聲！」

少年晃著的腦袋乍有一瞬停滯，接著又晃將起來，「桃之夭夭，灼灼其華。之子于歸，宜其室家！」

風桑不顧謝朗阻止，再度大呼：「喂，小娃娃！那是大人念的書，等你的毛長齊了再念不遲，你且放下，大叔我要問問路！」

少年將腦袋從書後移出，掃了眾人一眼，開口道：「爾等何人？由何而來？欲往何處？」

這少年生得一張娃娃臉，眼珠子透著十二分的靈活，偏打扮和說話活像一名老學究，眾人再度哄笑起來。

謝朗本也跟著大笑，但眼神掠過少年腰間，見那處繫著孝帶，想起薛季蘭過世尚未滿三年，這少年只怕是她的嫡系弟子。他又想起薛季蘭相贈麒麟片的恩德，忙肅容拱手，「這位小兄弟，我等由涑陽而來，求見薛閣主，煩請小兄弟指條明路，感激不盡。」

眾人見謝朗這般語氣，遂都止住了笑聲。

少年看了謝朗一眼，也不說話，忽然身子向後一翻，倏忽不見。

風桑疑道：「有些邪門，公子……」

他話未說完，「欸乃」聲傳來，巨石後轉出一葉小舟，搖櫓的正是先前那名少年。

少年將小舟撐到距岸邊約兩丈處停了下來，搖頭晃腦又吟道：「誰謂無路？一葦杭之。」謝朗覺這少年有趣至極，便也學著他的樣子搖頭晃腦，應道：「誰謂閣遠？跂予望之。」吟罷，謝朗衣衫輕振，青影一閃，小舟不見搖晃，謝朗旋已站在了舟頭。

少年手橫背後，望著呂青等人。呂青笑了笑，也縱身一躍，與謝朗並肩而立。風桑則咧開嘴笑道：「你個小娃娃，有些意思……」跟著提身縱上小舟。

少年慢慢將裝了十來人的小舟搖入瀑布東面一個石洞。石洞深邃幽遠，地勢向上，水自前方高處傾洩而下，少年卻搖得極為輕鬆，小舟逆流而上。

謝朗知即便是天下第一高手，也不可能如許輕鬆地將載有十來人的小舟逆流划上，少年定然借助了機關的力量。他用心觀察，隱見水中有一線黑影甫恍然大悟，知沿著水道布了一條纜繩，少年只要發動機關，纜繩便可將小舟牽引向上。

眼見少年還在裝模作樣地搖櫓，謝朗哭笑不得，正要開口說話，風桑又大起嗓門道：「小娃娃，這船有些名堂，你給大叔說說……」

他話未說完，少年忽然將櫓一擲，縱身躍入水中。

眾人不及反應，少年已在丈許遠的水面探出頭來，破口大罵：「你奶奶的才是小娃娃！你家祖宗八代都是小娃娃！」

隨著少年的罵聲，小舟在水面疾速打轉，一眾高手急運眞氣於雙足，想將小舟穩住，卻聽「喀喀」巨響，小舟底部爆出個大洞，水疾速由大洞湧入。水越湧越多，眾人知別無他法，只得齊齊躍入水中。

遠處，少年再罵幾句，似是洩了些怒氣，鑽入水中後再不見人影。

這一干高手，有的水性頗佳，有的卻不識水性。謝朗水性向來不佳，但他並不慌亂，深吸一口氣後沉入水底，尋到那根纜繩，又慢慢托著纜繩升出水面。眾人互相扶持著游了過來，十餘人如線穿蚱蜢般，扶著纜繩一路向上，攀游了小半個時辰才見前方大亮，出得石洞是一處平湖。眾人鬆了纜繩，爬上岸，在湖畔木亭內大口喘氣。

亭上書著「翼然」二字，謝朗即知到了孤山山腰處的翼然亭。按謝峻所繪之圖，本來可由山路直上抵達此處，爲何薛蘅要將那山路挖斷，令人只能由山洞裡的水路出入，實是古怪至極。他正在腹誹，風桑已在一旁罵咧咧：「奶奶個熊，小兔崽子，別讓老子再見著。」

樹枝搖動，先前那少年又在前方樹林中探出頭來，回罵道：「你奶奶的全家都是兔崽子，還是長不大的小兔崽子！」

風桑一口氣捺不住，拔腿就追，少年見他追來，一溜煙鑽入林中。風桑正要追入，旋見寒光一閃，他疾速向後連翻數個跟斗，才避過這如雷霆般的數劍。

謝朗看得清楚，忙上前道：「誤會，一場誤會！」

薛蘅仍是那身藍布衣裳，腰間繫著孝帶。她面容凝寒，劍尖直指謝朗，冷聲道：「爾等何人？緣何擅闖孤山？」

謝朗猶豫了一下，行禮道：「謝朗見過掌門師叔。」

「你是謝朗？」薛蘅盯著謝朗看了片刻，滿面狐疑。

「是，師姪謝朗，拜見掌門師叔！」謝朗大聲道。

薛蘅慢悠悠地收起長劍，「原來是謝師姪，聽說師姪長駐北面守疆衛土，怎地得空跑到我這孤山來了？」

三年不見，謝朗覺她越發清冷乖僻，他壓下心中不快，從腰間取出一塊玉牌遞到她面前。薛蘅也不接，只掃了一眼，轉身冷冷道：「隨我來吧。」

眾人遂隨著她向山頂攀登，這一路走來再無任何阻礙，半個時辰後就站在了聞名天下的天清閣前。

望著眼前這棟存在了兩百餘年的名門高閣，謝朗油然而生一股敬意，正要整裝踏入正門，忽聽到空中傳來數聲鳴叫，他心呼不妙，自己一直在石洞中，竟將大白給忘了。他忙抬頭呼哨，白影急急撲下，激起一陣勁風後落在謝朗肩頭。

空中又傳來幾聲鳴叫，薛蘅抬頭吹了聲口哨，黑影閃過，小黑輕巧落於薛蘅肩頭。

謝朗面露尷尬，還未說話，小黑已發現了站在他肩頭的大白，全身羽毛瞬間張開撲扇著雙翅，同時發出示威似的尖叫，撲向大白。大白似嚇了一跳，避過小黑的第一輪撲擊，也撲扇著翅膀高聲鳴叫，叫聲高亢入雲，毫不示弱，兩隻大鳥便在空中鬥成一團，山風颼過，黑白羽毛揚揚落地。

謝朗見大白漸占上風，心中得意，可瞥見薛蘅嘴角的冷笑，想起此行任務，怕得罪了這位脾氣古怪的掌門師叔，忙出聲喝止。

大白萬分不甘地叫了一聲，避開小黑，飛回謝朗肩頭。小黑卻又撲了過來，大白本欲再度應戰，謝朗猛喝一聲，大白只得乖乖躲到謝朗背後。小黑也不敢越過謝朗來追擊，便昂頭叫了幾聲，又在空中得意洋洋地盤旋了幾圈，才飛回薛蘅肩頭。

薛蘅冷覷了謝朗一眼，逕直走入大門，眾人硬著頭皮跟上。一路走來，見天清閣處處透著書香雅氣，粗俗如風桑都不自禁地將腳步放得極輕，咳嗽也不敢大聲。

到了正堂，薛蘅望向謝朗，「你隨我來。」說著不看呂青等人，消失在屏風後。

風桑咕噥道：「這個婆娘，有夠古怪！難怪只能當閣主，活該她一輩子嫁不出去！」

謝朗笑了笑，向呂青道：「呂大哥請在此稍候。」

「公子請便。」呂青微笑道。

謝朗向肩上的大白打出手勢，命牠飛去。可大白不知是不是先前被他嚴厲的喝止聲嚇怕了，一副畏縮模樣，怎麼都不肯飛開。

謝朗無奈，聽到薛蘅越走越遠，只得提步追了上去。他心裡憋著氣，一邁入內堂便將懷中用油布包著的密旨取了出來，面色嚴肅地朗聲道：「聖旨到，天清閣閣主薛蘅聽旨！」

薛蘅那廂卻不慌不忙地落坐正位，檀木長桌上燃著幾炷香，香氣繚繞，將她藍色身影籠在其中，迷濛縹緲。

謝朗正要再度宣其聽旨，黑影掠過屋內，小黑輕巧地落在薛蘅的椅背上。牠微昂著頭，頗有幾分趾高氣揚、耀武揚威的氣勢，不時抖一下羽毛，黑豆子般的眼珠始終盯著謝朗肩頭上的大白。大白驟地來了精神，頭上白羽輕輕張開，側著腦袋「咕嚕嚕」輕叫，饒有興趣地與牠對望。

謝朗看向小黑，突地發現內堂正牆上掛著一位文士的畫像。文士年約四十上下，儒雅清雋，畫像上方書著「帝師」二字，正是天清閣首任閣主青雲先生。謝朗知這畫像是太祖皇帝親繪，縱是景安帝親至亦得向此畫像行禮，他只得收起聖旨，老老實實跪下朝畫像磕了三個響頭。

薛蘅看著謝朗磕完頭站起來，眸色方緩和了些。她起身躬腰接過謝朗手中聖旨，展開細看後，想了許久，問道：「你們從涑陽出發，走哪條路？」

「裝成商旅，走水路，到長歌渡之後經瀾州。我查探過，並無人跟蹤。」謝朗頓了一下，又道：「師叔請放心，來的十餘人皆是高手。而且我帶有令牌，萬一風聲洩露，沿途出現狀況，可調用各州府的人馬。」

薛蘅不語，手握密旨，在屋內徐徐踱步。謝朗等了許久，見她還在沉思，正要說話。薛蘅忽然抬起頭喝道：「進來！」

門外，一個人影款款現身，身上衣衫濕透，正是先前那名少年。少年嘛著嘴，慢慢挪進身來。

薛蘅冷聲道：「去，跪下！」

少年似極怕她，老老實實在畫像前跪下。薛蘅拿起一根戒尺，用力拍了一下長案，「做錯什麼了？」

少年低頭道：「不該偷酒喝。」

「還有呢？」

「未用心值守。」

「還有呢？」薛蘅聲音十足嚴厲。

少年眼中隱含淚水，抽噎道：「不該未細問來歷就擅放陌生人上山，又挾隙報復，令客人落水。」

薛蘅再提高了些聲音，「還有什麼？」

少年哭了出來，「不該逞一時威風，把船給弄破了。嗚……這是二哥設計了好久的，嗚……三姐不要打我……」

薛蘅拿起戒尺用力打在少年背上，「啪」聲勁響，少年嚎啕大哭。

戒尺逐次落得更響，少年也哭得更加大聲。

謝朗眼見薛蘅神情凶惡，而那少年一味挨打並不躲閃，憐惜之情大盛。他大步趨前，探手扼住薛蘅手腕，怒道：「他再犯錯，你做姐姐的，哪怎捨得這麼打他！」

薛蘅聞言微愣，轉而將戒尺一丟，一股大力推得謝朗連退數步。她面無表情地轉回椅中坐下，也不看謝朗，彷彿室內並沒有他這個人似的。少年見狀跳了起來，滿面責怪之色，指向謝朗罵道：「你個臭小子，管甚閒事！本來三姐打打我就好了，這幾尺不挨，我又得去抄《大戒訓》，你小子害苦我了！」

謝朗「啊」了一聲。少年怒氣沖沖地甩手出去，到了門口，回頭恨恨道：「我說謝師姪，你以後少管閒事！」

謝朗張口結舌，甫想起按輩分，自己得稱這少年為一聲「小師叔」。他正怔愣，薛蘅帶起一股陰冷的風，從他面前走過，丟下一句話：「謝師姪，你且去前堂，給不給《寰宇志》，如何給，我晚上再給你個答覆。」

她消失在迴廊盡頭，站在椅背上的小黑嗚叫一聲，衝天而去。大白也大叫一聲，急急跟上，一黑一白追逐而去，隱於天際。

薛蘅一路盤算著走進風廬，見二哥薛忱正在配藥，忙過來幫他搗藥。

薛忱推動輪車，取了個砂煲過來，又看了看她的面色，微笑道：「阿定又闖禍了？」薛蘅應道：「是，他把朝廷的人弄到水裡去了。」薛忱笑言：「阿定肯定是穿好了藤衣再去挨那頓戒尺。」

薛蘅用力搗著藥，又用手拈了拈，見差不多了，唇邊才露出一絲微不可察的笑意，「有人多管閒事，尺子沒挨夠，他只得抄書去了。」

薛忱哈哈大笑，搖頭道：「活該！」笑罷，又道：「三妹，你對阿定會不會太嚴厲了些？我總覺得他那個年紀，管得太嚴了反而不好。」

薛蘅略略出神，回話慢了半拍，「二哥，我總記得娘去之前對我說的話。」

薛忱面色一黯，薛季蘭臨終前的殷殷囑咐浮現眼前，他歎了口氣道：「也是，阿定這性子，不壓著他些，還真能把天清閣給拆了。」

「嗯，他今天還把船給毀了。」

「算了，讓他們再造一艘吧。」

薛蘅恨恨道：「這艘船可抵得上窮人家一年的花費，他不好好值守，放山民上來求醫，反而為了一句話就……」爐子上的水「突突」直響，她止了話語，將水倒在木盆中，又將藥加進去，端到薛忱身前。

「三妹，我自己來吧。」薛忱忙道。

薛蘅蹲下替他除去鞋襪，將他的雙足泡入藥水中，十指輕輕用力，替他按摩著雙足的穴道。

「三妹，我……」

薛蘅卻不理會，用力按上他足底穴道，許久才開口，語調稍帶不耐煩，「這藥到底有沒有效？」

薛忱無聲苦笑，低下頭望著自己那雙因在洪水中浸泡太久而自幼就癱瘓、瘦弱異常的腳。他緩緩伸出右手，替薛蘅將鬢邊一縷散髮撥至耳後，輕聲回道：「好些了。」

薛蘅動作稍停了一下，又用力按著，低低道：「那就好。」

「三妹。」

「嗯。」

「你真的決定將《寰宇志》交給朝廷麼，這可是你耗盡心力才找到的。」

「是。」薛蘅指間用力，「二哥，我時常在想，二十年前若未發生那場洪災，我不會成為孤女，與親人離散。而你，也不會落得如此……」

薛忱呆坐椅中，怔怔出神。在滾滾波濤中翻滾掙扎的孩童哀號著、求救著，聲聲悽愴入骨，這記憶歷歷在目，午夜夢迴時糾結難去。二十年了，若沒有那場洪災，自己是否還是錦衣玉食的縣府公子？是否會是意氣風發、策駒踏香的風流少爺？可是若沒有那場洪災，又怎會有這些相依為命、情同手足的親人？

「二哥，《寰宇志》收於天清閣等同一堆廢紙，只有讓它為民所用，才是正道。我們天清閣，看上去是名門高閣而受天下景仰，這許多年來偏未做過什麼有利於民的事情，我不時懷疑，天清閣究竟有無存在的意義。」

薛忱微笑道：「誰說沒有？至少，這孤山附近的百姓就受惠良多，不缺醫藥，你還免了他們的佃租，又定時定節發放糧物。」

「這是祖先傳下來的一點田產，咱們只能儘量省著用，省下來的接濟接濟附近百姓。可整個殷國呢？如果再有那麼一場洪災，可就……」

薛忱微微點頭，「也是，當年如果有《寰宇志》在手，便能對水利天象大有裨益，許多人不致命喪黃泉，南邊國土也不會陷於紛亂。」他閉上雙眼，少頃後又睜開，問道：「來接《寰宇志》的，是什麼人？」

「是謝師兄的公子，還有十來人，看上去身手都不錯。其中一人，當是僕射堂的呂三公子。」

「嗯。憑這十餘人的身手，只要不是大隊人馬公開搶奪，保護《寰宇志》應當不成問題。」

薛蘅抬起頭來，「二哥，我總覺得不大對勁。」

薛忱想了片刻，點頭道：「是有些不對勁，不然你也不用把桃花陣重新變過，更不用改由水路出入。只怕是山雨欲來啊！」

「嗯，我總擔心謝朗不能將《寰宇志》順利帶回涑陽，若是落於歹人之手，可就……」

薛忱抬頭望著屋梁，思忖良久，方道：「三妹，你推我去見見謝師姪。」

謝朗一行在知客的引領下進入悅苑，眾人紛紛除下濕透的衣衫。大夥兒都是粗豪之人，也不講究，皆光著膀子，更有數人僅著條褻褲晃來晃去。

知客奉上茶來，風桑一看，竟是極普通的粗茶。他本憋了一肚子氣，頓時發作，抓起杯子往門外砸去，「奶奶個熊，臭婆娘這般小氣！」

茶杯尚未落地，一隻修長的手由門外探出，將茶杯抄住，再靈巧一撥，茶杯劃出一道弧線，穩穩落回桌面。謝朗與呂青同時抬頭，二人都從對方眼中看到驚歎之意。

「各位貴客前來天清閣，實是怠慢了。不才薛勇，給各位賠罪。」一名藍衫青年笑著邁入房中，他年約二十七八，眉目俊秀、容止雅逸，進來便行了個通禮，口中不停告罪。

謝朗聽他自稱薛勇，知這位是師叔祖薛季蘭的長子。多年來，薛勇屢次到京城，在天清閣及朝廷間互傳信息，見過他的人都說其長袖善舞、為人仗義又才華出眾，為何薛季蘭不將閣主之位傳給他，而是傳給那性情孤僻的三女薛蘅，還著實讓人議論過一番。

「謝朗見過師叔！」謝朗忙上前行禮。他尚未躬下腰去，薛勇袍袖一捲，一股柔和力量將他托起，「明遠切莫多禮，你是朝廷的大將軍，薛勇萬萬擔當不起！」

薛勇笑聲暖如春風，他執著謝朗的手，讚不絕口，「不愧是名震漠北的驍衛將軍，當真名不虛傳！」又道：「明遠，回頭你給我說說赤水原一戰，我可是欽慕已久啊。」

赤水原之役正是謝朗從軍三年最得意的一戰，聽薛勇此言，他頓對此人生出知己之感。

薛勇再一一與眾人見禮，奇怪的是，他竟能呼出大部分人的名字，說的話也面面俱到，讓人如沐春風。眾人馬上全對這薛勇極有好感，更有人暗中嘀咕，爲何天清閣閣主不是此人，而是那臭婆娘。

只有呂青，不即不離地和薛勇見過禮後，便坐在一旁閉目小憩。

薛勇又向風桑抱拳道：「實是抱歉，我五弟年幼淘氣，還請風大俠多多包涵。」風桑被他誇了數句，早已飄飄然，忙道：「不礙事，不礙事。」

薛勇看了看桌上的茶杯，歎道：「三妹平素自己節儉倒也罷了，貴客臨門，怎麼還能這樣？」他喚過知客，「去，到我房中，取最好的雲霧茶來。閣主若是問起，就說那是我的私己，拿出來招待貴客，不算違反閣規。」又道：「再給每位貴客取套乾淨衣衫來，雖說大家都是高手，不虞生病，可咱們總得盡地主之誼，不能失禮於貴客。」

眾人忙都致謝，說話間，薛衛推著薛忱進來。她抬眼見到一屋子男人袒胸露背的景象，發出一聲短促驚呼，迅即轉身，一個起縱奔出房門。

眾人哈哈大笑，風桑將裸露的胸脯拍得砰砰響，唱道：「妹子喲，你莫要走、莫要走呀……」笑震屋宇，眾人均覺出了一口惡氣。

薛勇笑咪咪看著，也不發聲。謝朗本也頗感暢懷，瞥見呂青面上不以爲然的神色，心中一凜，忙止住眾人笑聲，披上衣衫踏出房門。

見薛衛站在廊角，謝朗走上前去，向她的背影微揖一禮，「師叔，他們都是習武之人，不懂幾分禮數，魯莽之處望師叔莫怪。」

半晌沒聽見薛衛說話，謝朗直起身，正見她負在背後的手指隱隱發顫。她的手指纖瘦細長，幾無血色，白得近乎透明，顫抖間如同即將崩裂的玉石。謝朗一時不知說什麼才好，只呆立在原地。

許久，薛蘅才慢慢轉過身，面無表情地走回客舍。

此時，知客已換了上好的香茶，送了乾淨衣衫進來。薛勇也早介紹過薛忱，眾人大多聽說過天清閣二弟子薛忱醫術高超、救人無數，卻未料到他竟是殘疾之人。見他一身白衫，容貌俊雅，唇邊笑意溫文和煦，皆心生憐意。

薛蘅踏入房中，眼神冰冷掃視一圈，轉向薛勇道：「大哥，麻煩你和二哥在這裡陪陪客人。」

「是，閣主。」

薛蘅望向跟進來的謝朗，「謝師姪，你隨我來。關於那樣東西，我有了決斷。」說罷，她微昂著頭轉身離去，謝朗連忙跟上。

斜靠在椅中的呂青凝望著二人的背影，若有所思。薛勇則笑了笑，命人擺上酒菜來，親布箸盞，招呼眾人落坐用餐。

薛蘅帶著謝朗走了很久，穿廊過院後進了一處書閣，閣內典籍浩翰，滿室書墨之香。薛蘅在椅中坐下，良久不語。

謝朗打量著閣內的書冊，心頭爲之一靜，見薛蘅不說話，他也不急，走到西側翻看起書冊來。看得一陣，他眼前乍亮，拿起一本《孝和新語》，望向薛蘅，語帶懇切，「師叔，這本書可否送給我？」

薛蘅漫不經心地看了一眼，「這是孝和年間一些奇聞雅事，你一介武將，怎麼對這些感興趣？」

「不瞞師叔，我對這些還真不感興趣。只是時常聽太奶奶講起孝和年間的往事，她老人家對這些野史稗聞極喜愛，我想拿此書去孝敬她。」

薛蘅沉默有頃，聲音冷硬道：「天清閣閣規，所有珍籍一概不能送人。」

謝朗大失所望，見薛蘅不再說話，索性用心看那本《孝和新語》，記下裡頭記載的奇聞雅事，想著回去後好在太奶奶面前說說，逗她笑一笑。

此時天色漸黑，室內未點燭火，漸轉昏暗。謝朗看得一陣，想起薛蘅許久都未開口，便擱下書，轉過身見她正依在寬大的紅木椅中。最後一縷陽光從窗外透射進來，投在她的藍色粗布衣裳上，又一點一點黯淡下去。謝朗忽覺呼吸不暢，這昏暗的屋子、滿室的古冊，令他覺得眼前似乎不是個妙齡女子，而是一名遺世多年、孑然避世的老道姑。

黑暗如潮水般湧入室內，薛蘅終於睜開眼，從袖中掏出火摺子，嚓了數下才將火摺子點燃。她移過油燈將火芯點燃，看著燭火一點一點照亮屋子，方緩緩道：「明日出發，我和你們一道去涑陽。」

「啊？」謝朗未料她竟會要求同去涑陽，忙道：「師叔，這回來的都是高手，您放心，《寰宇志》定會順利送至涑陽的。」

薛蘅神色平靜，道：「我並非不相信你們的身手，而是《寰宇志》還有最後一節未能參破，尚需十來天的時間。而且裡頭有些東西，我要詳細和謝師兄探討，必須走一趟涑陽。」

謝朗無法，只得拱手相應：「如此，有勞師叔了！」

薛蘅站起，燭光將她的影子拉得很長，她從謝朗面前走過，高瘦身形看上去亦同影子一樣單薄孤寂。謝朗還有些話來不及問，她已大步遠去。

春夜清寒，謝朗練上一回槍法，出了身大汗才回客舍歇息。

呂青尚未入睡，仍在喝著小酒，唱著永遠沒人能聽懂的曲子。見謝朗進來，他笑道：「公子槍法真不錯，不知師承哪位高人？」

「哦，是我爹從外面聘回的武術教頭。」謝朗洗過臉，換了乾淨的中衣，躺落床上。

呂青也不再問，仍舊喝著酒，不多時似是醉了，趴在桌面沉沉睡去。

謝朗調息一陣，忽聽見屋外傳來連串聲響，忙睜開雙眼，顧不得披上外衫就急步走出屋子。借著月光，他看見兩道影子前後追逐著向東，忙追將上去，待追到一處小山坡，看著四周偏僻了些，才撮唇低呼。

可大白還在空中與小黑糾纏，未加理會主人的呼哨。眼見兩隻鳥不斷前後追逐，謝朗只得一路追蹤。追得一陣，小黑從空中疾速飛落，投入了前方一座竹廬之中，大白也緊跟著飛入。聽到屋內羽翅之聲不停響起，謝朗叫苦連天，眼下《寰宇志》未曾拿到，若先得罪了那位掌門師叔，這一路可有罪受。

他定睛看了看，見這竹廬極爲簡陋，僅兩間房，均用土泥和著竹蔑片糊就，屋頂鋪的也是茅草，只有屋前廊下掛著一盞微弱的風燈。

謝朗估摸著這裡應是天清閣用來放柴禾或是圈養豬禽的地方，便推開竹廬前的籬笆，喚道：「大白！快出來！」他剛走出兩步，未到屋門前，忽有女子的驚呼從東邊屋內傳出，隨即是一聲淒厲的嘶呼：「娘！」呼聲含著無限驚恐與痛楚，這女子彷彿在地獄中輾轉掙扎、嘶聲呼救。

謝朗一驚，救人心切，不及細想即疾撲向竹廬。未到門前，咻聲輕響，謝朗心呼不妙，於空中挺腰轉身，連著數個翻滾才避過竹門上方射出的幾枝竹箭。

他尚在地上翻滾，泥地中突又彈出十餘支削尖了的竹蒿，待他手忙腳亂退至簷下，正狼狽之時，劍光挾著森寒之氣破空襲來，刃光雪亮，寒意侵人。謝朗臨危不亂，避過數招，終於看清來襲之人竟是師叔薛蘅。

微弱燈光下，她的臉竟比那寒刃尤更令人驚悚，彷彿所有血氣在瞬間凍凝似的，一片煞白。眸子卻偏偏亮得嚇人，似瘋狂又似迷亂。

謝朗連聲大呼：「師叔！師叔！」薛蘅恍若未聞，她長髮披散，僅著粗布內衫，呼吸急促而帶著嘶聲，儼似暗夜幽靈。謝朗知她武功勝過自己，又似處於神智不清之中，這般鬥下去只怕性命堪憂。躲閃中他靈機觸動，縱身而起，扯下風燈往院中堆著的茅草上一扔，立時火光大作。

薛蘅正持劍撲向他，被這突如其來的火光照耀得動作稍有凝滯。謝朗已舌綻春雷，大喝道：「師叔！」

薛蘅晃了晃，雙唇顫抖，蒼白如玉，慢慢地才恢復些許血色。她閉了一下眼，又睜開來，依然劍指謝朗，從齒間迸出一字：「滾！」

謝朗早被冷汗浸透全身，心怦怦跳得厲害，許久才平靜下來。見薛蘅披頭散髮，想起先前聽到的那聲驚嘶正像她的聲音，擔憂地問了句：「師叔，發生什麼事了？」薛蘅猛然仰起頭，蒼白之臉閃過一抹紅色，厲聲道：「半夜擅闖女子居所，謝師兄就是這麼教你的？」

謝朗「啊」了一聲，萬萬沒想到這裡竟是薛蘅居住之處，不由側頭望向竹廬。就著火光由竹窗望進去，屋內只有一張竹榻、一桌一椅，榻上也僅一床青色粗布薄被，再無他物。

謝朗正驚訝於聞名天下的天清閣閣主竟住在這等簡陋的地方之際，寒光再閃，他忙向後躍出數步，吹了聲口哨，也不再看薛蘅，急急向外奔離。

大白從竹廬內撲了出來，小黑緊追不捨，大白回頭和牠糾纏片刻，聽到主人的哨聲漸漸遠去，不再戀戰，追了上去。小黑還欲再追，薛蘅冷喝了一聲，牠在空中盤旋數圈，回轉竹廬。

待周遭再無聲息，院中火焰亦漸熄滅，「鏘啷」一聲，薛蘅手中長劍落地。她緩蹲下身來，望著身前那堆灰燼，顫抖著伸出手去。手指碰到灰燼的剎那，她才似全然恢復了神智，慢慢抱住自己雙肩，低低地喚了聲：「娘！」

今生今世，再也沒有人，在噩夢驚醒時分，將她溫柔地抱在懷中……

第二章 不鬥不相識

薛蘅瞥了他一眼，語帶不屑，「我早說過，戰場上真刀真槍、行軍作戰，你可能還行，但行走江湖的經驗，你還是隻嫩鳥。」

她是無心之言，但謝朗久在軍中，三年來與一幫粗豪男兒同食同住，各種污穢下流的言語聽得耳朵起了繭。猛然間聽到薛蘅說出「嫩鳥」二字，他沒忍住，噗哧一笑。

薛蘅以為他不服，道：「你別不服，剛才那些人，露了至少三處破綻。」

「請師叔賜教。」謝朗忍著笑，拱了拱手。

六　長歌起

次日一早，眾人齊聚前廳，薛勇早候在那處，命人擺上粥點麵食及數樣小菜。

眾人正寒暄說笑間，薛蘅推著薛忱進來，謝朗抬頭恰與她的目光對個正著，見她眸色靜冷，忽想起她昨夜那驚恐失常的眼神，微怔了怔。薛蘅冷覷他一眼，他甫才清醒，移開目光。

薛蘅從懷中掏出一塊玉符遞給薛勇。薛勇整好衣裝，躬身接過道：「閣主請放心，閣內事務，薛勇定會盡心盡力，還請閣主一路保重。」

眾人這才知薛蘅也要同行，風桑的笑容頓時僵在了臉上。謝朗見薛蘅背上用繩索綁著一個長長的鐵盒，估計那就是《寰宇志》，迅與呂青交換了個眼色。

此行任務，僅謝朗一人知道是來取《寰宇志》，呂青做爲副手，亦只知要護送一本珍籍回京城，並不曉得是《寰宇志》。至於其餘的人，都僅僅知道是來執行某項祕密任務，一切聽謝朗指揮而已。

來的路上，謝朗便與呂青商量好了回去的路線及護送珍籍的方法，倒未料到要護送回去的會是個大活人。二人昨夜遂再商議了一番，將原定呂青和風桑各率數人、不離謝朗左右，改成謝朗和呂青各率數人，輪流看護薛蘅。此時兩人走到廊下，再次確定路線。

少年薛定施施然從迴廊過來，今日他頭繫方巾，一副秀才打扮，雙手負在背後，慢悠悠走到謝朗面前，輕咳一聲。謝朗尷尬不已，這句「小師叔」怎麼也喚不出口，薛定再咳了一聲。呂青在旁，忍不住面露笑意。

正僵持之際，有名雙十年華模樣的女子走近，敲了一下薛定的頭，笑罵道：「還不快去和三姐道別？」又轉向謝朗道：「謝將軍莫怪，這小子欠揍。」

謝朗見這女子明眸善睞、伶牙俐齒，正不知她是何人，她已抿嘴笑道：「按輩分，謝將軍合該喚我一聲

『師叔』，不過我可怕這聲『師叔』會把我叫老，還是罷了。」

謝朗忙道：「不敢，不敢。」

薛蘅恰於這時現身，喚道：「阿眉。」

「閣主。」

「我將啓程赴京城，過兩天二哥也要去洛北替人治病，天清閣就交給大哥和你了。阿定這小子，記得看緊些。還有，今歲春糧須比去年多撥三分出去，再讓他們多備些防春瘴的藥發給山農們。」

薛眉一一應是之時，薛定已奔過來，他攀住薛蘅的右臂，眼眶微紅，強忍著不落下淚。

薛蘅卻再向薛眉叮囑了幾句，才看向他，冷冷道：「今年年考再不過關，明年你就不得隨四姐去放糧。」

薛定怔了怔，轉而大喜，「三姐說話算話？」

薛蘅將他攀住自己右臂的手扳下來，推著薛忱往大門走去。薛定望著她高瘦的背影，只差沒跳起來，旋又向薛眉擠了擠眼。薛眉彈了一下他的額頭，輕聲道：「還不趕緊用功，三姐這個恩可難得呢。」

薛定笑得樂開了花，和天清閣弟子們一起將眾人送出大門。眼見薛蘅背影快消失不見，他猛然揮手大呼：「三姐，給我帶涑陽的紅棗糕回來！」

薛蘅腳步微微一頓，也不回頭，領著眾人消失在山路拐彎處。

空中乍傳來數聲鵰鳴，一黑一白兩道羽影追逐著，不再像昨日那般激烈，偶爾還並肩盤旋。薛定抬頭看向湛藍穹空，噘嘴道：「做人眞沒意思，還不如小黑自由自在，下輩子我定要做鳥！」

薛勇哈哈大笑，拍了拍他的頭，「快回去上課，想做鳥，下輩子吧。」

眾人在薛蘅帶領下出了桃林，打馬東行。這一路行得極快，也未在城鎮投宿，天黑之後在一處樹林停歇。

謝朗値守上半夜，帶著風桑等人圍坐在薛蘅左右不遠處。

這一眾高手雖是粗豪漢子，亦爲訓練有素的高手。一路西來時，若說還有幾分輕鬆，會開開玩笑、說說粗鄙調侃的話，但下了孤山後皆知不能有絲毫懈怠，儘管表面上佯作夜宿在外的商旅，仍是個個神經高度緊張，以或坐或仰姿態守住了要緊方位，守護在薛蘅四周。薛蘅卻對眾人視若無睹，細嚼慢嚥地用過乾糧，又盤膝而坐，閉目練功。

夜漸深，滿天星斗在夜空中閃爍，大白和小黑不知追逐到了何處去，周遭靜謐如水，僅聞呂青那一組人馬的輕鼾，還有馬兒噴鼻聲。

謝朗倚靠樹幹，仰望繁星點點，乍然十分懷念在軍營中的日子，雖說條件艱苦且時刻生死一線，又要和裴無忌等老將打好關係，還不時受到朝中某些力量的掣肘，但總是熱血殺敵、快意沙場，不似今夜這般，萬分謹愼小心只爲守著一個古怪女子。他側頭看了看薛蘅，見她還在閉目打坐，想起昨夜她持劍而立、面色蒼白的樣子，忽覺似有一層夜霧籠罩在她身上，迷濛難測。

風桑悄悄走近，附在他耳邊輕聲道：「公子，我要大解。」

「去吧，動作快些。」

風桑進了樹林，過沒多久便拎著褲頭，嘴裡哼著小曲，慢悠悠走出來。謝朗聽他哼的《十八摸》，皺了皺眉頭。風桑走到薛蘅背後，經過時不甚小心，右膝觸著了薛蘅背上的鐵盒。

薛蘅雙眼陡然睜開，也不見她如何拔劍，驟時寒光凜冽如騰龍出水，嚇得風桑在地上連續幾個翻滾，才避過她這數劍。只是這樣一來，他的手便無暇顧及，他褲頭尚未繫好，長褲在翻滾之時褪至了膝頭。

謝朗迅速撲來，薛蘅手中的劍一橫，劍刃被火堆照映著發出一道寒光掠過她的臉龐，這一剎那，謝朗甚至能看清她緊閉的眼皮，以及微微顫抖的睫毛。他不及抓住薛蘅的手，她已閉著眼，長劍疾揮，風桑額前一綹頭髮飄飄落下。

她迅速轉過身，冷聲道：「誰再靠近，休怪我的劍不長眼睛！」

風桑手忙腳亂地將褲頭繫好，恨恨地盯視薛蘅一眼，面上隱有懼意，慌慌張張地坐了開去。過得片刻，他才覺額頭隱隱生疼，用手一摸竟見殷紅鮮血，甫知薛蘅的劍氣在割斷頭髮的同時，也割破了他的臉皮。

眾人皆是高手，瞧出薛蘅這一劍的厲害，都暗中咋了咋舌。呂青那一組也被驚醒，紛紛坐起，執了兵刃，見並未出事才又躺回原地。

謝朗想了一下，走過去輕聲道：「三哥，你幫我看著片刻。」呂青似是知道他要做什麼，點頭道：「小懲即可。」

謝朗笑了笑，回身走向樹林深處，經過風桑身邊時拍了拍他的肩膀，風桑只得跟上。謝朗走到樹林深處，回過頭，負手微笑道：「咱們從軍中回來，僅在京城待了一晚，風牧尉想來還未到兵部卸職吧？」

按殷國軍法，出征的將領回朝後均須到兵部卸職，才算正式完成任務。風桑聽言，點頭道：「是。」

「很好，我也沒來得及到兵部卸職。」謝朗微微而笑。

風桑愣了片刻，才想明白謝朗這句話是什麼意思，頓時面色發白。謝朗軍職是驍衛將軍，而風桑本只是一名普通校尉，不過他是平王乳母的兒子，平王對乳母感情深厚，將他提拔為牧尉管理軍中數萬戰馬，是再豐厚不過的差事，但與謝朗自不可相比。

此時，風桑聽到謝朗把軍職搬了出來，想起當日出征岷山，如狼似虎、眼高於頂的驍衛軍們對當時年僅十七歲的謝朗頗為不服，屢有刁難。謝朗先是在三日內連挑驍衛軍內十名高手，後又身先士卒，帶著驍衛軍浴血奮戰力守谷口，斬殺敵軍三員大將，最終懾服了驍衛軍。收服驍衛軍後，謝朗定下比平王中軍和武衛軍更加嚴厲的軍規。三年來，驍衛軍風頭遠壓武衛軍，如同一塊銅牆鐵壁，就連老將裴無忌都發出「驍衛軍驍勇有謀，謝明遠天生將才」的感歎。

風桑想起謝朗治軍的嚴厲手段，嚇得雙腿發軟。這才知道來時一路上，謝朗不過顧著平王的面子，對自己有所容忍。

謝朗微笑道：「我早向大夥兒說過，下孤山，才是咱們此行任務的真正起頭。」

「請將軍懲罰。」風桑不由垂下了頭。

「我若此刻把軍規搬出，你必定不服。」謝朗揉了揉手腕，估算了一下風桑的身手，「這樣吧，咱們過過招。十招之內，你若能抓到我的右臂，今晚之事就算揭過不提。」

那廂呂青守在薛蘅身邊，聽到樹林裡隱隱傳出的聲響，輕笑一聲後搖了搖頭。

不多時，謝朗揉著右腕，步履輕鬆地走出來。呂青見狀，嘴角含笑，回到自己那一組睡下。

謝朗揮了揮手，值夜的高手們稍散開了些。他在薛蘅身邊蹲下，斟酌片刻甫輕聲道：「師叔。」薛蘅並不出聲，謝朗又道：「師叔，您看，咱們這一行人，裝扮的是商旅。」

薛蘅仍不理睬，謝朗只得續道：「為免暴露目標，師叔，我想過了，這東西還是放在我身上較妥當。」

薛蘅直至還氣入谷，才緩緩睜開眼瞥了謝朗一眼，又望向前方，淡然道：「這十來個人，身手如何？」

「除了個別人，俱稱得上一流高手。」

「如非千軍萬馬，明著過招，能一舉拿下這十餘名高手的，當世有何人？」

謝朗思忖少頃，回道：「除非我殷國三大侍衛統領率龍城八衛，丹國雲海十二鷹，北梁國傅夫人率七大弟子，又或者是劍南穆燕山手下十八將領悉數出動，方可辦到。」

「除去三大統領，其餘三派力量可會出現在我殷國境內？」

「微乎其微。」

「那便是說，倘有人欲來奪這東西，必得是暗襲。」

「不錯。」

薛蘅斜睨了他一眼，「師姪向是在戰場上眞刀眞槍和敵軍作戰，江湖上的事情，你大概歷練得少了。對付暗襲者，我經驗比師姪多，所以東西還是放在我身上妥當些。」

謝朗聞言大爲不服，尤其薛蘅說這話時有意無意流露出來的輕視之意讓他心頭如同梗了一根刺，遂脫口而出：「可是師叔，您是女子！」

薛蘅半闔的雙眼頓時睜開，她盯著謝朗，目光寒冷如冰，聲音似輕蔑也似不忿，「男子如何，女子又如何！」

女子如何？女子就應當如太奶奶般慈祥可親，如同四位姨娘般溫柔，或者像珍珠舫上的姑娘們美豔動人，又或者，像柔嘉那樣天眞嬌媚。豈有像你這般冷冰冰、硬邦邦，成天穿一套死氣沉沉的舊衫，言行舉止剛硬如同男子，毫無半分女子之態？但這番話謝朗終不敢說出口，憋了半天吐出一句：「師叔，人有三急，難不成您上茅廁時，也要這群男子漢守著不成？」

話一出口，他立知不妥，眼見薛蘅就要發怒，忙退後了兩步。薛蘅一瞬後恢復平靜，只是不再看謝朗，閉上雙眼，良久冷冷地迸出聲：「憋著！」

「啊？」謝朗心裡咕噥了一句：「你憋得住麼？」可他也不敢再勸，更無法說出讓薛蘅裝扮成男子的提議，只得靜靜守在一旁。

夜漸深，淺淡月光灑落下來，薛蘅端坐的身影若隱若現。謝朗分不清身前坐著的，究竟是一個眞實的人，或只是一抹虛無縹緲的影子。

次日凌晨上路，謝朗留了心，倒看薛蘅要憋禁到何時。

眾人打馬疾行，直至日上三竿，經過一處村莊時，薛蘅才下馬入了戶農家。謝朗將手一揮，十餘名高手旋將那農家的茅廁圍了個嚴嚴實實。

等她再出來，謝朗用眼角瞥了瞥她，薛蘅視若無睹，面無表情地跨上馬。

這日黃昏下了一陣暴雨，雨勢來得十分急，幾句話的工夫便將眾人淋得濕了身，謝朗等人紛紛換過衣衫，卻見薛蘅仍穿著濕透的衣裳，始終不曾將背上鐵盒解下，換上乾衣物。謝朗不禁對這位掌門師叔的忍功歎爲觀止，終於打消了從她手上將《寰宇志》接過來保管的念頭。

接下來數日，薛蘅與謝朗等人之間始終冷若冰霜，大白與小黑卻日漸和睦。最初兩隻鳥兒還常起戰火，大白雖在個頭上占了便宜，打鬥時壓得小黑無還翅之力，但謝朗礙於薛蘅面子，屢次制止了大白對小黑的追擊。如此數次，大白竟似知道小黑是不能欺負的，隨即轉變了對小黑的態度，不再輕易挑釁。再過數日，已可見兩隻大鳥在藍天白雲下並肩翱翔的優美姿態。

這十餘日倒也平安無事，眾人晝行夜宿，終於抵達了長歌渡。

長歌渡是津河由西至東最重要的一個渡口，「長歌起，津河渡，十八彎，淚無數」此諺語正道出津河行船之艱難。津河貫穿殷國境內，並將下游的梁國分爲北梁、南梁，最終匯入東海，所以自古以來津河船運便是殷國最重要的交通方式之一。

謝朗來之前即與平王商議過，均覺得若是走陸路，萬一洩露了風聲則來奪者暗襲手段將層出不窮，唯有走水路，由長歌渡順津河放船東下，面對的暗襲會大大減少；更主要的是，津河上勢力最大的「排教」，其教主左長歌與皇后乃手帕之交。平王雖不知母后與那江湖教派的教主到底有何淵源，但左教主多年來對平王一系時有援手，這倒是毋庸置疑的。

謝朗到了長歌渡，祕密找到排教分壇，出示了信物。排教長歌分壇郭壇主早得密令，備妥一艘排教內最堅固的船隻，派了數名最富經驗的船夫，又親自執鞍拉轡將眾人送上船。

起帆之時，長風漸起，白色帆布被風吹得如同拉滿之弓，推著船隻似利箭般向前行駛。河中波瀾暗湧，白沫叢捲。船尾舢板上，操舵的船夫赤裸上身，袒露出黝黑精壯的體態，俯仰間唱起津河船夫千百年來傳唱不衰的歌謠：「嗨！喲！嗬！——嗨！喲！嗬！——號子起我一身汗，岸上的妹子看過來。號子起我一身膽，岸上的妹子看過來。出了汗，有了膽，哥哥我要過鎖龍堆……」在船夫歌聲中放舟東下，行得極快，數日便越過萬重山巒，這日已是鎖龍堆在望。

午後，天空漸轉陰沉，風自河面吹來，將薛蘅的衣衫吹得鼓鼓作響。她站於船舷一側，望著兩岸疾掠而過的青山高崖，輕輕地說了句：「起風了。」呂青站於她身側，瞇起眼，負手望著岸邊黑黝黝的岩石，輕不可聞地歎了口氣道：「是，要起大風了……」謝朗聽到二人對答，看了看天色，但覺陰霾漸重，周遭水霧瀰漫、江天一色。

空中傳來數聲鷴鳴，謝朗抬頭，只見大白與小黑正於空中盤旋。黑白雙羽，時而低飛掠過河面，時而高起在山間翺翔。薛蘅也抬頭看了看，低低地吟出一句詩：「江天漠漠雙羽飛，風雨滔滔孤帆遠……」

呂青待要說話，船頭的船夫已在凜凜江風中大聲吆喝：「哥兒們，加把勁！打起精神！鎖龍堆就要到了……」

風勢漸強，吹得船身搖搖晃晃，河面不時激起數尺高的水花，浪花破碎後又在水面生出一堆灰白色漩渦。船夫們個個神情凝重，身上肌肉繃到極致。

船隻拐過某處彎道後，一塊黑色巨礁橫亙在眼前。

「鎖龍堆！」薛蘅、呂青、謝朗同時輕呼一聲。

「鎖龍堆，夫崔嵬。出津河，當孤道。鎮夔龍，不可摧……」生活在津河兩岸的人都聽過這首民謠。相傳上古始祖女媧補天後餘剩一塊石頭沒用上，打算將此石送回大愚峰，她經過津河時，恰逢津河有惡龍作亂造成生靈塗炭，女媧便將此石投入津河，把惡龍鎖在了巨石之下。

今日黑黝巨石聳立河道之中，風平浪靜時，船夫們將它做爲導航之用，安全轉過這「津河十八彎」中最危險的一處彎道。但如果風大浪急，「鎖龍堆」橫亙在水中，激起萬丈狂瀾，捲出千重漩渦，回水可達至河道轉彎處，在轉彎處再激起無數漩渦；船隻在轉彎處遇到漩渦，倘有個掌握不當，失控後便會直撞上「鎖龍堆」，舟覆人亡。千百年來，「鎖龍堆」向西一面的岩石上暗跡斑斑，正是無數舟毀人亡悲劇的見證。

三人望著前方那塊巨礁，俱各沉默。良久，謝朗方歎道：「當年……」

話說謝朗之父謝峻主持了二十年前大洪災的搶險救險及之後的水利防治工程，當年洪災之慘狀、治河之艱難，他在訓育謝朗時多有提及。更重要的是，謝朗外祖父郭氏一族生活在定州，當年洪災突發，定州決堤，郭氏一族來不及逃出，幾乎全族傾覆。消息傳至涑陽，謝朗親娘已然臨近產期，聞到噩耗傷心過度，生下謝朗後不久就撒手人寰。

二十年前洪魔肆虐、狂瀾萬丈時，這塊高達數丈的巨石也被淹沒在滾滾洪濤中，無數從上游被捲進洪水中的人畜，撞上「鎖龍堆」後屍骨無存。謝朗望著巨礁不由感慨萬千，河風捲得他袍衫颯颯，他微微側身，視線掠過一邊的薛蘅，只見她雙眉微微蹙起，似努力回憶著什麼。她的身體輕輕顫抖，但在她的極力控制下，幾乎微不可察。

謝朗心中微動，忽然想起那夜在竹廬前薛蘅迷亂癲狂的情形，不由再仔細看了她幾眼。此時風急雲低，薛蘅衣衫被吹得緊貼在身上，連她雙肩鎖骨都能看得分明，襯得她高瘦的身形越發蕭瑟。薛蘅似是有所察覺，將身子側開去，背對謝朗，但她的視線仍不時望向那「鎖龍堆」。

風越發大了，巨浪拍擊上「鎖龍堆」，發出令人心顫神搖的驚天巨響，一下又一下，彷彿未有止歇之時。

艙門開啓，風桑走上船板，他哼著小曲，手中還握著沒來得及披上的外衫。他走到謝朗和薛蘅之間，抬頭看了看天，低聲咒道：「這該死的老天爺。」說話間，船身略有晃動，加上一陣大風颳來，風桑沒站穩，右手去抓船舷，握著的外衫旋脫手而去，被風越捲越高，直入雲霄。

本在船帆上方低低盤旋的小黑精神一振，瞬即拍翅直追那件黑衫，停立在桅杆上的大白也一拍翅膀，急急跟上。風桑仰頭笑道：「乖大白，快給爺把衣衫叼回來，爺賞你肉……」

他話語未落，船尾船夫失聲而叫，叫聲中滿是驚恐，「不好了！船破了！」

薛蘅第一個撲向船尾，呂青和謝朗也幾乎同時轉身。三人撲到船尾處，只見船底不知何時竟破了個大洞，渾黃河水正一個勁地往上冒。

謝朗當機立斷，喝道：「放舟！」同時向薛蘅邁近一步，將她護在背後。

呂青疾撲向船艙，眨眼工夫間有道銀影從艙中急射而出，伴著他的喝聲，「公子！」

謝朗接住自己的長槍，側頭向薛蘅道：「師叔，您不得離我左右！」

此時艙內各高手也紛紛撲出來，謝朗這一組圍過來護住薛蘅，呂青那一組則去解大船一側的小舟。

水越湧越急、越湧越多，船身漸漸發出「喀嚓」聲響。船夫們極力想控制住在風浪中不停搖晃的大船，可大船仍劇烈搖晃，被波濤捲著疾撞向鎖龍堆。

氣勢磅　的鎖龍堆聳立前方，隨著船隻越逼越近，巨石在人們視線中逐漸變大，似要當頭壓下。謝朗等人抬頭看著那不住逼近的巨石，感覺快透不過氣來。

狂風吹得眾人站立不穩，前方浪花沖上巨礁，激起無數銀花，濺到眾人的臉上。

謝朗目光如電，穿破水霧浪影，緊盯著巨礁上那數十個黑色身影及他們手上的弓矢和精鋼飛爪。

眼看大船已到了黑衣人的撲襲範圍之內，謝朗手中長槍在船板上用力一頓，借力扭身，與薛蘅同時撲向小舟，隨即怒喝：「攔住他們！」

天邊一道電光閃過，電光下驟見疾射而來的漫天利箭，眾人撥開第一輪箭影，巨礁已近在眼前。

此時，謝朗與薛蘅同躍下大船，落在小舟上。呂青則抓了一名船夫上小舟，風桑和另兩名高手立即跟上。巨礁上落箭如雨，逼得其餘高手沒辦法再去解另外一艘小舟，不能跟著謝朗等人離開。黑衣人們居高臨下，繼續放箭。高手們邊擋邊退，不及護住那幾名船夫，船夫們相繼死於亂箭之下，大船便如同脫韁野馬，「轟」的撞上了鎖龍堆。

霎時碎屑滿天、波浪狂湧，謝朗等人坐著的小舟被拋起丈許高。再落下時，薛蘅怒喝一聲，右手長劍如閃電般擲入水中，水面湧上一道血影，轉瞬不見。謝朗不知水底還藏著多少暗襲者，見薛蘅已沒有兵刃，他用力將手中長槍攔膝折斷，把帶槍頭的一截塞在了薛蘅手中。

呂青緊護住船夫，船夫也知生死一線，拚盡全力欲將小舟穩住，唯風高浪急，小舟如同落葉不停在水面打旋。

薛蘅再發出一聲怒喝，迅速俯身，但槍尖不及入水，小舟已發出「喀嚓」破裂之聲。船夫面上閃過絕望之色，忽然縱身一撲，躍入水中不見蹤影。

謝朗知小舟已不可救，猛然伸手緊握住薛蘅的右手，足尖用力，帶著薛蘅在空中躍出一道弧線，遠遠落入河中。河水迅速將二人吞沒，水流巨大的力量將薛蘅與謝朗沖散。謝朗竭力睜大眼睛，無奈河水急湧，水下昏暗無比，一瞬間就不見了薛蘅身影。

謝朗心急如焚，他水性一般，憑著雄渾內力在水中摸索了一陣，仍未找到她，只得浮出水面。

水面風大浪急、烏雲壓頂，那十餘名高手有幾名正在殘破的大船上與黑衣人激戰，還有幾名不見了蹤影，想是已經落水。謝朗只得再度深吸一口氣，用力潛入水中尋找薛蘅，直到憋不住時才升出水面。如此數回，當最後一次躍起時，他終於發現右前方不遠處，薛蘅正與兩名黑衣人展開殊死搏鬥。

謝朗大喜，奮力游了過去。那兩名黑衣人水性高強，在水中運招轉身都十分靈活，其中一人正面纏住薛蘅，另一人則去奪她背後的鐵盒。

薛蘅水性極佳，但她要護著背後的鐵盒，正面施招有些不便，何況她長劍已失，使的是謝朗遞給她的一截槍尖，頗不順手。謝朗尚未游到她身邊，便聽到她壓抑著的一聲悶哼，顯然已受了傷。此時，她背後黑衣人的右手已抓上了那個鐵盒，薛蘅銀牙暗咬，反手將槍尖朝後遞出刺入那黑衣人的左肩，同時雙腿用力一蹬，避過前方黑衣人志在必得的匕首。

她用力一蹬，身子恰好向謝朗撞來，謝朗伸手摟上她的腰，將她向後一帶。薛蘅右肘擊上他的胸前，謝朗飄開些，她將他衣衫扯了一下。謝朗會意，二人同時吸氣，沉入水中。

水中渾濁一片，模糊中，薛蘅扯著他肩頭的衣衫向右前方游去。謝朗怕她再度不見，用力反抓住她的左手，她用力掙了一下未得掙脫，二人一同向前潛游。

游得片刻，謝朗瞥見一道黑影破水而來，黑影手中閃著寒光的匕首清晰可見。他心急之下猛地將薛蘅往懷中一拽，水流之力帶得他的身軀在水中轉了個圈，那黑影手中的匕首便刺入了他肩頭。他肩頭一痛，本能下張口，又吞進數口水。

與此同時，黑影已與薛蘅展開了水下激戰。謝朗忍著劇痛游過去，他意識漸漸模糊，卻仍奮力游著，終在失去意識之前，死死地抱住了那道黑影。

七　信任

謝朗並不喜歡水，更不喜歡津河。誰也不知道，以治河聞名天下的工部尚書謝峻之子，鮮衣怒馬、意氣飛揚的涑陽小謝竟會這般討厭水。

謝朗年幼時便知道，是津河奪去了外祖父一族的性命，也奪去了娘的生命。人人都說他錦衣玉食、含著金匙長大，他卻總覺得自己缺了些什麼。他有時也想不明白，自己到底缺了什麼。有太奶奶和四位姨娘視若珍寶般哄著，有爹嚴肅端方地訓育，有才高八斗的夫子授課，甚至還有江湖高人單爺爺夜夜傳授武藝，他卻還是覺得缺了些什麼。

他只是本能地討厭水，所以即使謝峻的戒尺落得再響，他也不願學那些數學水利工器，不喜歡讀那些子曰詩云，只專一練武學兵，希望從軍殺敵、浴血沙場。他總覺得，在校場上流汗、在沙場上流血才是自己最好的歸路，當他策馬舞槍，揮灑汗水和力量的時候，才覺得自己的人生十足圓滿，再無遺憾。

直到十歲那年，他被景安帝欽點爲平王陪讀，日日進宮上課。有一日放學後，他隨平王入嘉儀宮向當時的諄妃、現今的皇后娘娘請安，見到柔嘉被諄妃溫柔地抱在懷中，他才知道，自己的人生終究是有缺憾的，也才深切明白自己爲什麼會討厭水。

可是，此刻，這該死的津河水將自己包圍、淹沒，這輕柔的感覺，爲何會這麼像娘的懷抱呢？不，像多年來，娘在夢中抱著自己的感覺。

有人向自己游了過來，是誰？那在水中如蓮花般舞揚開來的黑髮，那細柔的腰肢，那低低的呼喚，是不是娘？他竭力睜大眼想看清娘的模樣，可娘的臉一片模糊。

娘向自己游來，向自己張開了雙臂。謝朗由喉間發出一聲呻吟，拚盡最後一絲力氣，投入了那雙手臂之中……是娘麼？真的是娘麼？謝朗不敢確定，卻不願放手，他怕這一放手，就是再次的陰陽兩隔、永世不見。娘似乎說了句什麼，他聽不清，只將娘抱得更緊。

娘要將他的手扳下來，他很恐懼，怕再度被娘遺棄，用盡全部力氣緊緊抱著娘，然後就陷入了夢裡。這是一場幽遠的夢，夢裡他似在無邊無際的黑暗中漂浮，有什麼總在擠壓著他的胸口，讓他喘不過氣來，窒息難耐。他終於忍不住，劇烈咳嗽著，咳得胸腔劇痛，才從這場夢中醒轉，迷迷糊糊睜開雙眼。

入目是一對黑溜溜的眼珠，謝朗許久才止住咳，笑著摟住偎在他身上的大白，「小子，你老子還沒死，你就騎到老子身上了？」

大白昂亮地叫了一聲，似是充滿喜悅，小黑也飛過來昂首鳴叫。

謝朗轉頭，正迎上呂青笑說：「公子可真是命大。」另一側腳步聲響，風桑疾奔了過來，喜道：「公子，你總算醒了！」

謝朗逐漸清醒，猛然翻身坐起。呂青按住他，又微笑道：「放心吧，公子，是薛閣主將你帶上岸的，她自然也沒事。」

遠處，一個藍色的身影正靜靜坐著，她背上仍揹著那個鐵盒。謝朗長吁了口氣，又喘著氣躺回地上，問道：「這是哪裡？」

「估計在鎖龍堆下游三十里處。我和風桑斃了幾人，抓住一塊木板，正碰上薛閣主帶著公子游出水面。薛閣主帶我們潛游一段後擺脫了那些人，再順著水流向下漂，在前方一處隱蔽的蘆葦坡上岸。」

「其他人呢？」

「唉……沒能跟上，對方派出的人水性極佳。咱們那些人，水性好的或可自保，水性不好的……恐怕難逃一劫了。」

風桑滿面餘悸，「公子，你可眞是命大。幸虧你傷得不重，又遇上了薛閣主，還幸虧你一直沒有鬆手，薛閣主水性又極高，不然可就……」

謝朗「啊」了一聲，忍不住暗暗瞟了瞟遠處那道藍色身影。難道是她？

「公子，此處不可久留。」呂青出聲打斷了他的狐疑。

謝朗霍然站起，大步走向薛蘅，在她背後長長一揖，「謝朗謝過師叔救命之恩。」

薛蘅沉默著，許久才冷哼一聲，聲音中帶著絲掩飾不住的惱怒，「記住，我從來沒有救過你！」說罷，起身往右前方灌木叢走去。

謝朗隱隱感到不安，此時卻也無法細想，只得和呂青、風桑將歇整的痕跡抹去，匆匆追上薛蘅。

薛蘅走得極快，似是對這裡的地形十分熟悉。她帶著三人穿過灌木林，再折向西北，進入崇山峻嶺之中，直至天黑才停下腳步。

風桑拾來些乾柴，正要擊石取火，風聲響起，他手中石頭掉落。薛蘅手中握著根藤條，冷聲道：「不能生火！」風桑低低咕噥了一句，卻終究不敢再生火，只得將身上濕黏黏的衣衫脫下掛在樹枝上。

謝朗肩傷不重，路途上又揀了草藥敷上，傷口不疼了，可心中始終惴惴。他走到薛蘅身邊，不知如何開口，半晌才自喉間低咳了一聲。薛蘅聽見，不禁面上通紅，又挾著幾分怒意。

謝朗躊躇片刻，道：「敢問師叔，這是何處？」

「定州西北約五十里路的菅山。」薛蘅並不看他。

謝朗聽到「定州」二字，想起外祖父一族和娘，眼神竟莫名地不受控制，往薛蘅胸前瞟了一眼。此時薛蘅身上衣裳尚未乾透，縱是天黑，以謝朗的目力仍看得清她胸前濕漉漉一片，他愣了一下，旋即移開目光，所幸天黑，無人發覺。

呂青用樹枝在地上胡亂畫了片刻，抬頭道：「薛閣主。」

「呂公子請說。」薛蘅對呂青說話倒比較客氣。

「依閣主看，先前截殺我們之人是何來歷？」

薛蘅仰頭想了想，道：「不知呂公子是否聽說過津河三蛟？」

「津河三蛟？」呂青點頭道：「能弄翻排教的大船，在閣主眼皮下鑿沉小舟，並在水下傷了謝公子，除了左長歌之外，當世確實也只有津河三蛟可以辦到。不過他們已退隱江湖多年，爲何……」

謝朗搖了搖頭，「津河三蛟應該只是受重金出山，負責沉船傷人，眞正的主使是那些黑衣人的主子。」

「公子可看出他們的來歷？」

謝朗不答，轉向薛蘅道：「師叔，風聲已露，那些人不會罷手。眼下咱們只能到定州，讓當地州衙協助，請朝中再加派人手過來。」薛蘅點了點頭，應道：「也只有這樣了，那些人短時間內難以追來，咱們先在這裡歇上一晚，明日趕到定州。」

呂青也無異議，風桑早已往地上一攤，擺成一個大字，很快就打起了鼾。

謝朗肩頭傷口疼痛，心裡又梗了一根刺，無法入睡，便負責値守上半夜。他目光不由自主地望向一邊打坐練功的薛蘅，想起水下之事，總覺得有什麼話要說，又無從說起。正憋得難受，忽見薛蘅往密林深處走去，忙即跟上。

黑暗中，薛蘅停住腳步，冷冷道：「站住！」

謝朗站住，見薛蘅再往前走，只得又跟上。

薛蘅再停，他也停。她再走，他仍跟著。如此數次，薛蘅終於惱了，猛然折下一根樹枝直朝謝朗抽來。

謝朗不敢還手，見薛蘅似是極怒，他左躲右閃間低聲道：「師叔，我、我不是故意的。」薛蘅越發抽得急了，謝朗仍只躲閃。薛蘅抽得一陣，忽然手腕勁翻，樹枝在空中劃出一道弧線，彈上他的面頰。

謝朗眼睛火辣辣地疼痛，他索性不再閃躲，任薛蘅抽打，大聲道：「師叔，是我不對，但我不是故意抱著您的。師叔救命之恩，謝朗沒齒難忘，冒犯之處，任由師叔責罰！」

薛蘅想起這小子在水中緊抱著自己、臉還緊貼在自己胸前，用力扳也扳不開的情景，恨不得即刻將他那雙手剁掉才好。可他此刻這般大聲道歉，她又怕遠處的呂風二人聽見，只得低聲怒吼道：「住口！」

謝朗仍梗著脖子道：「師叔要打要殺，我不會眨半下眼睛！但我眞不是故意的，我絕不是那種死到臨頭還要占女人……」

薛蘅怒哼一聲，樹枝疾點上謝朗的啞穴，轉頭就走。謝朗「啊啊」兩聲，依舊跟上。薛蘅猛地回頭，咬牙道：「我．要．小．解！」

謝朗不敢再追，只能愣在原地。過得片刻，薛蘅轉回之時順手解了他的啞穴，大步往原地走去。

謝朗跟上，仍道：「師叔，您若不原諒我，我……」

薛蘅猛然停步回頭，寒星似的眸子緊盯著謝朗，「你要我原諒你，是吧？」

謝朗連忙點頭，薛蘅緩緩道：「那你給我聽著，記清楚了，我，從來沒有救過你，你是自己游出水面的！可記住了？」

謝朗愣住，轉而想到薛蘅乃是天清閣閣主。兩百多年來，爲維護本派利益，以免女子歸於夫家後心生外向，天清閣曾立下過閣規，閣主若是女子，須得終身不嫁。對於薛蘅來說，「名節」二字萬分重要。自己雖是溺水後失去意識所爲，但這事若傳開去，說不定被嚼成什麼樣子，於師叔名節有損。想到此，謝朗直視薛蘅，輕聲道：「是，謝朗一時糊塗，忘記是自己游出水面的了。」

薛蘅不再說話，轉回原處，照舊靜坐練功。

謝朗道過歉，放下心頭之事，舒暢不少，看見薛蘅在練功，索性也盤膝而坐，氣運九天。直到呂青接班，他才還氣入谷，肩頭傷口疼痛也減輕了許多。

天濛濛亮，四人再上路。

翻過數座山頭，天大亮時，薛蘅指著前方道：「再過兩座山，就可看到定州了。」

呂青笑道：「閣主對這裡的地形很熟悉啊，閣主是定州人麼？」

「不是。」薛蘅搖頭，「我以前隨亡母經過這裡。」

風桑嘖了一聲，又嚷道：「定州這窮山溝，走這麼久沒見一戶人家，餓死了。」

四人都覺有些肚餓，奈何現下是春季，也找不到野果充饑。薛蘅道：「再走走，前方應該會有人家。」

風桑只得撫著肚子跟上，偏偏他可能昨天多喝了幾口河水，此時竟拉起肚子來，不時跑進一邊的樹林，如此十餘次，已是面色發白、雙足無力。

薛蘅極爲不耐煩，但也無法，只得到山中尋了些止瀉的草藥，讓風桑嚼爛服下，才略略止瀉。只是這樣一來，直至午時，四人才翻過一座山頭。

風桑走在最前頭，突然大喜嚷道：「有人家！」

薛蘅、謝朗齊齊抬頭，前方炊煙裊裊。四人加快腳步，只見前方有座木屋依山而建，正是殷國極常見的山民房屋。

木屋前一方石坪，山路自石坪前蜿蜒而過，再向前方有一座石橋，石橋連起了兩座山頭。石橋下是一條較深的崖溝，崖下溝澗深深，因是春季，水聲嘩嘩，白霧蒸騰，映著滿山開得極熱鬧的杜鵑，春意濃濃。石坪中，一位老者佝僂著腰，手持竹笤正在掃地，兩名年約七八歲的幼童在他身邊追逐嬉鬧。

四人經歷了生死之劫，又餓了一天一夜，忽見到這青山木屋、小橋流水、老者幼童的恬淡景色，精神為之一振。

呂青提衫縱身，在屋子前後左右查探一番，隨即點了點頭。謝朗放下心，向那低頭掃地的老者抱拳行禮道：「老丈福安。」老者仍在低頭掃地，謝朗又重複了一遍。

一名男童笑著跑過來說：「他老了，聽不見啦。」

謝朗只得湊到老者耳邊大聲道：「老丈！」老者卻還是沒有抬頭。男童們已大聲叫道：「爹！」

不多時，從山林走出一名挑著糞桶的中年漢子，他上下打量了四人幾眼，疑道：「你們是……」

謝朗抱拳回答：「這位大哥，我們在山裡迷了路，餓了兩天，不知大哥可否行個方便，賣點吃食給我們。」說著從腰間掏出一錠碎銀。

中年漢子雙眼發亮，連聲道：「有、有、有，快請進吧。」旋放下糞桶接過銀子，又道：「只是我家婆娘前幾年就死了，家裡沒女人，我只能做一點粗食，各位莫嫌棄才好。」

四人邁入堂屋，薛蘅眼神掃視一圈後微微愣了愣，也未說話，逕在桌邊坐下。

不一會兒，兩名男童端了茶盤出來，其中一個年紀稍大的聲音清脆，道：「爹爹說了，請各位貴客先喝茶，他正在煮麵條，待會就好。」

風桑眉歡眼笑，端起茶杯咕嘟幾下便入了肚。謝朗也口渴難耐，端起茶杯，卻見薛蘅歎了口氣，將一杯茶緩緩倒在地上。謝朗將已到唇邊的茶杯慢慢放下，喚道：「師叔。」

薛蘅眉頭微蹙，似想起了什麼，良久才歎了口氣，輕聲喚道：「明遠。」謝朗第一次聽她這麼叫自己，不由訝然。薛蘅已接著說道：「你驍衛軍中有一名校尉，姓雷名奇，你可有印象？」

謝朗眉頭微皺，隔了一陣才答道：「雷奇為人忠直，多有戰功，可惜……」

「是啊，他死於高壁嶺一戰，眞是英年早逝。如果我沒記錯的話，今天是他的二十歲生辰。」

呂青轉動著茶杯，問道：「閣主怎會認識這位雷校尉？」

「雷奇的姑姑，是我天清閣坤字系的弟子，算起來我要叫她一聲師姐。我與她關係很好，雷奇年幼時，他姑姑還帶著他在天清閣住過一段時日。那孩子頗聰明，可惜死在了高壁嶺。」

謝朗心下難過，也將茶杯舉起，緩緩地將茶淋在地上，歎道：「和丹族三年交戰，多少好男兒埋骨異鄉，只願天下再無戰事……」

薛蘅俯身摸了摸那幼童的臉，柔聲道：「你家有沒有水酒？」

幼童的眼珠轉了一下，笑靨可喜，「有，嬸嬸，您Ｌ等等。」轉身進了裡屋，不多時再奔了出來。

薛蘅接過幼童手中的酒壺，向謝朗道：「明遠。」

「是，師叔。」

「你去摘一捧杜鵑來，雷奇小時候很喜歡這種花。我想為他灑一杯水酒、丟一束鮮花，以祭英靈。他若是活著，今日師姐肯定會為他慶祝弱冠之禮，唉……」

謝朗應了聲，出屋上山，不多時捧了一束杜鵑回來。薛蘅端起酒壺走向橋邊，謝朗捧著花，默默跟上。

呂青看著二人的背影，忽握起竹筷在桌上輕敲著，漫聲吟唱：「鐵騎起，妃子別，相顧淚如雨，夜夜指故鄉……」

謝朗隨著薛蘅走到石橋邊，看著她灑下水酒，耳邊聽到她極低的聲音說：「跳！」他當下毫不猶豫，縱身躍下石橋。風自他耳邊呼呼颳過，還傳來木屋內隱隱的驚呼聲，夾雜著一些人的怒吼：「追！」

薛蘅幾乎與他同時躍下石橋，並肩而落。電光石火間二人已墜至半程，薛蘅忽伸左手揪住謝朗衣衫，右袖中則彈出一條細繩，射向橋下深崖上的大樹。借這細絲之力，薛蘅帶著謝朗悠悠飄向石崖。

謝朗穩住身形，與她同時伸足，在石崖上用力一頓，又借這一頓之力落向溝澗之中。溝澗的水並不太深，本來自那麼高的石橋躍下，會直撞上溝底石頭致使筋骨折裂，但經這麼一頓，便卸去了大部分下墜之力，再落入溝澗時只激起兩團銀色水花，人影倏忽不見。

等木屋中的人都趕到石橋邊，僅見水霧蒸騰，嘩嘩作響，已不見了二人蹤影。

傍晚時分，滿山杜鵑在夕陽映照下燦若雲霞。

謝朗從杜鵑叢中探出頭，查看過周遭的環境，一下子躺倒在地，喘著氣道：「師叔，您饒了我吧，真走不動了。」

薛蘅估算著逃了這半日，已脫離險境，也不再強逼他，自己坐開點，細細地喘著氣。待平靜些，她方淡淡罵了句：「沒出息！」謝朗頗不服氣，嚷道：「師叔，您倒說說，我怎麼個沒出息法了？」

薛蘅張了張嘴，倒還真說不出他哪點沒出息，論戰功、論官職、論武藝，謝朗都是年輕一輩的翹楚。她停了少頃，說道：「瞧瞧你選的這批高手，就知你眼力好不到哪裡去！」

「這些個高手，都不是我軍中的。有些是聖上選派的人，有些是殿下選派來的，我哪曉得他們會有問題？」謝朗叫起屈來。他驀地來了興致，側翻身，右臂支頰，眼神灼灼望著薛蘅，問道：「師叔，您怎地看出剛才那戶人家有鬼的？」

最後一抹霞光投過來，照得他雙眸閃閃發亮。薛蘅向旁挪了挪，並不回答，唇邊則慢慢露出一絲微不可察的笑意。

謝朗想了又想，還是想不出那戶人家有何問題，但跳下石橋時，又明明聽到有陌生的聲音在怒吼著追趕，顯見是早就設伏好的人。他只得央求道：「師叔，您就說說吧。」

薛蘅瞥了他一眼，語帶不屑，「我早說過，戰場上真刀真槍、行軍作戰，你可能還行，但行走江湖的經驗，你還是隻嫩鳥。」

她是無心之言，但謝朗久在軍中，三年來與一幫粗豪男兒同食同住，各種污穢下流的言語聽得耳朵起了繭。猛然間聽到薛蘅說出「嫩鳥」二字，他沒忍住，噗哧一笑。

薛蘅以為他不服，道：「你別不服，剛才那些人，露了至少三處破綻。」

「請師叔賜教。」謝朗忍著笑，拱了拱手。

薛蘅認真地道：「第一，那兩名男孩，看上去天真活潑，嬉戲追鬧也裝得很像。但從我們出現一直到你去和那老者說話，他們仍在自顧自打鬧，這就有點不合常理。因為山村孩子見到的外人很少，往往對外來之人充滿興趣，如果是尋常的山村孩子，在看到我們的第一眼後就會好奇地圍過來的。」

謝朗點了點頭，「第二點呢？」

「那個挑糞的漢子，扮得挺像山民，但他忘了一點，這裡前天和昨天都下了雨，菜田泥土肯定相當濕潤。可他的鞋子卻乾淨得很，沒沾什麼泥土。」

「是啊。」鮮少有人向謝朗傳授行走江湖的經驗，此時聽薛蘅剖析得頭頭是道，他聽得津津有味，便坐近了些，緊盯著她，追問道：「那第三點呢？」

薛蘅見他聽得認真，心中有些許得意，但見他坐得太近，眉頭微蹙了一下，又挪開些，面上神情極淡，「你注意到堂屋內的那座神龕沒有？」

謝朗搖頭。薛蘅神情頗有幾分長輩的嚴肅，責道：「日後行走江湖，你得眼觀四面、耳聽八方。堂屋內的神龕，供奉的是這家山民的祖宗牌位。神龕左下方刻著『長孫黃秋率婦李氏、子永康敬奉，甲子年十月』的字樣。你想想，有何不對？」

謝朗用心思忖，直至天已全黑，仍想不出哪裡不對。薛蘅也不再說，從附近挖了些樹根來，二人胡亂嚼著樹根以充肚皮。

謝朗目光無意中掠過薛蘅濕漉漉的胸前，腦中靈光乍閃，一截樹根尙在口中，便拍手叫道：「我知道了，我知道了！」

「若是阿定，不用一炷香工夫就想出來了。」薛蘅輕哼一聲。

謝朗想明白了其中原因，對她的冷嘲熱諷不甚在意，興奮道：「那個漢子，口口聲聲說他婆娘前幾年死了，家裡沒有女人，但神龕上刻著『長孫黃秋率婦李氏、子永康敬奉，甲子年十月』，甲子年正是去年，那就證明去年十月這一家尙有女主人，顯然他是在扯謊。還有，神龕刻著他只有一個兒子，可那兩個男童都叫他爹哩。」

薛蘅嚥下一口樹根，不置可否，但神色明顯柔和下來。

謝朗知道自己說對了，思路漸趨清晰，「定是這些人臨時將這戶人家趕走或關了起來，裝扮成山裡人，他們打算在茶水或麵湯裡下藥好迷暈我們，再奪《寰宇志》。所以，師叔裝作灑了茶，看到那些人一觸即發之狀，進一步確認了他們有鬼。

「高壁嶺一戰傷亡慘重，原因正是我軍出了內奸，中了丹族人的埋伏。師叔先喚我『明遠』，讓我覺得不對勁，然後說起雷奇和高壁嶺一戰，亦即指出有內奸，現下我們正處於對手的埋伏之中。」他說得興起，又坐近了些，「然後師叔就讓我去摘花，裝作和我一起致祭，跳下石橋，藉水脫身。」

「不錯，你還不算笨，能撿回一條小命。」薛蘅嘴角微微抿起。

這是謝朗自認識薛蘅以來，頭一遭聽她誇獎自己，心裡不由湧起掩飾不住的得意，再湊近了些，「師叔，咱們不妨再猜猜，風桑和呂青兩人究竟誰才是內奸。」

薛蘅微微仰頭，想了片刻，搖頭道：「我還真不能確定，但肯定是他們中的一個，或者兩個都是，都有嫌疑。」

「師叔，難道您就不懷疑，內奸是我這個沒出息的小子麼？」謝朗笑道。

薛蘅斜睨了他一眼，「你雖沒出息，但還不可能是內奸。謝師兄生不出欺師滅祖、禍國殃民的兒子。」

謝朗心情舒暢，躺在薛蘅身側，雙手枕於腦後，縱情大笑。此時夜色深深，周遭一片寂靜，只聽到他爽朗的笑聲。

夜風徐拂，吹送來滿山杜鵑花淡淡清香，薛蘅深吸了口氣，聞到一股若有若無的氣息，薰人欲醉。她下意識地聞了聞，這才驚覺謝朗躺得太近，幾乎已挨到自己。他因先前落水，衣衫濕透，故稍稍拉開了些而露出半個胸膛，那股氣息似是從他赤袒著的胸前發出。

薛蘅面色乍變，猛地站起來走開幾步，背對著謝朗冷聲道：「笑得這麼大聲，不怕把人引過來麼？」謝朗頓時收住笑聲，仰面望著夜空悠悠道：「師叔帶的路，肯定是算好了的，那些人追不過來。這點我有信心。」

黑暗中，薛蘅沉默有頃，甫冷笑道：「枉你行軍打仗三年，做到了大將軍，還這等輕易相信人。我讓你跳，你就真的毫不猶豫跳下石橋，也不怕摔死！」謝朗笑應：「師叔，您這個人，雖性格古怪、不近情理，但您絕不會害我。這一點，我也是可以肯定的，所以……」

夜風再度拂過，薛蘅再走開幾步，打斷了他的話，「少廢話，你以後好自爲之，我不會再救你第三次！」

謝朗見誇讚的話被她這般冷冷頂回，面上悻悻，忍不住在心內嘟囔了句：「眞眞是性格古怪！」但他累了兩天一夜，又受了輕傷，漸感支撐不住，意識慢慢陷入朦朧之中。

薛蘅站在樹下默等許久，不見他再說，回過頭只見他已雙目緊閉、呼吸低沉，顯已進入了夢鄉。

八　胸有雄兵

謝朗這一覺睡得極沉，再醒來便得渾身舒暢。他睜開眼後伸了個懶腰，發覺月懸中天，仍未天亮。他忙坐起，見薛蘅仍端坐在原地運氣練功，不由嘖了一聲，搖了搖頭。薛蘅聽到動靜，睜開眼道：「睡夠了就値夜。」謝朗忙應了，她卻未躺下，而是靠在一棵松樹上，闔目而眠。

明月逐寸西沉，樹上傳來了松鼠打鬥聲。謝朗想起薛蘅這兩日內連救自己兩次，又帶著自己艱難逃亡，欲讓她多睡一會兒，唯恐松鼠將她吵醒，他拾了塊石子，聽聲辨位彈了出去。松鼠受驚，「吱吱」叫著散開。

謝朗一笑，轉過頭，目光落在薛蘅身上。她此時正靠著松樹闔目而憩，左手橫放胸前，右手還握著根樹枝，背部挺直，雙肩微微聳起，竟是一副防備到了極點、隨時準備躍起攻擊的樣子。謝朗歎爲觀止，卻又不禁心生幾分敬佩，心道此人若身爲男子入伍從軍，只怕義兄裴無忌都要甘拜下風。

眼見她似是被背上的鐵盒梗得不大舒服，他想了想，脫下外衫摺了幾摺，輕輕地塞在了她頸後。薛蘅卻猛然睜開雙眼，右手握著的樹枝挾著風聲掃將過來。謝朗嚇得往後一翻，叫道：「是我！」

薛蘅倏地收住樹枝，站了起來，謝朗的外衫順勢掉落地上。她低頭看了看，愣了一下，轉過身用樹枝將衣衫往後一挑。謝朗接過衣衫穿上，見她已大步往西北方的崇山峻嶺走去，跟上問道：「師叔，我們不去定州麼？」

「你說呢？」

謝朗省悟，道：「那我們往哪去？」

薛蘅不答，走了好一會兒，方開口問道：「你猜出那些人的來歷了？」

謝朗歎了口氣，不欲將朝中勾心鬥角的這些事情說給她聽，便不再開口。薛蘅卻冷笑一聲，「那些人都是殷國人。殷國的武林人士明知這是聖上要的東西，還敢來搶奪的，只有一個目的。」

謝朗心情沉重，他與平王都想到消息一旦洩露，肯定會引起南梁北梁、南方諸叛軍以及丹族人的搶奪，卻萬沒料到，第一個下手的竟會是本國中人。若不能順利將《寰宇志》護送回京，只怕雍王與弘王馬上就會以此為藉口對平王發難，而他們兩次搶奪不成，或會故意將消息洩露出去，引來他方勢力的搶奪。

這一路回京，只怕再也不能太平了。

他停住腳步，望著北方天空，只覺在戰場上快意殺敵，要比應付小人的暗箭痛快百倍。此時此刻，他突地十分思念那些一起出生入死、奮勇殺敵的同袍弟兄。

北方一碧晴空，數團捲湧的白雲恰如奔騰的千軍萬馬，氣勢浩然引江山折腰。

由萱山往西北方向走是連綿數百里的崇山峻嶺，森林深幽，山崗險峻。因為崖石多為黑色且呈片狀，如同被刀削過一般，故得名為「鐵刀嶺」。

二人決定穿過鐵刀嶺，往西北繞道陵安府，再北上丘陽返回京城。雖然這樣一來，要比走水道或定州的官道慢上個多月，但眼下對手可能早在定州布下了重重陷阱，也許只有走這條路，才能避開截殺者，順利將《寰宇志》護送回京。

謝朗在北疆與丹族作戰時，也屢逢山地戰，本以為穿過這鐵刀嶺不過小事一樁。然走了半日，他才知南方的叢林與北方的高山密林大為不同，北方多為參天杉木，土質較硬，山勢平緩，縱是岷山，亦仍可在林中拉韁馳馬；而南方的山多生灌木，土質稀鬆。

走上個多時辰，謝朗的綢質外衫已被灌木勾破，腳上一雙黑緞面布靴也是泥土累累。反觀薛蘅，穿的是最厚實的那種藍布衣裳，腳上蹬的是一雙綁腿藤靴，走起路來步步生風。謝朗絲毫不敢懈怠，才能追上她的腳步。

薛蘅大步走著，經過一處山崖時，忽開口道：「師姪。」

「是，師叔。」

「你可熟讀兵法？」

謝朗點頭，「還行，與丹族作戰三年……」

薛蘅打斷了他的話，「丹族多驍勇，不善詭謀，你讀的那點兵法自也夠了。」

謝朗大為不服。薛蘅停下腳步，指著崖下，側頭看了看他，「若你領兵五千，我領兵一千，在此處作戰，你當如何布兵？」

謝朗心中嘀咕：「我五千，你一千，直接滅了你就是，否則我也沒臉活在世上了。」他想壓壓薛蘅的長輩架子，便細心觀察周圍環境，思考片刻後道：「若不想付出太大傷亡代價，我將以一千五為左翼，一千五為右翼，將敵軍往這崖下趕。待敵軍再無退路，中軍兩千先以箭矢滅敵主力，最後以精銳一舉全殲敵軍。」

薛蘅嘴角略有嘲諷之意，「我軍背靠懸崖，無後顧之憂，前列持藤牌鐵盾，你的箭矢無用。我軍早在前方和左方布好陷阱，待你中軍前突，落入陷阱陣腳大亂之際，我軍集全力攻你左翼。」

謝朗心思急轉，道：「我便隨機應變，右翼繞後方援助左翼。」

「從何處繞道？」

「當由那處直插左翼。」謝朗指向崖下右前方的灌木叢。

薛蘅嘴角嘲諷意味更濃，轉身折了一根枝條遞給謝朗。謝朗接過枝條看了許久，不明要領，抬頭問道：

「師叔，這是……」

「這種藤枝，在南方很常見，名爲『煙藤』。」

謝朗撓了撓頭，「這個有甚作用？」

薛蘅望著崖下叢林，「我軍只消派出數十人埋伏在崖頂，待你左翼援軍悉數進入煙藤林後，馬上射出火箭。煙藤遇火則燃，生出濃煙，你這一千多人啊，不被燒死也得被嗆死。」

謝朗沉默了一瞬，笑道：「崖下陷阱有限，我中軍兩千，至少可突圍一千，仍可與左翼合攻你軍。」

薛蘅蹲下，運力在崖邊扳了一塊崖石，呈片狀。謝朗接過細看，片刻後面色乍變。許久，他才出聲，語帶凝重，「可我左翼畢竟有一千五百人，還是稍占優勢。」

薛蘅微哂，「師姪，你久經陣仗，當知士氣最重要。在右翼困於火林、主力被崩塌崖石埋沒的情況下，你的左翼還能抵住我方發起的雷霆一擊麼？」

謝朗傲然一笑，「我驍衛軍的弟兄，個個不怕死。不管戰況如何，軍令一下，他們絕不會退縮一步，定與你軍血戰到底！」

崖風颯颯，他當風而立，肅然望著薛蘅。那份從目中透出的鋒芒，讓薛蘅微瞇了一下眼，慢慢移開視線。她遙望南方，緩緩道：「若是我方這一千人，是由劍南穆燕山及他手下十八虎將率領呢？」

謝朗禁不住微吸了一口氣，卻不再說話，面色凝重地望向南方。

話說二十年前津河大洪災，生靈塗炭，津河平原的上百萬百姓紛紛南下逃難。他們越過津南平原、越過天險濟江，最終到達了濟江以南的千里沃土。這其中，就有出生在燕山的稚童——穆燕山。穆燕山逃難途中與父母失散，帶著幼妹在劍南城以乞討爲生，他小小年紀便表現出了非凡的統領才能，很快就成了小叫化子們的頭領，也因此得了個外號「穆化子」。

其後數年，濟江以南形勢風雲變幻，由於大批北方難民的湧入，當地陷入混亂之中。各世家貴族、各部族之間爲了維護私產、勢力，開始蓄養武裝力量以打擊敵對派系、鎮壓流民，加上濟江以南本就是少數族群聚居的地方，各部族之間爭端不斷，屢起戰事。南方漸漸形成了軍閥割據、各占一方的局勢，遠在涑陽的殷國朝廷慢慢失去了對濟江以南的控制，朝廷法令、所設州衙形同虛設。

穆燕山十五歲那年，不知何故得罪了劍南城勢力最大的軍閥洪氏，帶著十餘人逃入深山老林之中，占山爲王、落草爲寇。昔日跟隨穆燕山行乞爲生的小叫化們聞風而至，數百人在劍南山的天門洞相依爲命、劫富濟貧。洪氏家族屢派精兵圍剿，卻次次大敗而回。就在這一次次的反圍剿中，穆燕山勢力逐漸壯大，終於最關鍵一役擊潰了洪家軍。

穆燕山控制劍南後，頒布了一連串安民的法令，令豪強喪膽、百姓稱快。他以劍南城爲根據地，不斷擴充其勢力範圍，成爲濟江以南最不可忽視的一派軍事力量。

十年來，殷國朝廷屢次派兵南下，試圖鎮壓叛賊、收復南方，但因爲一過濟江便是穆燕山的地盤，朝廷大軍屢次都折損嚴重、無功而返。加上殷國一直在北方與丹族激戰，國力損耗巨大，只能眼睜睜看著南方國土一寸寸落入叛軍之手。

謝朗遙望南方，輕聲道：「師叔，您方才所說這一役，莫非就是穆燕山率一千人，斬殺洪氏數千大軍的天門山之役？」

「正是。」薛蘅微側頭，見謝朗眉頭微蹙，她唇邊不由泛起一絲冷笑，「師姪莫非怕了不成？」

謝朗轉頭迎上她的目光，他眼神澄澈，神情坦然而毫無畏懼，輕聲道：「我不是怕，師叔。我只是對這位對手抱持尊重之意。一個高手，若是當世再無可與他對決之人，那該是何等寂寞！」他踏前兩步，站在崖邊仰望晴天白雲，朗聲道：「遲早有一天，我謝明遠，要與他穆燕山在戰場上一決高低！看誰才是這當世最傑出的將才！」山風拂來，將他的聲音遠揚送開去。

天空中有個黑點正不停盤旋，似是山間的雄鷹在振翅翱翔。春風拂面，謝朗站在崖邊，彷彿有種乘風飛翔的感覺，薛蘅盯著他看了片刻，微哼一聲，轉身繼續前行。謝朗忙轉身跟上。

薛蘅走了很久，甫吐說一句：「你現下還不是穆燕山的對手。」

謝朗問道：「師叔，您見過穆燕山麼？」

「沒有。」

「那……」

薛蘅頗嚴肅地望向他，「師姪。」

「請師叔賜教。」謝朗正容拱手。

薛蘅似較滿意他謙遜的態度，嘴角微勾，臉上飛閃過一絲笑意，說道：「你記住，穆燕山這個人，極擅隱藏實力來迷惑對手，可一旦發動攻擊，那就是雷霆一擊，必將對手徹底殲滅，不留絲毫餘地。」

謝朗點頭，表示記下了。等翻過一座山頭，薛蘅坐在路邊歇息，他才湊近過去，滿面認眞之色，「師叔，我想好了，如果和穆燕山交戰，得以不變應萬變。」

走了許久不見謝朗出聲，薛蘅倒沒在意，突聽他這麼一說，原是一直琢磨自己那幾句話。她不由略帶訝色看了他一眼，道：「你說說。」

謝朗極好兵法，又在北疆與丹族作戰三年而累積了不少經驗，此刻與薛蘅說起行兵布陣，饑腸轆轆之餘卻越說越激昂。一番切磋，他發現薛蘅於兵法一道，竟似不輸於自己軍中任何一位將軍統領。謝朗大感興趣，有意要向她挑戰。泰半時間是他在提出作戰的方略，薛蘅說得不多，但只要一說必切中要點，他只得又費些時間來思考應變。

二人這般「舌戰」，恍如各自指揮著千軍萬馬，沙場對敵。你按兵不動，我就引蛇出洞；你迂迴作戰，我就分段截殺；你調虎離山，我就瞞天過海。如此邊走邊說，天近黃昏，二人才找到一處山洞歇腳。

謝朗也不感饑餓，又擺起了石頭陣，直到薛蘅從附近打來山泉水，他仍蹲在地上擺弄著石頭。薛蘅低頭看了片刻，將水囊遞到他面前。謝朗抬起頭恰見她望著自己，神色不再像前段時日那般冰冷，反而帶著些讚許，不由愣住。

薛蘅見他不接，柔和的神色頓時轉爲不耐煩，將水囊往空中一丟。謝朗忙接住，猛灌幾口，又指著地上的石頭陣，「師叔，您看這樣，可不可行？」

薛蘅唇邊慢慢浮現若有似無的笑意，「說來聽聽。」

「是這樣的……」謝朗眼神越來越亮，不知不覺靠近薛蘅身邊。說著說著，他忽感內急，邊起身邊道：「師叔，先停停，咱們等會兒再說。」

薛蘅正想說出新的布兵方法來刁難他，見他竟要離開，問了一句：「你去哪兒？」謝朗隨口答道：「方便方便。」旋就急匆匆出了山洞。

他方便的時候，腦中靈光一閃，又急匆匆跑回來，一屁股坐在薛蘅身邊，擺弄著地上的石子，興奮道：「師叔，我可以來一齣水淹七軍……」

話未說完，他乍覺氣氛不對勁，抬頭一看，薛蘅已坐開很遠，靠在石壁上闔目而憩，臉上似有惱怒之色。謝朗大奇，想不明白又是何處得罪了這位脾氣古怪的師叔，他不敢去打擾，只得悶悶待在原地。

他「水淹七軍」的妙計不能說出，這一夜憋得十分難受。好不容易等到天亮，等薛蘅醒來，他又湊上前去，「師叔，您看我那水……」

薛蘅瞪視他一眼，並不搭話，大步出了山洞。

二人重又上路，謝朗見她始終不開口，只得悶著頭跟在後面。走了許久，薛蘅終於輕聲說了句：「你以水攻，難度太大。」

謝朗一喜，追上前與她並肩，問：「爲何？」

這一重新開戰，便又是大半日，二人渴了就喝些山泉水，餓了就挖些樹根充饑。謝朗由防守漸轉爲進攻，薛蘅思考的時間漸長，話語也漸多，謝朗逼得急了，她也會親自攏下石陣以作演示。謝朗有時不服，在旁指手畫腳，薛蘅便會將眼一瞪，謝朗礙於她的長輩威嚴，只是悻悻收聲。不過過得一陣她也會耐心地講出道理，與他剖析一番，這一日下來，謝朗受益良多，竟不亞於實地作戰。

天近黃昏，二人正說得興起，鵰鳴聲劃破長空。謝朗大喜，低哨一聲，大白和小黑歡天喜地撲落下來。自跳橋逃生之後，薛、謝二人在叢林中潛行一段時日，遂與大白、小黑失散了。此時見牠們終於找來，謝朗十分欣喜，一把抱著大白，大笑著伸手撫了撫牠的頸毛，大白也親熱地用頭拱他的胸口。正低頭與大白笑鬧，耳中忽聽到一句十分輕柔的話語：「到哪兒玩去了？弄得這麼髒。」

「到哪兒玩去了？弄得這麼髒。」——這聲音帶著三分疼愛、三分溫柔，還有三分嗔責，謝朗忽有一剎那的恍惚。幼時的自己在外面玩了一身泥回來，幾位姨娘驚天動地，太奶奶則會微笑著扯過自己，慈愛地責問：「到哪兒玩去了？弄得這麼髒。」

這輕柔的聲音，就像春天的水草，蔓衍滋生，搖搖曳曳，直纏入人的心底。

謝朗緩緩抬頭，見薛蘅正將小黑抱在懷中，低頭和牠說話，右手則一下一下，自頭頂至雙翅，輕柔地撫摸著牠。夕陽從西邊照過來，將她的人籠罩在一片淡金色之中。她嘴角漾著淡淡淺笑，這抹笑容讓她的臉頓顯生動起來，就像雲朵自碧空悠然飄過，像翠湖畔一陣春風吹落櫻花似雨。

原來這位古板師叔，只要不板著臉，這樣笑起來還是挺好看的。

謝朗目光不自覺地掃看了薛蘅的身材，暗暗遐想：「她身量看上去和三姨娘差不多，要是穿上自己給三姨娘買的那件淺綠色繡花裙，又塗上五姨娘喜歡的胭脂，再……」正胡思亂想之際，他肚中傳出一連串「咕嚕咕嚕」的抗議聲。

薛蘅抬頭，嘴角笑容還未完全褪去，道：「我也餓了，可這裡確實不好找東西吃。」

謝朗心中暗罵自己的胡思亂想，略帶尷尬笑道：「不怕，既然大白回來了，這個重任就交給牠。」

「天快黑了，大白也找不到獵物的。」

「只要沒有全黑，大白定可捉到獵物。」謝朗頗爲驕傲地誇口。

薛蘅嘴角扯了扯，並不答腔，似不怎相信。

謝朗少年氣盛，當初豢養大白時便存了些日後要尋小黑晦氣的心思，可再見到薛蘅即是有求於她，未敢稍有得罪，尋仇大計只得擱於一旁。眼見大白和小黑日漸親密，他若有若無的這份心思無法排解，頗感鬱悶。此時他存心要讓大白的風頭壓過小黑，拍了拍胸口道：「我敢打賭，半個時辰內，大白定可捕來獵物交給我。」

他發出手令，大白歪頭看罷，拍翅飛向布滿晚霞的天空。小黑也欲跟上，薛蘅將牠按住，繼續給牠梳理著頸間的片羽，小黑被撫摸得極舒服，瞇著眼不再動彈。

二人在一塊巨石下歇息，四周群山環抱，寂靜無聲。晚霞一點點黯淡下去，大白仍未回轉，謝朗坐立不安，不時抬頭望著漸漸黑沉的天空。薛蘅瞥了他一眼，不再說話，靠著石頭閉目養神。小黑則在她身邊跳來跳去，一時去啄她的衣角，一時又用爪子扒弄著地上的泥土。

眼見最後一縷霞光就要消失，謝朗等得心焦，欲待站起。羽翼輕滑，大白疾如流星從天而落，利爪上正抓著一條垂死掙扎、近三尺長的烏梢蛇。謝朗見狀喜笑顏開，笑罵道：「你個小子，差點讓你老子打賭輸了，還算不賴！」

他笑著伸出右手，正待接過烏梢蛇，大白卻羽翅輕拍，躍向一邊正扒弄著泥土嬉玩的小黑。烏梢蛇「啪」的一聲落在小黑面前，小黑嚇了一跳，往後跳開。大白用爪子將奄奄一息的烏梢蛇往牠跟前撥了撥，喉間「咕嚕咕嚕」叫著。小黑側著腦袋盯看烏梢蛇看了片刻，再伸出右爪扒拉幾下。蛇動也不動，小黑馬上失了興趣，跳到一旁繼續玩弄泥土。

謝朗的右手停在半空，臉上笑容登時僵住，過得一陣，他咧開的嘴角才慢慢恢復原狀，可已扯得微疼。他心中大恨，用力拍向大白的頭，低聲罵道：「你個死小了！眞不給你老子長臉！」

大白撲扇著翅膀躲開，跳到小黑身邊。

謝朗彎腰拾起烏梢蛇，眼角瞥向一邊的薛蘅，見她依舊閉著眼似沒瞧見剛剛這一幕，甫放下心來。

夜風習習，火堆烈烈。謝朗熟練地將蛇開膛破肚，把內臟丟給一旁玩耍的兩隻鳥，仍忍不住用力拍了拍大白的頭。大白狀似十分委屈，叼著蛇膽遠遠跳開，待小黑跟過來，牠又將蛇膽供奉在小黑面前，令謝朗再度爲之氣結。

等蛇肉被烤得「嗞嗞」作響，香味四溢，薛蘅終於睜開雙眼，坐了過來。謝朗割下一塊蛇肉遞到她面前，她並不客氣，也不道謝。兩人狼吞虎嚥，一條大蛇不到片刻便都落了肚。

吃完，謝朗拍了拍肚子，站起伸展了一下雙臂，忽然聞到身上有一股難聞的氣味。他這才想起自落水逃生以來，數日不曾洗澡也不曾換衫，河水、汗水、泥水混雜在一起，難怪弄出這麼一股酸餿味。

他自幼錦衣玉食，四位姨娘尤在他的衣著打扮上花足了心思，出則貂裘錦冠，入則綾羅綢緞。及至後來入了軍營，有時戰事緊張以致不及換洗軍衣，或是炎炎夏日，身上也會發出這麼一股汗餿味，可那畢竟是在軍營，周圍都是粗豪的男子漢，沒人計較這些。而現在，身邊是個年輕女子。想當初謝朗爲了給平王的祕密基地「珍珠舫」打掩護，裝出流連花叢的風流樣經常出入煙花溫柔之地，多多少少也學了些討好姑娘家的溫柔手段，

「風流」之名倒也不全是虛構。唐突佳人的事，他是不願幹的。眼前這女子雖然性情乖僻，算不上是啥佳人，但總歸是個女子。他怕薛蘅聞到自己身上的臭味，於是不著痕跡地坐開了些。

再過片刻，這餿味竟似越來越重。謝朗難以忍受，想到逃了這麼幾日已脫離了險境，便走到薛蘅身邊，唯怕她聞見，忙又退開兩步，輕聲道：「師叔，那邊有條小溪。」

薛蘅搖了搖身邊的水囊，聽著還有大半壺水，隨手遞了過來。

謝朗遲疑了一陣，低聲道：「師叔，我去去就回。」

「去幹嘛！這裡不是有水麼？」薛蘅抬頭，疑惑道。

謝朗終究無法當著她的面說出要去洗澡的話，只得悻悻坐回原地。

薛蘅大為不解，不知他究竟弄甚名堂，盯著他看了一陣，見他再無動作，便慢慢闔上了雙目。

火堆漸暗，謝朗見薛蘅已閉目運功，想著時機已到，悄悄地脫下了外衫。待要解下內衫，風聲響起，謝朗往後一躺，薛蘅手中樹枝已指向他咽喉。但她並不看他，頭扭向一邊，冷冷道：「穿上！」

謝朗正為了大白不爭氣之事而鬱悶，此時見薛蘅這般強勢壓人，想起她以前對自己的種種「欺壓」，積了許久的怨氣猛然發作，倔強道：「不穿！」

薛蘅明白了他先前的意圖，又羞又惱，漲紅了臉，怒道：「你穿不穿？」謝朗慢悠悠地解著內衫衣帶，口中應道：「師叔，雖然您是長輩，可也沒有不許師姪一輩子不脫衣服的道理吧？」

薛蘅手中的樹枝微微顫了顫，謝朗眼角瞄見，心中得意，然亦怕她惱羞成怒，解衣帶的動作便慢了些，同時暗暗蓄力，準備應付她的新招數。

薛蘅卻收起了樹枝，閉著眼睛坐回原處，淡淡道：「謝師兄是坤字系的，與我本非正宗師兄妹，我也不是你的什麼正牌師叔，你當然不用聽我的話。但你堂堂驍衛大將軍，說過的話、打過的賭，總會認帳吧？」

謝朗一愣，道：「那當然。」

「那好。」薛蘅嘴角不自覺地透出一絲笑意，緩緩道：「你先前讓大白去尋吃的東西，可是賭輸了的。」

謝朗急道：「哪裡輸了？大白明明趕在天黑之前抓了蛇回來。」

「你先前是如何立的賭約？自己再重說一遍。」薛蘅睜開眼，瞥了他一下。

「我是說我敢打賭，天黑之前，大白定可捕來獵物交給……」謝朗張口結舌，再說不下去。

「交給誰？」薛蘅卻不放過他，緊緊逼問。

「交給……我……」謝朗大恨，狠狠瞪了大白一眼，可大白早已和小黑並首而眠，渾沒看見主人這剜刀子似的一眼。

「你堂堂大將軍，輸了便是輸了。」薛蘅唇角嘲弄的笑意抑制不住地加深。

謝朗無奈，只得將衣衫穿上，嘴裡嘟囔道：「穿就穿！男子漢大丈夫願賭服輸，難道您還能管我一輩子穿脫衣服不成？」他忽想起薛蘅同是幾日未換衣服、洗澡，難道她身上就沒有臭氣？想到此，他不由自主地抬頭看向薛蘅。

黑暗中，薛蘅恰也正好轉頭看向他，兩人目光相觸，竟不約而同地心頭猛跳了一下，又都趕緊轉開視線，誰也沒再多說話……

春日夜晚，山風和著泥土草葉的清香，淡淡拂過山巒。天地間靜悄悄，只偶爾聽見風拂過樹葉發出的颯颯輕響。

因薛蘅習慣每晚練功至深夜，謝朗就先睡，待她子時收了功，他再接著值守下半夜。可他這一覺睡得極不安穩，總覺得被什麼壓迫著喘不過氣來，夢中輾轉翻身，忽然驚醒，猛地睜開雙眼，迅速坐起。

薛蘅正好收功，見謝朗神情戒備地聽著什麼，便也凝耳聽了聽，片刻後道：「是山鳥飛的聲音。」

謝朗卻修眉微蹙，再聽了陣，道：「師叔，您聽！」

「就是山間的鳥在飛，不是人的腳步聲。」薛蘅再聽了聽，並不在意。

謝朗卻還在聽，壓低聲音道：「師叔，您覺得像不像是有人經過山林，將鳥驚飛的聲音？」

「不像。若是人經過山林，將鳥驚飛，鳥兒應當是成群飛起，聲音當會更響，而現下聽見的聲音只是一兩隻鳥飛。」薛蘅很有把握地搖了搖頭。

「嗯。」

謝朗服她之能，遂壓下心頭疑慮，「師叔，您睡吧，我來值守。」

或許是先前驚醒的緣故，謝朗總覺得心緒不寧，處於高度緊張的狀態，直到天空中露出薄薄晨曦才漸放鬆下來。

火堆早已熄滅，大白和小黑正並首而眠，薛蘅也發出悠長的呼吸聲，一切顯得如許寧靜，謝朗卻覺得這份靜謐似曾相識。他忽然想起了兩年前的高壁嶺之戰。

那也是這樣的一個黎明，他奉平王之命帶著四千名驍衛軍埋伏在高壁嶺，只待裴無忌將丹王二子阿勒的葉捷軍誘至金光灘，平王主力將其擊潰，阿勒敗退至高壁嶺，再由他這四千精銳發動最後一擊。誰知軍中潛入了內奸，阿勒派出小批人馬迷惑殷軍的主力，大軍則早埋伏在了高壁嶺四周。

他帶著人馬天黑時分就抵達了高壁嶺，但丹軍並沒有即刻發動圍擊，而是選在天將亮未亮、殷軍防備心理最爲鬆懈的時候，發動了總攻。那是一場以肉搏肉、以血拚血的惡戰，他帶著驍衛軍四千人，拚死抵抗著潮水般湧來的丹族過萬大軍。殺伐聲衝破黎明曦光，空中晨霞彷如染成了血紅之色。

那場戰役，將高壁嶺變成了修羅地獄，無情的殺戮讓整個山谷充斥呻吟和戰慄。其後漫長夜晚，謝朗從夢中驚醒，還是難以忘卻那漂浮在山澗中的血光和堆積如山的屍首……他親眼看著身邊的弟兄們逐一倒下，看著他們被丹族人踐踏，看著他們一個個血肉模糊，卻仍撲上去抱著敵人同歸於盡。

王景、令狐騈、李勛，還有師叔提到過的雷奇，一個個鮮活的生命，就這樣消失在殷色霞光之中。他們都是十七八歲的少年，都是他的同袍弟兄，都是那麼生氣勃勃、爭強好勝的英俊兒郎，卻都死在了丹族人的埋伏之下。但就是這些少年，用他們的熱血，以四千兵力頂住了上萬敵軍，讓丹軍傷亡慘重，並最終等到了平王大軍的及時回援。

謝朗眼睛慢慢酸澀，用手揉了揉，身上衣衫味道似更難聞了，纏繞在他周圍，如同……如同高壁嶺的那個黎明，濕暑之氣黏在每個戰士的心頭，讓他們伏在叢林中時難過不堪。人人都在心中詛咒著那鬼天氣，誰也沒有意識到，那滯悶的空氣意味著陰險的殺機，意味著山野間所有生靈的噤聲。

有些不對勁！謝朗猛然睜大雙眼，一邊的大白也抬起頭，牠頸間的羽毛徐徐張開來。

有什麼聲音，在劃破清晨的山霧。那是來自地獄的聲音！謝朗渾身綳緊，汗毛直豎！

大白拍翅而起，驚起一地泥屑。謝朗面色劇變，一躍而起，撲向旁邊正熟睡的薛蘅。他用力摟住她滾落在地，「嗖」的一聲，怒箭挾著雷霆勁氣自他背後呼嘯而過，「砰」聲響起，利箭沒入岩石中，箭羽劇烈顫動。

避過這必殺的一箭，謝朗又抱著薛蘅在地上幾個翻滾，連續避過似急雨般射來的十餘枝箭，待滾到山石後邊才稍得喘息。薛蘅早已清醒，滾動間迅速在背後鐵盒某處按下，鐵盒旁彈出一柄短刃。她將短刃往他手中一塞，「拿著！」

謝朗接過短刃，箭勢也停了下來。

山間有一瞬的平靜，唯聞小黑與大白在空中急促盤旋鳴叫的聲音。

九　雲海之鷹

箭入岩石，深達數寸！這箭勢太過駭人，二人蜷伏在石後，不敢探頭查看。

大白的叫聲忽然尖利起來，還夾雜著其他鳥兒的鳴叫，卻又不似小黑的聲音。謝朗面色微變，轉而苦笑，用極低聲音道：「看來是他們！」

「誰？」薛蘅以口形相詢。

謝朗呵呵輕笑，「老相好。」

見他這當兒還在說笑，薛蘅瞪視他一眼。她用心聆聽片晌，微微鬆了口氣，壓低聲音道：「從射箭的方位來估算，大概有五個人。但我聽不到他們的聲音，應當尚在十丈開外。」

謝朗點了點頭。

薛蘅覺得以二人的輕功，避過十丈外的箭並不太難，先前只不過是被攻了個措手不及而已。她下了決斷，「趁他們還未圍過來，快走！」起身向前方灌木林躍去。

謝朗未料她不等自己同意，說走便走，眼見她小半個身形已躍出大石，他心中大駭，挺身前撲如青鯉出水將薛蘅撲倒在地。薛蘅猝不及防，臉重重磕在泥土之中，就在這一瞬，她聽到了破空的風聲和謝朗的悶哼，感到他伏在自己背後的身軀劇烈震了一下。

薛蘅還沒從泥土中抬起頭，謝朗已摟住她的腰，疾速向右翻滾，直滾到巨石後甫停下來。她一把抹去眼睛上的泥土，入目正見謝朗左臂上插著一枝白翎箭，箭羽猶在微微顫動，一絲血線蜿蜒淌下。他臉色煞白，牙關緊咬。

薛蘅的左手緊捏成拳又放開，旋要拔箭。謝朗迅速格開她的手，靠著巨石喘氣道：「是狼牙箭！不能拔！」她心尖沒來由地抽了一下，卻沒法將聲音放軟，反而怒道：「到底是什麼人？」

謝朗左臂火燒似地疼痛，冷汗涔涔而下，從牙縫裡一個個字迸出來：「雲．海．十．二．鷹！」

薛蘅下意識地抬起頭。碧空中，大白、小黑與一隻大鳥鬥得正酣，那是一隻灰鷲，那種在北方苦寒之地縱橫宇空、俯瞰眾生靈的灰鷲。

天清閣有處密室，只有閣主和一位司詹才能進入。

每年，這位司詹總會將這一年內搜集到的所有消息記錄在冊，並將冊子放入密室之中，供閣主翻閱。這些消息，從宮廷政治到文武百官，從天下紛爭到百姓生活，甚至連哪裡的縣官今年討了第幾房姬妾，都應有盡有、包羅萬象。

薛蘅繼任閣主以來，尚不曾見過這位司詹。她僅曉得有這麼一個人存在，也知道司詹之位歷代自相傳授，不受閣主的限制。她所要做的，就是每年將天清閣的兩成收入撥到某家錢莊，然後在司詹每年的冊子上寫下「已閱」二字；當然，她若對哪方面的情況感興趣，亦可在冊子上寫下，一段時日後，司詹便會將搜集來的消息留在密室之中。

薛蘅不知道這位司詹手下有多少人在為天清閣辦事，也想不太明白，這些人的存在對天清閣的意義是什麼。因為，繼任閣主的那一夜，她從娘手中接過閣主之印，進入密室，抬頭看到的是懸掛在牆上的條幅。條幅上，青雲先生用他一貫清瘦峻峭的筆法斜斜地書著：「凡任閣主者，需心術端正、淡泊名利，不得插足江湖，不得入朝為官，更不得干預政事！」

祖師爺既有這樣的遺訓，為何還要留下司詹這麼一股力量呢？薛蘅心疼每年的那兩成收入，那能多接濟不少百姓，可她也沒法廢去這股力量，只得按例撥銀，按例翻閱司詹留下的各種消息。她清晰地記得，在某一年的冊子上，司詹用頗爲詼諧的筆法介紹了「雲海十二鷹」。

昔有一老者，縱橫漠北雲海高原，鮮有敵手，自號「雲海老人」。某日，老人窮極無聊，下山遊玩，遇雪崩，被埋雪中數日之久。恰逢丹國大王率兵經過，將老人挖出，彼時老人已僵硬如鐵，兵者欲將其丟入雪谷，丹王喝止。三日後老人醒轉，戲言丹王護他三日，他必將護丹王三十年平安。

奈何老人天年將至，遂走遍丹國境內，收養了十二名弟子，十男二女，皆以「羽」爲姓，色爲名。雲海老人因材施教，傾囊相授，五年後西歸，臨終前命弟子前往丹王軍中，二十五年內護王平安。十二人至丹王宮中，宮中高手皆披靡，丹王大喜，封爲「雲海十二鷹」。

自此，雲海十二鷹稱雄漠北，丹王倚之如左膀右臂。十二鷹謹遵老人遺命，凡不利於王者，縱千里之遠，亦必追擊誅殺。草原諸民畏懼日深，有孩童啼哭，恐嚇之：「雲海十二鷹來了。」啼止。

「小謝啊，怎麼看見姐姐來了，你反倒當了縮頭烏龜？出來吧，咱們姐弟敘敘舊情。」女子柔媚聲音似從四面八方傳來，打斷了薛蘅的思緒。這聲音嬌媚入骨、纏綿悱惻，宛若柔軟絲線，將人的心一圈又一圈纏繞住，薛蘅面頰不由得紅了起來。

謝朗卻是吃過大虧的，女子一開口，他便吸了口氣，令靈臺澄明，又急握上薛蘅的手，在她虎口處用力掐下。

薛蘅醒覺，正要將謝朗的手甩開，他已快速在她手心寫下幾個字：「我引，你走。」

薛蘅快速抽回手，搖了搖頭。

謝朗苦笑了一下，大聲道：「翠姐姐，小弟對你同樣思念得緊，奈何小弟這一身臭得很，不好見姐姐，且容小弟洗個澡，再來與姐姐共敘舊情，如何？」他口中胡說八道，迅又抓過薛蘅的手在她掌心寫道：「是羽青。」

羽青！薛蘅面色微變，沒料到天下第一神箭手、不離丹王左右的「雲海十二鷹」老大，竟也爲了《寰宇志》，千里迢迢來到殷國。她看著謝朗的左臂，心中湧起了一絲愧疚。

女子嬌笑連連，「喲，小謝，還洗甚澡啊，那是男人味。姐姐我最喜歡聞男人味了，若是一日不聞這味道啊，可一日都睡不著。」

薛蘅聽到這款話，心頭厭惡，竟有想嘔吐的感覺。見謝朗要躍出去，她一把拉住他，發狠道：「我去！」同時伸手去解背上的鐵盒。

腳步沙沙，漸漸清晰。謝朗知羽翠等人正藉說話之機步步逼近，而羽青則不知潛在何處，只待二人露頭，便難逃他那雷霆般的一箭。

謝朗在北境與丹軍交戰三年間吃足了雲海十二鷹的苦頭，還在一次巡邊之時險被這羽翠迷倒，所幸他練的是童子功，定力過人加上智計迭施，才未「失身」於羽翠。至於羽青的箭術，那是連裴無忌也聞之色變的。在丹王與平王對決的最關鍵一役中，謝朗將薛季蘭相贈的「麒麟片」鑲在平王的鎧甲中，令羽青必殺之一箭失手。平王成功將羽青引開，裴無忌才得擊敗丹王主力，丹軍不得不全線退回丹境。

先前箭勢一出，他便認出是羽青親來奪書，雲海十二鷹到了五位，自己和師叔還能逃出生天麼？只有引開他們，才能讓師叔有一線機會帶著《寰宇志》逃生。

他掙了一下，薛蘅卻不放手。情急下，謝朗將胸前衣襟用力撕開，薛蘅不及移開目光，看得清清楚楚。他肋下有個箭疤赫然可見，正中更似剜去了一塊肉，猙獰可怖。她默然不語。

謝朗左臂疼得似要斷裂，他壓低的聲音尤帶了幾分狠絕之意，「男子漢大丈夫，有仇就得報！」

薛蘅卻仍不鬆手，道：「要走一起走！」

「不引開他，一個都走不脫！」

「我去引開他！你帶著《寰宇志》走！」

「不行，我去！」

兩人說得低沉而急促，皆血氣上沖，謝朗尤急得額頭青筋直暴。聽到羽翠等人的腳步聲越來越近，薛蘅衝著謝朗一瞪眼，將解下的鐵盒塞到他懷中，怒道：「我武功比你高，我去！」謝朗一梗脖子，將鐵盒丟回她身上，低吼道：「我比您瞭解他們，我去！」薛蘅再將鐵盒塞給他，咬牙道：「我是師叔，你聽我的！」

謝朗左臂鮮血仍在不停流淌，急痛之下只覺眼前這個女人實不可理喻，他在驍衛軍中可是說一不二，軍令如山，沒人敢像薛蘅這般不聽號令。他怒氣上湧，猛然伸手將薛蘅按在巨石上，逼到她面前，身子幾乎要壓到她的身上，狠狠道：「我是男人！你少廢話！」

說話間，他雙目圓睜，喉結滾動，袒露著的胸膛肌肉賁張，一股強烈的年輕男子氣息自身上散發出來。薛蘅被他按在巨石上，正要反抗，聞到這股氣息竟莫名心慌意亂。慌亂中，她抬頭仰望謝朗，正見他下巴處鬍渣一片，喉結高突，滾滾而動。她慌忙移開目光，這、這還是那個十七歲的頑劣少年麼？

她尚未清醒，謝朗已將鐵盒往她懷中一塞，急躍而出，朗聲笑道：「翠姐姐，別來無恙？」

薛蘅閉了閉眼睛又睜開來，面無表情地拾起鐵盒。

謝朗迎風而立，笑容燦爛，望著正慢慢逼近的羽翠等人，道：「翠姐姐可越發美麗了。」

身著綠色衣裳的羽翠眼波輕橫，啐道：「小謝這張嘴，真正讓人愛不得也恨不得。」

「還不都是翠姐姐的功勞。」謝朗調笑道。

羽翠笑得花枝亂顫，她背後的矮子不耐煩道：「少發騷！辦正事！」

羽翠知十弟羽赭生爲侏儒，長期的自慚形穢養成了暴戾乖張的性子，而她有心留謝朗一命，將他收歸裙下，遂在背後打了個手勢。羽赭、羽白、羽赤都停住了腳步，看她要如何誘薛蘅出來，讓潛在樹上的老大羽青完成必殺一箭。

羽翠幽幽地歎了口氣，哀怨道：「小謝，你就是嘴巴說得好聽，你摸摸良心，可真有一刻想過姐姐？」

謝朗聽到薛蘅正慢慢向巨石邊緣挪動，便嘴角輕勾，「天地良心，我天天念著姐姐。」

「這話姐姐說才對。這不，一聽說大哥欲來看你，死命也要跟著來了。你養了隻白鵰，姐姐爲和你配成一對，也只得千辛萬苦養了隻灰鷲。幸虧牠瞧見了你的白鵰，姐姐才能與你重逢。你說，我們是不是很有緣分哪？」羽翠輕撫鬢邊烏髮，斜眼看著他。

謝朗瞟了一眼天空，見大白和小黑與那灰鷲鬥得十分激烈，笑道：「我說姐姐怎麼能找到這裡來，原來都是牠的功勞。」羽翠眼珠一轉，笑吟吟應道：「是啊。姐姐用心良苦，可誰知你，有了閣主姐姐，就把翠姐姐拋到腦後了。你這一路和薛閣主卿卿我我、郎情妾意，我心裡好難受的啊……」

石後傳來樹枝被踏碎的聲響，謝朗唯恐薛蘅惱怒之下衝動行事，忙喝斷了羽翠的話語，「我與師叔清清白白，你休胡說！」他不知羽青潛在何處，眼下唯有將其箭勢引向自己，才能令薛蘅有一瞬的時間逃生。他看了羽翠一眼，將手伸向懷中，含情脈脈地說道：「我這兒有一樣東西，姐姐看過後，即會明白小弟的心意。」

羽翠高度戒備之餘，仍被他這一眼看得微微恍惚。說話間謝朗又不動聲色地踢出一顆石子，她聽到聲音，本能地低頭察看。

謝朗知機不可失，抽出短刃急撲向她。他身形方動，羽赭等人同也動了，棕、白、紅三道身影齊齊撲來。

謝朗知神箭羽青對五妹羽翠十分寵愛，定不會見死不救，便對羽赭三人的攻勢視若無睹，毫不躲閃，手中短刃直取羽翠心口。

悶哼聲、箭矢聲、怒喝聲同時響起，震破山間晨曦，不過是兔起鶻落之間。謝朗短刃就要刺中羽翠的一瞬間，箭矢破空而來！

箭矢剛出，石後藍影一閃，沒入灌木林中。

謝朗短刃落地，蹬蹬後退幾步，跌坐在巨石旁，反而避過了羽赭三人的招式，但他右臂上又再中一箭！聽到箭聲的一瞬間，謝朗瞥見藍影微閃，知薛蘅終於藉機逃走，心中舒暢。他雙臂中箭，無法動彈，依住巨石，喘著氣呵呵而笑。

一個青色身影自遠處松樹上飄落，面色如鐵，顯是對薛蘅逃脫惱怒至極。

羽翠低下頭，輕聲道：「大哥。」

羽青並不看她，負著他那聞名天下的勁弓徐徐走向謝朗。

謝朗雙臂劇痛，眼前模糊，鮮血自嘴角一絲絲滲出，但卻得意地笑著，看著一步步走近的羽青。羽青鐵青著臉在他身前數步處停住，緩聲道：「謝將軍，看來你只有替薛閣主去見閻王爺了。」

謝朗覺得雙臂定是已經斷了，卻還想再拖延羽青一陣好讓薛蘅逃得更遠，遂支撐著搖搖晃晃地站起來，狂笑道：「羽兄天下第一神箭，謝朗三次受教，不過如此。」

羽青冷哼一聲，道：「翠兒。」

「大哥。」

「去，殺了他！」

羽翠不敢違抗，抽出長劍，一步步走向謝朗。

謝朗忽昂起頭瞪著羽青，「羽兄，你是我最尊重的對手，來世我再與你沙場對決。但我謝朗七尺男兒，絕不能死於女子之手。請你成全！」

羽翠倏地停住腳步，羽青則負手凝望著謝朗，過得少頃將手一攤，接過羽翠手中長劍。謝朗欣慰地笑了笑，他眼前漸黑，只憑著最後一口氣勉力支撐，不願在這位宿敵面前倒下。

羽青走到謝朗身前，將劍尖抵在他胸口，木然的面上慢慢逸出一絲笑意，「沒拿到《寰宇志》，能拿到謝將軍的人頭，倒也不枉走這一趟。」

謝朗大笑，斷斷續續道：「原來……我……的人頭竟……這麼值……」話未說完，風聲響起，巨石後突然彈出一根細繩捲上謝朗腰間，謝朗往後便倒。就在他倒地的剎那，一枝袖箭從巨石後悄無聲息地射出，「噗」的一聲沒入羽青心窩。

羽青正蓄勢將長劍刺入謝朗胸口，聽到風聲已不及收力躲閃，他身軀一震，滿面不可置信之色，低下頭望著心窩處的袖箭。

羽翠四人見狀駭得魂飛魄散，撲了上來，個個驚嚷：「大哥！大哥！」

謝朗倒地後旋被那細繩拖住，身不由己地向巨石後滾去，那邊羽翠等人剛撲到羽青身邊，他已被薛蘅拎住腰帶，投入茫茫叢林之中。

羽翠等人哪還顧得上追趕，急急將羽青扶起，羽青卻已眼神渙散。

羽翠大哭，羽青聽到她的哭聲，喘了口氣，艱難道：「翠兒，告訴老二，師父遺命，就靠你們去完……」他身子微挺，吁出一口長氣，再無聲息。唯有一雙褐色的眼珠，仍然圓睜著望向一碧晴空。

話說謝朗躍出去，和羽翠調笑的時候，薛蘅便迅速脫下外衣，包了一塊大石。待羽青出箭射向謝朗，她將大石拋出，令眾人都以爲她已乘隙逃生。

謝朗再度中箭，她心急如焚，卻仍強自鎮定不發出聲息。直到羽青現身欲殺謝朗，她抓住這一閃即逝的時機，左手彈出細繩，右手射出袖箭，終於救下謝朗，並將「天下第一神箭」斃於箭下。

她緊拎謝朗的腰帶，以閃電之速投入叢林之中，每一邁步都是數尺之遠。這是她生平第一次如此倉皇逃命，手上又拎著一名成年男子。風聲自耳邊呼嘯而過，荊棘不時刮破衣衫肌膚，她全然不顧，只管發力狂奔。她的右手終於麻了，只得停下腳步，改將謝朗負在背後。

他身軀轉動間，鮮血如絲線般滴入她的頸中，血是熱的，薛蘅卻打了個寒噤。她咬咬牙，封住謝朗雙肩數處穴道，繼續狂奔。奔得一陣，再將穴道解開，以防他的雙臂壞死。如此反覆數次，穿過數片叢林後，終於奔到了一條小溪邊。

薛蘅大步踏入溪水之中，逆流而上，估計敵人已無法再追蹤，才在一片茂密叢林邊上了岸。穿過這片叢林，她終於虛脫，和謝朗一起倒在青松之下。身下的泥土散發著柔軟的清香，薛蘅只喘了幾口氣，便掙扎著坐了起來。

謝朗雙臂如同從血水中撈出一般，面色蒼白如紙，呼吸也極微弱。薛蘅之前冷靜設計、斃敵逃生，這刻心中卻愧疚得鈍痛難當，顫抖著喚道：「謝朗！」

謝朗毫無反應。陽光從松枝間透進照在他失去血色的臉上，哪裡還能看到那個意氣飛揚的風流少年影子？山風忽盛，松枝搖動，光影婆娑，薛蘅有一剎那眼花，以爲謝朗已睜開雙眼，在對她咧嘴而笑。再定神細看，他卻仍是面如死灰。

她急促地思忖片刻，在周邊尋了些止血清涼的草藥，又折了幾根松枝，將謝朗外衣撕成長條，再俯下身湊到他耳畔大聲道：「明遠，太奶奶在等你回去。」

謝朗還是沒有反應，薛蘅再說了一遍，他的右腿，終於微微動彈了一下。薛蘅大喜，再在他耳邊叫道：

「謝將軍，丹王又發兵南下了。」謝朗左腿猛然抽搐，眼睛也慢慢睜開。

薛蘅怕他失血過多，昏睡後再也醒不來，迅速將布條塞在他嘴中，聲調堅冷，惡狠狠道：「臭小子，是個男人，你就別暈過去！」

謝朗眼神茫然，半晌後方眨了眨眼睛。

薛蘅頭髮早已散亂，自鬢邊垂落下來，被汗水濡成一綹綹。她索性將長髮咬在嘴中，微閉著眼，緩慢地握上箭桿。她默念了一句：「娘，求您保佑，莫讓阿蘅鑄成大錯。」再咬咬牙，猛地睜開雙眼，力運手腕將箭拔出！

霎時血光噴濺，狼牙箭的鋸齒撕出一塊血淋淋的肌肉！謝朗疼得渾身劇顫，眼睛卻一直大睜著。

薛蘅面無表情，彷似眼前不是個活生生的人，而只是二哥房中用來練習扎銀針的皮囊人。她拔箭、點穴、上藥、綁紮，一氣呵成。因爲羽青箭勢太強，謝朗臂骨已被震裂，她又將他手臂與粗樹枝綁在了一起。

拔完左臂的再拔右臂，薛蘅面色始終冷靜如初，手也未顫抖一下。然而當一切完成，她仰面倒在地上，卻聽見自己的心，以生平從未有過的速度劇烈跳動著。迷迷糊糊地，她彷彿在雲端中漂浮，天地之間她形單影隻，無處可去。

她略微掙扎一番，慢悠悠墮入塵埃。頭頂黑壓壓一片，不知是松樹還是什麼，結成了一張密網，像馬上就要壓下來一般。胸口似被某種巨大力量擠壓著、絞動著，她忽然呼吸困難，自胸腔深處發出「呵呵」的喘氣聲。她在塵埃中掙扎輾轉，想逃脫這張巨網，可身子如鐵般沉重，她滾至渾身灰土、滿面污泥，仍被桎梏著、緊扼著。

有雙眸子透過松樹縫隙，正靜靜地看著她，那眸子似是閃動著光芒的豔陽，又如無聲抵抗著黑夜的月光。那眼眸彷彿在歎息：「可憐的孩子……」薛蘅悲涼地伸出手去，想觸摸那雙眼眸，但眸光微微一閃，由濃轉淡，最終消失在松樹的重重陰影之後。

薛蘅一驚，倏地坐了起來，「娘！」她身上黏糊糊的，透體冰涼。

薛蘅無力地喘氣，才知自己過度虛脫，竟打了個盹。

她一個激靈，猛然轉頭。謝朗依舊躺在松樹下，面色蒼白，眼皮像就要闔上一般，可待上下睫羽相觸，又迅速張開來。

薛蘅探了探他的脈搏，鬆了口氣，輕聲問道：「疼麼？」

謝朗眨眨眼，又搖了搖頭。她甫才發覺他咬著的布團一直未取出，忙伸手去扯，但扯了幾下都沒有扯動，只得運起真氣，手中用力才把布團扯了出來，震得她身形微微搖晃。

她低頭看向布團，微吸一口冷氣，那上面浸染了斑斑血跡，竟似謝朗將牙根咬斷了一般。

見他眼睛猶在努力睜著，薛蘅疑道：「在看什麼？」

「沒……看什麼，您……說不能暈……過去的。」謝朗好半天才回答，聲音微弱。

薛蘅無語，半晌方道：「現在可以了。」

謝朗如聞聖旨，將眼睛一閉，立時暈厥過去。

到正午時分，松林中陰暗下來，山間的一場春雨不期而至。

薛蘅於天色忽暗時便四處找山洞，卻未能如願，只得動手折松枝，趕在第一滴雨落下之前，在松樹下架了個小松棚替謝朗遮擋雨水。然而地上很快泥漿成團。眼見謝朗就要浸入泥水之中，再去折樹枝做墊子已來不及，薛蘅只得將他拖起，讓他上半身靠著松樹。

雨越下越大，風聲凌厲。謝朗昏迷後身子發軟，頻頻歪倒，薛蘅唯恐他的傷口沾到雨水，目不轉瞬地盯著，一次次將他扶起。可她先前體力透支，又餓又累，不小心瞇了一下眼，謝朗已歪倒在地。雖然她馬上驚醒，迅速將他提起，可他的肩頭還是浸濕了巴掌大的一團。

薛蘅萬般無奈，心一橫，靠著松樹將謝朗拉到身前，再咬了咬牙，慢慢地讓他靠上自己的肩頭。兩人身軀剛一相觸，她便控制不住地渾身顫慄，心中閃過一陣厭惡。她本能地伸手，想將謝朗推開，可手指觸到他的左肩，看到那血跡赫然的雙臂，又顫抖著把手收了回來。

他依在她肩頭，薛蘅渾身恍有千萬隻螞蟻在噬咬一般，又似沾上了什麼骯髒污穢的東西。她只得緊閉雙眼，默默祈禱雨勢快停，又暗中祈禱在大雨停住之前，謝朗千萬別醒過來。

可這雨竟沒有停的意思，從午後直下到入夜，薛蘅終於支撐不住，眼一黑，陷入昏昏沉沉之中。

也不知昏睡了多久，「啪」的一聲響，水珠自松棚頂滴落打在她臉上，清涼香甜。薛蘅先用手抹去水珠，才睜開雙眼。

剛睜開眼，她即被一雙烏亮眸子嚇得心頭猛跳。回過神，發現謝朗不知何時已躺倒在自己腿上。他想是也剛醒轉，神情茫然仰望著她，眼睛還在眨巴著。

薛蘅似被螞蟥叮了一口，迅即伸手將他往外推。謝朗疼得大叫，她又慌忙去拉，待手指碰觸到他的右臂，恍然醒覺不可，未及多想便一把將他腰身摟住。這個姿勢比先前更為曖昧，薛蘅惱得滿面通紅，一顆心狂跳，恨不得即刻將他遠遠丟出去才好。

可謝朗似在痛楚呻吟，她只得強忍著，冷冷地問了句：「能不能站起來？」

謝朗感到身前有著柔軟的兩團，想明白那是什麼，頓時心猿意馬。待薛蘅再問一遍，他才漫不經心地「啊」了一聲。薛蘅拎著他的腰慢慢站起，讓他靠著松樹站好，迅速鬆開雙手。

此時雨勢已歇，天放微光，竟已是第二日的清晨。她惱怒地盯了他一眼，猛地一腳將松棚踢倒。

見她一腳快似一腳將松棚踢散，又似滿懷怒意般在松枝上用力踩著，謝朗尷尬不已，吶吶無言。好不容易他才鼓起勇氣，叫了聲：「師、師叔……」

薛蘅回頭，狠瞪了他一眼。再踩幾腳，她指著被踩得極平整的松枝，硬邦邦道：「坐下！」

謝朗乖乖坐下，覺這「松枝床」坐著十分舒服，心中感動，抬頭望著薛蘅脫口而出：「多謝師叔。」薛蘅已急急轉身，數個起縱，消失在了松林之中。

謝朗望著她的背影，咧嘴笑了笑，在松枝床上躺下。他習慣性想伸懶腰，雙肩甫聳，便痛苦呻吟。他看著被綁得嚴嚴實實的雙臂，苦笑道：「師叔啊，您也綁得太扎實了吧。」

清晨的松林瀰漫著沁人心脾的清香，謝朗側頭，看見林中蘑菇如雨後春筍長了一大片。他頓時忘記疼痛，嚥了嚥口水，開始在心裡嘀咕著，師叔等會兒回來，帶回的若是野兔，回京後便請她去瑞豐樓大吃一頓；她若帶的只是幾顆野果子，就胡亂請她吃些點心算了。

薛蘅帶回來的，竟又是一條烏梢蛇。謝朗為難起來，蛇肉顯然比兔子肉更美味，可瑞豐樓已是京城最好的酒樓，到底請她吃什麼合適呢？

他還在天馬行空、胡思亂想之際，薛蘅已拾起狼牙箭，用力刺入烏梢蛇的腹部。然後，她抓著還在扭動的蛇身往謝朗面前一遞，冷聲道：「張嘴！」

謝朗未料她捉了蛇來，竟是要給自己以血補血，忙道：「不用……」他剛一開口，蛇血嘩嘩淌入嘴中，又見薛蘅神情堅決，便只得老老實實「咕嘟咕嘟」嚥了下去。

直待蛇血滴盡，薛蘅才將蛇屍往背後鐵盒上一掛，問道：「好些了麼，不夠我再抓一條來。」

謝朗噁心得想吐，嚇得連忙點頭，「好多了，夠了！夠了！」

他想擺手以示拒絕，肩膀甫動，馬上痛得眉頭緊鎖。

薛蘅忙將他按住，「千萬不能亂動，你雖然傷的不是要害，但失血過多。更重要的是，羽青箭力太強，你的骨頭只怕已經被震裂了。你使的是長槍，靠的是臂力，若想以後能夠再上戰場，這十來天，雙手千萬別亂動。」

謝朗一聽到「戰場」二字，想起此行任務，不知從哪裡來的精神，猛地坐了起來，「師叔，咱們得趕緊離開這裡。」

「能走麼？」

「腿又沒受傷，當然能走。」

但他終究失血過多，雙臂又不能動彈，身體無法保持平衡，走得跌跌撞撞。薛蘅卻不扶他，只在旁邊沉默地走著，瞅著他似要摔倒了，才急忙拎住衣衫將他提起。待他站直了，她又如碰到烙鐵般，急忙收回雙手。

薛蘅個子高又腕力超群，謝朗被她如老鷹抓小雞般拎來拎去，頭暈目眩，不由積了一肚子的怨氣，無處發洩。他好歹替她擋了一箭，雖說君子高義，並不指望她報恩，可想當年他才十一歲，紅蕖姐去拿紅木大櫃上的一只花瓶，大櫃傾覆倒下，他為了救紅蕖姐，被壓折了左腿。紅蕖姐哭得花容失色，極盡服侍之能，吃飯、穿衣都不用他動一根手指頭，甚至那些極隱私的事情都幫他包了。那一個月，直把謝朗樂得恨不得再斷一根肋骨才好。

現如今，這位古怪師叔連指尖都不願碰他一下，好像他是天下最骯髒的東西似的，與紅蕖姐的溫柔如水相比，實是天壤之別啊。他心裡抱怨，可不敢說出來，只得咬緊牙關，繼續踉蹌前行。

這樣走走停停，速度極慢，走了個多時辰，才找到有乾柴的地方。

薛蘅生火，將蛇肉烤得香氣四溢。謝朗看得直吞口水，見她還在烤著，嚷道：「行了、行了，您真是沒經驗，再烤就焦了。」

薛蘅不理他，再烤了一陣才取下來。謝朗肚餓難熬，往她身前一坐，大大張開嘴，薛蘅不由怔住。謝朗涎著臉道：「師叔，我而今可是『無臂客』江喜江大俠的傳人，您得餵我才行。」

「哼。」薛蘅拉下臉來，不屑道：「江大俠可不會像你這樣要人餵。他身殘志堅，從不願人服侍，你若及得上他的一半，我不姓薛，姓謝！」

謝朗心道：「瞧不起人啊，就讓你跟我姓！」遂便嚷道：「怎麼個及不上？」

薛蘅斜睨著他，舉起叉在樹枝上的蛇肉，冷笑道：「江大俠能以腳趾夾著筷子進食，你行麼？」

謝朗沒幹過這種事，可估算著以自己的能耐，應當不是太難。況且這時候，他怎麼能夠說「不行」呢？便信心滿滿地點頭，「行！」

「那你試試。」薛蘅忙轉身折了兩根細枝放在地上，嘲諷地看著他。

謝朗蹭掉右腳的鞋襪，抬起腳，腳趾微微撐開去夾地上的樹枝。可腳趾顯然不如手指那麼好使喚，好不容易將樹枝夾起，馬上又掉落在地。他暗暗叫苦，面上卻不服輸，硬著頭皮繼續再試數次，鎩羽而歸。

他瞟了瞟薛蘅，見她滿面譏諷之意，只得再試。可這一次仍然以失敗告終，他身子尤失去平衡，仰倒在地。

薛蘅的譏笑漸漸收斂，罵了句「沒出息！」，旋一腳將樹枝踢開，蹲到謝朗面前，撕下大塊蛇肉用力塞入他口中。謝朗不敢再出聲，乖乖將蛇肉嚥下。

他餓極，雖然薛蘅似是餵得極不甘心，手勁十分大，他也顧不上提出抗議，狼吞虎嚥，一條兩尺來長的烏梢蛇倒有大半餵進了他肚中。他心滿意足地打了個飽嗝，又裝模作樣用腳去勾地上的襪子。

勾了許久，還不見薛蘅過來幫忙，謝朗急了，靈機一動，「哎呀」一聲仰倒在地。

薛蘅終於面無表情地走過來，她用兩根手指拎起襪子，秀眉緊蹙，轉過頭去。謝朗嘀咕道：「有那麼臭麼？」他好不容易把腳塞進襪子，見薛蘅還是一副嫌惡模樣，賭氣地喊了聲：「鞋！」

吃飽上路，謝朗又有了更大的煩惱，先前那一腔蛇血開始發揮作用，令他越來越不安。他故意落在薛蘅背後，悄悄動了動右臂，結果冷汗急迸、痛不欲生，便不敢再動。可小腹處越來越脹，他的臉色登時變得像蒸熟的螃蟹一般。

薛蘅回過頭，覺得奇怪，問道：「怎麼了？」

「沒什麼。」謝朗受驚，將頭搖得如撥浪鼓。

薛蘅見他面頰通紅，不放心，摸了摸他的額頭，嘀咕道：「倒不像是發燒。」

謝朗憋得難受，還是吞吞吐吐說了出來，「師叔，那個……能不能，幫我把樹枝鬆一鬆？我的手根本動不得。」

「你若想這雙手廢掉，我就幫你解開。」薛蘅將眼一瞪。

謝朗愁眉苦臉，再走一段，已是疼脹難耐，只得踮起腳尖，兩腳互換，跳著走路。

薛蘅急了，回頭怒道：「謝朗，你搞什麼名堂？」

謝朗愁腸百轉，想到自己堂堂驍衛將軍，若是沒有死在戰場上，而是被尿給憋死了，未免太過窩囊；但「涑陽小謝」如果把尿撒在了褲襠裡，那也不用再活了。偏偏眼前站著的卻是個性情乖僻的妙齡女子，該如何是好啊！

他仰天長歎，終於將心一橫，也不敢看薛蘅，眼睛望著別處，臉上紅一陣白一陣，咬牙道：「師叔，我、我要小解。」

十　垂髫梳罷靈犀通

夕陽掛在山尖，緩緩下沉，緋紅霞光鋪滿西天，令山峰都染上了一層絳紫色。遠處山間的梯田油光澄綠，青蔥色的嫩苗隨風搖擺，苗下又蕩出細碎波光；近處，山巒碧如翡翠，溪水柔若玉條，滿山野花開得盛豔，彷彿要與華美的雲彩一比嬌妍。

雲雀搶在黑暗降臨之前歌唱，曼妙的聲音隨風飄揚。黃昏的春風，一陣軟似一陣，讓人湧上甜蜜的倦意。伴著這風，伴著雲雀漸低的鳴叫，夕陽也一點一點沉入蒼翠山巒後。

這是奇麗的山間日落景象，然而，從森林中艱難跋涉出來的謝朗卻毫無心思欣賞，他站在崎嶇山徑旁，對眼前美景視若無睹，心中似被貓爪子抓撓一般難受至極。

一想起自己脫口而出後，薛蘅那能擰得出黑水的臉色，他幾乎以為她當時就要遏止不住怒氣，將自己斬於劍下。當她黑著臉轉過身去，消失在一棵大松後面，他又有些害怕，怕她會拋下他一人於這茫茫森林之中。

可當他已忍無可忍之時，薛蘅用布條將雙眼蒙住，從松樹後頭一步步走出來，當時謝朗真恨不得挖個地洞鑽進去。她如同驚弓之鳥，顫抖的指尖一觸到他的腰便彈了回去。她猶豫著、摸索著，幫他解開腰帶，完事之後又幫他繫上腰帶，這段過程是如此漫長，竟比打了一場仗還要難熬。那一刻，他忽發奇想，若是將一隻雞蛋放在自己臉上揉搓，不知燙不燙得熟？

他不敢去看薛蘅的臉色，只能低著頭慢慢往前蹭，即使偶爾跌倒，再沒力氣，也立即掙扎著爬起來，不敢再讓薛蘅施以援手。之後的一整天，他耳邊聽到的只有林間的風聲和鳥聲，可就連那鳥叫聲，他都聽著像是小黑發出的嘲笑。

無地自容！謝朗算是深切地體會到了這個詞所蘊含的酸楚之意，所以這滿山美景看在他的眼中，也帶上了幾分悲涼和自傷。他驀然想起在宮中伴讀時，少傅大人常吟的那句詞：「正是薄寒淺冷時，萬物皆蕭瑟。」可男子漢大丈夫，應當拿得起、放得下，這不過是權宜之舉，於師叔名節無損，亦無礙驍衛將軍的英名。

謝朗正安慰著自己，忽聽見細碎的腳步聲，終鼓起勇氣徐徐轉頭看向薛蘅。見她還是那樣陰沉的臉色，他一個寒噤，又迅速轉過頭來。

薛蘅沉默了許久，抓住謝朗腰帶，力貫右臂，再在背上一托，將他拋向空中。他尚未及反應，已穩穩地坐在樹椏之間。

眼見她如一溜青煙閃向遠處村莊，他也出了口長氣，緊繃了整日的神經放鬆下來，坐在樹上看著暝色一點一點將天地吞沒。

當天穹深處有濃雲遮住了月光，一道黑影疾奔而來。謝朗認得她的身影，忙跳下樹。

薛蘅將背上的包袱放在地上展開，竟是一身男子衣裳和一堆黑臭的草藥，還有一團拌著乾菜的米飯。

她點燃火堆，解開他臂上的樹枝和布條，仔細看了看，聲音略帶喜悅，「還好，沒化膿。」

聽到她終於再開口和自己說話，謝朗心情馬上平復，嘿嘿笑了一聲，道：「我年輕，底子好。想當年，我中了羽青一箭，也是……」

薛蘅沒閒工夫聽他誇口，迅速將那黑臭的草藥輕輕敷上。謝朗吸了口涼氣，嚷道：「師叔，這是什麼藥？太麻了，受不了啊。」

薛蘅冷冷盯了他一眼，「你想不想好得快一點？」

「當然想。」謝朗齜牙咧嘴應道。

「那就閉嘴！」

謝朗立時將嘴閉上，不敢再說。

「張嘴！」

直到敷好藥，她用湯匙盛著米飯送到謝朗面前，他才張開嘴來。薛蘅此時已換過了一身裝束，像是鄉下年輕農婦穿的衣裳，頭髮也用一塊藍布包住。謝朗張嘴吃著米飯，眼神不自覺地掃向她身上。這裝束，這頭巾，再加上她餵飯的姿勢，還有……

他眼神移向她胸前，又猛然甩了一下頭，閉上雙眼。

薛蘅飛快將飯餵完，再替他換過乾淨衣裳，像是卸下了千斤重擔，遠遠坐開。謝朗躊躇片刻，跟了過來，鄭重地看著她，輕聲道：「多謝師叔。」

「我沒做什麼，你用不著謝我。」薛蘅淡淡回言，側過身去。

謝朗堅持道：「師叔大恩大德，無以爲報。師叔若不嫌棄，回京城後，謝朗願……」

薛蘅猛然回頭，怒道：「住口！我薛蘅從來不會，也從來沒有爲你做過什麼。你聽明白沒有！」謝朗已經不像之前那麼怕她發怒，他心頭之話不吐不快，飛速接口道：「師叔放心，我絕不會說出去的，天知地知、您知我知。我知道，師叔並非眞的冷漠無情，不然也不會爲我做這麼多……」

薛蘅氣得面色煞白，用力將一顆石頭踢上半空，又遠遠地坐開去。她閉目練功，再不多看謝朗一眼。

謝朗話未說完，悵然若失。

不知是不是雙臂疼痛，謝朗睡得很不安穩，夢境快速變幻，一時在戰場拚死搏殺，一時又回到了六七歲，仍在尙書府的後院爬樹掏鳥。轉眼間，羽青又出現在他面前，眼睛沾染了血水，手持利劍，一步步向自己走來。還有誰在耳邊劇烈喘氣，彷彿地獄中發出的聲音，謝朗驚出一身冷汗，猛然坐起。

喘氣聲卻是眞實存在的，他緩慢轉頭。不遠處，薛蘅黑色身影靠著樹幹顫抖著，如同在寒風中瑟瑟飄搖的秋荻。

「娘……」她在喉間模糊地喊著，像是脫群的羔羊，咩咩哀啼。

想起薛季蘭慈愛的目光，謝朗心裡頓時軟了一瞬，他在薛蘅身邊坐下，輕聲喚道：「師叔！」

可她沒有反應，喘氣聲反而更加劇烈了。

謝朗在孤山曾目睹過她夢魘的情形，知像她這等高手，即使夜間睡著，內息也在運轉，夢魘後倘受驚會有走火入魔之虞，遂不敢再喚。他也不敢走開，只得守在她身邊。

「小妹……」薛蘅再低喚了聲。天下間所有愛憐、哀楚、痛悔之情，彷彿都包含在這聲呼喚裡。

謝朗一生之中，何曾聽過這樣的呼聲，不禁癡了。他凝視著她的面容，再不見白日的嚴肅冷漠，眼前的，只是個被噩夢糾纏著的苦人兒，只是個喚著親人的尋常女了。

他忽有一種衝動，想將她身上籠罩著的那層薄霧撥開，將薄霧下的人看個清楚。

「不！」

淒厲的嘶喊嚇得他跳了起來，薛蘅仍然雙目緊閉，她的手緊揪著胸前的衣襟，似是無法呼吸，又似要掙脫什麼。謝朗手足無措，又不敢驚擾，只能眼睜睜看著她驚恐地翻轉、喘息，再慢慢平靜……

「師叔，您說，羽青他眞的死了麼？」走在崎嶇山路上，謝朗沒話找話，努力想引薛蘅開口。

薛蘅面色十分平靜，渾然看不出昨晚夢魘時的驚恐哀憐模樣，她步子邁得很大，道：「袖箭正中心口，便是他師父雲海老人再生也救不活他。」

謝朗「哈」的一笑，又歎道：「羽青一生以箭殺人無數，最終死在箭下，也是報應。」

「報應？」薛蘅望著天空，低低地說了句：「這人世間，眞的有報應麼？」

謝朗沒聽清她說什麼，笑道：「羽青殺了我軍不少弟兄，義兄若知道他是死在師叔手中，定會上表替師叔請一大功。將士們也會視師叔爲大英雄，啊不，英雌！」

薛蘅本略帶笑意聽著，聽到「英雌」二字時面露不悅，冷笑一聲，「誰稀罕！」

謝朗聽她像是瞧不起自己的同袍弟兄，也不高興了，轉了口氣道：「不過師叔是以詭計殺了羽青，到底有些不太光彩。」

「兵者，詭也！」薛蘅面帶微慍。

謝朗連連搖頭，駁道：「不、不、不，師叔，您沒上過戰場。您不知道，戰場上講的是眞刀眞槍，敵軍密麻麻地壓過來，您就是再長十個心眼都沒用，只能以血見血，才有辦法活下命來。」他語氣更加低沉，「師叔，您沒見過我義兄身上的那些傷疤，他那條命，是從一場場血淋淋的戰爭中爬出來的。」

薛蘅低聲道：「裴無忌？」

「是，師叔也聽說過義兄？」

「裴無忌名滿天下，我怎會不知。」

謝朗忽地眼睛一亮，笑道：「師叔，以後我介紹您認識紅菱妹子吧。她是我義兄的親妹，天下第一等豪爽之人。」

薛蘅想起司詹冊子上記載過的事，道：「『漁州紅翎』裴紅菱？」

「是呀，原來師叔聽過她的名頭。紅菱妹子武藝出眾、性情豁達、光風霽月，和師叔一樣，都稱得上是女中豪傑。」謝朗有心拍她馬屁，這話說得十分順溜。

果然千穿萬穿馬屁不穿，何況是這等隔山打牛的馬屁。薛蘅不禁面露微笑，道：「你把她說得如此之好，那倒眞要與她認識認識。」

謝朗暗暗得意，趁熱打鐵，「義兄曾經談起過師叔，說啥時能認識一下天清閣閣主，切磋一番才好。紅菱在旁邊聽見了，笑道定要帶上她，不然她就將義兄的鬍子全部揪下來，塞到灶膛裡燒成灰。」

「這個裴紅菱，倒是名性情中人。」薛蘅噗哧一笑。

謝朗看著她那難得一見的笑容，心中欣慰，口中道：「是啊，義兄也說她是性情中人，頗為她的婚事操心，生怕她太過爽直，嫁不出去。」

薛蘅道：「他們兄妹倆感情真好。」

「嗯，義兄比紅菱大了二十歲左右，爹娘又都不在了，他自然百般疼愛這個幼妹。依我看，紅菱的性子，多半是被他寵出來的。」謝朗邊走邊說，未注意到薛蘅的面色慢慢黯淡下來。

「小妹……」昨夜的這聲輕喚，還在他心中糾纏翻滾，他終忍不住問了一句：「師叔，您還有親人麼？」

薛蘅似被青草絆著，趔趄了一下，她站穩後忽然加快腳步，將謝朗遠遠拋在後面。

謝朗驟知自己說錯話，惴惴不安，所幸薛蘅似乎沒有計較，也不再如昨日凶惡。甚至當入夜後，她要去尋找食物，謝朗吞吞吐吐提出最好找把梳子回來好把他滿頭亂髮梳理一下，她也只稍作猶豫，便微微點了點頭。

「師叔。」

「嗯。」

「今天手臂沒那麼痛……」謝朗回頭。

「別亂動。」薛蘅將他的頭用力一撥。

謝朗頭皮被扯得生疼，齜牙咧嘴，又笑了笑。薛蘅梳頭的力道起始很重，不久漸漸變得輕柔，待將他凌亂的頭髮梳順束好，她才開口：「雖然不痛了，也不能亂動。俗話說『人幾歲、骨幾夜』，你今年二十歲，定得養好二十天，骨頭才會完好如初。」

謝朗立時頭大，道：「二十天！我不活了……」隨即往草地上一躺，哼哼唧唧。

薛蘅拿梳子用力敲上他的膝蓋，謝朗吃痛坐起，用下巴去揉膝頭，嚷道：「師叔，痛死人呀！」

「你不是不想活了麼，那還要腿做甚。」薛蘅譏諷道。

謝朗忙跳起來，薛蘅臉上露出一絲笑意。

她走到松樹後，將頭髮梳好，再用藍布包上，然後小心翼翼地將那把梳子收在懷中。

二人已經出了菅山的蒼莽森林，這一路往前所見皆是丘陵間的村落田野，爲防洩露行蹤，二人淨揀偏僻無人處行走。偶遇鄉民好奇打量，薛蘅馬上回頭訓斥兩聲，謝朗則低下頭裝出一副窩囊模樣，像極了姐姐帶著不成材的弟弟去投親靠友，村民們便不再多加打量。

如此走了兩日，站在山路上隱約可見迢迢官道逶迤向北，前方就是陵安府。薛蘅在樹下停步沉思，眉頭微鎖，不知想些什麼，許久不動。

謝朗百無聊賴，見小山坡下有一池塘，頗覺口乾，大步走過去。他手臂疼痛逐日減輕，這等喝水小事不想再讓薛蘅包辦，自己伏在岸邊的一塊石頭上，將嘴湊近水面大口吸飲。灌滿了一肚子湖水，他笑著抬頭，目光在波面上微停，看清水中倒影時不禁雙目圓睜，大叫一聲。

人影急掠而來，薛蘅落在他身邊，俯身連問：「怎麼？怎麼了？」

謝朗望著水面，臉上笑容比哭還要難看，半天說不出話。

薛蘅一把將他提起，上下看了一遍，微微鬆了口氣，轉而怒道：「沒事你叫什麼！」

「師叔，您、您替我梳的什麼頭？」謝朗一臉苦笑。

薛蘅看了看，疑道：「有甚不對麼？」

謝朗這才明白爲什麼一路上碰到的鄉民都拿那種好奇眼光打量自己，只怕他們都以爲他是個長得牛高馬大、智力卻如同六歲孩童的白癡兒。他恨不得抱頭呻吟，無奈手臂不能動彈，只得耐著性子道：「師叔，俗話說『六歲垂髫，二十弱冠』，我今年已經二十了，應當束髮戴冠。現下雖沒有冠蓋，但至少，您、您不該給我梳這麼一個垂髫頭吧。」

薛蘅乍時不知如何應答，謝朗央求道：「師叔，快、快幫我再梳過。」

薛蘅轉過身，冷聲道：「這垂髫頭有甚不好，我看著挺好的，不消梳了。」

謝朗對天呻吟，想起自己堂堂大將軍，竟然頂著一個六歲稚童的髮式，忽然撒起賴來，「我不管，師叔，前面就是陵安府了，您讓我這副樣子去見人，乾脆殺了我。」說完坐在石上，側頭望著池塘，一動不動。

「隨你便。」薛蘅冷冷丟下一句，旋大步離開。

謝朗聽她腳步聲逐漸遠去，漸至無聲，心裡一慌，但仍咬著牙，端坐不動。

池塘邊的綠樹在溫煦春光中輕輕搖擺，又在水面遮出一帶暗蔭。他數著在水中游曳的魚蝦，看著暗蔭向塘邊移動，只覺時間難熬。

蜜蜂在他耳邊嗡嗡飛著，他正要一躍而起，極輕的腳步緩緩走近。

謝朗暗喜，並不回頭，反而從鼻中輕哼了一聲。薛蘅走到他背後，面色陰沉，硬邦邦道：「我只給阿定梳過頭。」言下之意自是除了垂髫頭，她竟然不會梳別樣髮式。謝朗一聽急了，忙放軟語氣，道：「我說，您照著梳便是。」薛蘅遲疑許久，才從懷中取出梳子。她看著謝朗的後腦勺，惱怒地將垂髫上的束帶一扯，謝朗差點摔倒，卻只敢輕聲道：「師叔，您輕些……」

在他的耐心口授下，薛蘅好不容易才將他頭髮束成單結，額頭竟有了細密的汗珠。她將束帶用力打結，退後兩步，心中一陣莫名的煩亂，想了一整日的話便脫口而出：「到了陵安府，你去找州府大人，讓他派人保護你、伺候你，我自己帶著《寰宇志》進京。」

謝朗如聞炸雷，霍然而起，大聲道：「不行！」

薛蘅瞪了他一眼，「你雙臂還要半個月才能養好，拿什麼來保護《寰宇志》？」

謝朗大力搖頭，只會連聲說：「不行，不行，絕對不行！」

「爲何不行？你淨會拖累我，若不是你，我一日能行上百餘里，可現下卻只能走二三十里路，還得東躲西藏。」

謝朗怒道：「師叔若嫌照顧我太麻煩，直說就是。我拚著這雙手殘了，自己吃飯、自己梳頭、自己做啥的，再不用師叔動一根手指頭。但您想甩掉我，門都沒有！」

薛蘅放軟了聲音，「我這正是爲你著想，他們的目標是《寰宇志》，根本不是你。只要你不和我在一起，就沒人對你不利。陵安府是大府，也有些高手，保護你綽綽有餘。你在州府處將傷養好了再回京，我一個人祕密送書進京，這樣豈不是兩全其美？」

謝朗儘管明白她說得有道理，但就是不情願讓她一個人帶著《寰宇志》走，便道：「調官兵可以，我帶著他們，護送您走。您一個人走，絕對不行！」

「不行，調官兵太明顯，反易引來敵人，若有暗襲則防不勝防。」薛蘅再勸，「你是驍衛將軍，又有皇帝的令牌，州府會把你當祖宗一樣供起來，吃得好又睡得好，豈不比和我在一起餐風露宿、曉行夜宿的來得強？」

謝朗急了，站到石頭上去仰頭哈哈兩聲，再俯視著薛蘅，斬釘截鐵道：「師叔，您知不知道，您這是讓我謝明遠當逃兵！」

正午的麗日在謝朗頭頂閃著寶石般的光芒，薛蘅仰頭看著他，竟隱約有種想遠遠跑開的衝動，茫茫然道：「怎麼是逃兵？」

「爲什麼不是逃兵？我以軍人的身分，受皇命保護《寰宇志》進京，等同接了軍令。軍人若不能完成軍令，而中途退縮，不是逃兵麼？」謝朗越說越激動，大聲道：「師叔，我知道，您一向瞧不起我。可我謝朗再沒出息，這三年浴血奮戰，不管如何艱難、命懸一線，也沒當過逃兵！我驍衛軍八千弟兄，從沒出過半個逃兵！」

薛衡不敢迎視他眼中凌厲鋒芒，轉過頭去，卻仍不願改變主意，冷冷道：「我意已決，今晚便拿令牌去見州府大人，你留在陵安府。」

「休想！令牌早丟了！陵安府不認識我，不會派人的！」謝朗氣得一甩手。

薛蘅一横心，踏前兩步，閉上雙眼後伸手來解他的腰帶。

謝朗本怒意勃發，氣勢如同脫弦利箭，未料她竟來解自己的腰帶，慌亂下他憋著的一口氣盡數泄掉，急忙躲閃，結結巴巴道：「師叔，我、我不想要小解……」薛蘅不答，眼睛閉得更緊，但解腰帶的動作卻更快了。

謝朗躲閃間被她扣住腰間穴道，癢得直哆嗦，又笑又怒，「師叔，您、您要幹什麼？」

薛蘅三兩下解開他腰帶，在中段摸索片刻，運力一撕，一塊墨綠色小玉牌赫然在其中。玉牌上，用陰文鐫刻著一個溫潤典雅的「景」字，正是景安帝特賜，可命令沿路州府的詔牌。

謝朗沒了言語，緊閉著嘴，任薛蘅再替自己將腰帶繫上，心裡卻打定主意，便是半個月不闔一下眼、不吃一口飯，也非跟著她不可。

陵安府是一座被群山環抱著的城池，因盛產藥材而出名，是殷國的藥材集散地之一。

謝朗坐在大樹上，執意不看前面的州衙，冷哼一聲，「隨您怎樣，我是不會放您隻身獨行的。」

薛蘅本要側頭斥他，瞥見他的雙臂頓感愧疚，低聲勸道：「據我所知，陵安的盧知府爲人清廉，又沒有捲入皇子間的爭鬥。他見到令牌，定會將你保護妥善。我還可跟他借一匹馬，直接上京，如此總比我們拖延誤事要好得多。」

謝朗冷笑數聲，並不理她。薛蘅無奈，只好硬下心腸點上他數處穴道，身形一晃便過了牆頭，消失在沉沉夜色之中。

謝朗打定了主意，反而不再慌神，索性慢慢調運內息，想試一試，瞧瞧能否沖開天清閣閣主點的穴道。他試了幾回都不成功，忽想起薛季蘭曾傳授給自己的棒法，遂試著用那套棒法使出時內息的運轉方式調氣，不過片刻，丹田一熱，竟將五個被點穴道中的三個給沖開了。

他得意一笑，見前方黑影微閃，忙又裝成穴道被點的樣子，只在薛蘅上樹時，冷冷瞥了她一眼。

薛蘅不敢看他，只提著他躍過牆頭，左奔右閃避開值守者，在一處書閣的窗外停住腳步。

她左手推開書閣的窗戶，右手解開謝朗穴道，不待他掙扎，在他腰間一托，二人同時躍入房中。

四十出頭、身材微胖的陵安知府盧澹之正等得心急，忙迎上來行了官禮，「卑職陵安府盧澹之，拜見將軍大人！」

謝朗面色冷峻，輕哼一聲，並不回禮，逕直在案後椅中坐下。盧澹之惴惴不安，先前這農婦裝扮的女子拿著御賜詔牌來見，已將他嚇出了一身冷汗，這會見到名聞天下之少年將軍的面色，腰便再彎了幾分。

謝朗端坐案後，本不想開口，看到薛蘅冷厲的眼神，只得輕咳一聲，緩緩道：「本將軍奉聖命辦差，未料在貴境遇到偷襲，受了些傷。」

薛蘅見他竟是一副勒索的口吻，哭笑不得，正要說話。盧澹之已嚇得直抹汗，連聲道：「卑職失職！卑職失職！」

盧澹之久聞謝朗大名，原先以為他不過仗著家世顯貴，又是平王陪讀，才一路青雲直上。這刻親見其人，頭髮雖凌亂、衣裳雖破舊、面色也略顯蒼白，但那端坐的氣勢、說話間不經意流露的威嚴，還有俊眉朗目間的傲然之氣，都讓人不自禁欽服。他這顆心頓時七上八下，極不安穩。

「失職不失職，以後再論。」謝朗白了薛蘅一眼，話語卻不容置疑，「你陵安府多出良藥，你先命人尋些上等金創藥來，下一步如何行事，容後再說。唯本將軍前來之事，還勞煩盧大人保密，倘走漏了風聲而誤了聖上的大事，可不是你能擔當得起的。若是這差事辦成了，本將軍日後自會向聖上稟明盧大人的功勞。」

盧澹之忙連聲應是，轉身出了書閣。薛蘅待知府走遠了，冷笑道：「小小年紀，官腔倒學得十足！」

謝朗一笑，靠上椅背，將雙腳搭在案上，反詰道：「師叔，這您就有所不知了。盧澹之雖然尚算清廉，卻是官場的老油條。像這種老於世故之徒，不拿出點威嚴來是鎮他不住的。但威嚴又不能太過了，總得讓他有點想頭，他才會心甘情願地辦事。」他頓了頓，又道：「當年我驍衛軍中，也有不少這樣的老油條，他們仗著世家出身又久歷陣仗，渾不將我看在眼中。」

薛蘅未去追問他後來如何將驍衛軍收服，並將其訓練成名噪天下的鐵軍。她忽想起了三年之前的那場夜宴，自己一句「小謝，小謝，驚起鶯燕無數」刺傷了謝氏父子，也被娘狠狠地批評為「嘩眾取寵，太過尖刻而有失厚道」。她當時頗不服氣，認為自己不過是如實以述。

直至她執掌天清閣兩年後，面對閣內長老、名宿們懷疑的目光，飽歷協調平衡閣內各派系之艱難，甚至還要面對來自親如手足之人有意無意的刁難。無數個漫漫長夜，她在竹廬之中思念薛季蘭，才漸漸明白娘說的那句話：「做人，特別是做一閣之主，切記要圓通包容。」有的時候，才華橫溢、技藝出眾、閣主之尊，都抵不過簡單的「做人」二字。

薛季蘭的教誨言猶在耳，斯人卻已長逝。

薛蘅心中一酸，轉頭望向窗外。軒窗下唯有一地清風，滿庭松竹，蒼翠而雋秀。

謝朗跟薛蘅相處一段時日之後，慢慢摸清了她的一些脾性。知她雖外表古板嚴肅，與義兄裴無忌談笑如風的性子迥然不同，但骨子裡，這二人都是吃軟不吃硬的性格，皆非不講道理之人。

他暗窺薛蘅臉色，道：「師叔，若是驍衛軍八千弟兄日後知道他們的主帥竟然當了一回逃兵，還要靠一個小小知府來保護，將一名女子置於重重危險之中，您說，我謝朗日後還能號令他們麼？」

薛蘅沉默，謝朗趁熱打鐵，「還有，師叔，《寰宇志》關係重大，那些洩露風聲、引敵來奪之人，定也會在朝中掀起滔天巨浪。我若不跟著師叔，又怎能找到蛛絲馬跡，將這幫禍國殃民的東西給揪出來，替聖上除奸鋤惡呢？」

薛蘅張了張嘴，又馬上合起，謝朗會意，也不再說。

須臾，盧澹之捧著傷藥疾奔進來。

謝朗大大咧咧道：「藥先放下，你去準備一駕馬車和數名高手，再替我這位隨從佩把好劍。本將軍要連夜北上，爭取早日回京覆命。」

盧澹之忙應了，走到書閣門口又停住，似猶豫了一下才回身笑道：「謝將軍，這是我們陵安府最有名的傷藥『紅花膏』，您敷上後，肩傷定能迅速痊癒。」

謝朗輕「嗯」一聲，盧澹之躬身退出。

整個過程，薛蘅都沉默不語，只在盧澹之說話時，眼中微有鋒芒一閃。待他遠去，她才慢慢托起那紅花膏，細細聞過後，走向謝朗。

謝朗雙腳從案上收回，滿面肅然，待薛蘅替他換過藥，二人目光相觸，他壓低聲音說了一句：「有事不必管我，師叔您自己快走！」

薛蘅嘴角微勾，許久才低低回了一句：「你方才長篇大論，爲的不就是不同意我丟下你一個人走麼？」

謝朗張口結舌，轉念一想，不禁放聲大笑。薛蘅看著他的笑容，慢慢轉過身去，讓唇邊一抹笑意隱在屏風的陰影之中。二人有了默契，都不再說話。

直至盧澹之前來覆命，說一切都已備妥，謝朗甫大搖大擺出了書閣，也不問駕車和護衛的幾名漢子是何來歷，帶著薛蘅直登後院的馬車。

馬車疾奔，劃破夜色，出了陵安府北門。

謝朗心癢難熬，知不便說話，手又不能動，索性以腳寫起字來，寫道：「師叔何以看出有鬼？」

薛蘅也用腳寫字，短短一句：「你呢？」

謝朗得意洋洋，回寫道：「肩傷。」

他是在鎖龍堆落水時受的肩傷，傷得並不重，早就好了，反倒是被羽青射傷雙臂要嚴重得多。但盧澹之口口聲聲說能令「肩傷迅速痊癒」，自是早就知道鎖龍堆謝朗水下受傷一事。

薛蘅嘴角微扯，寫道：「紅花膏。」

謝朗以目相詢，薛蘅續寫道：「紅花膏需提前一刻鐘放於火上熬軟才能敷用，我第一次進去以令牌相見時，並未提及你受傷之事，顯見紅花膏是他早就備下的。」

謝朗無聲一笑，寫道：「盧澹之八成是受到脅迫。」

薛蘅點了點頭，寫道：「他用這種方式提醒我們，顯是兩方都不願意得罪。」

「看來還是鎖龍堆那幫人。」

「是。」

「他們應當不會在陵安境內動手，以免日後從盧澹之這條線被查出來。」

「是，咱們還有大半日輕鬆。」

「屆時如何脫身？」

薛蘅輕輕寫下四字：「見機行事。」

謝朗想了想，他右腳寫累了，改換用左腳歪歪斜斜寫了一句：「對方人多勢眾，師叔您見機就走，不必管我。」

薛衡閉眼良久，右腳微動，寫了三個字：「一起走。」

謝朗忍不住哈哈大笑，連聲叫道：「停車！」

馬車停住，護衛的一名大漢過來恭聲問道：「大人有何吩咐？」

謝朗意氣風發地站起來，跳下馬車，笑得俊面如春，「沒什麼吩咐，大人我要……小解！」

第三章 路長情長

薛蘅也忍不住泛起微笑，將手中河燈點燃，二人並肩站在河邊默念頃刻，又同時將手中的河燈放入水中。

此時風已轉輕，滿河明燈如螢光萬點，照亮天地。這燦然繁燈，甚至蓋住了在黑暗中流淌的河水，將霜河照得如同白晝。

謝朗轉頭看了看薛蘅，恰好她也於這一刻轉頭看了看他，目光相觸，皆看到對方眼中有微微光芒在閃爍。兩人又同時轉開目光，看向霜河。

十一　春風入夜來

一夜疾奔，馬車離了陵安府界碑，進入苑南境內的吉縣，已是翌日午後。二人知陵安境內無事，便安心輪流睡上一覺，此時精神奕奕。

謝朗寫了一句：「怎麼還不動手？」隨著他這句，馬車一震停下，前方傳來喧擾之聲。

二人迅速交換眼神，薛蘅打起車簾問道：「出什麼事了？」

玄衣大漢低首答道：「回大人，前方有山賊打劫。」

謝朗探頭看了看，回頭朝薛蘅使了個眼色，道：「你們都上，快點將這些毛賊給收拾了。」

玄衣大漢正欲將薛蘅引下車，混亂中打個出其不意，將她一舉制伏，至於謝朗雙臂已廢，不足為慮，只要能將天清閣閣主拿下，回頭再收拾他不遲。玄衣大漢忙道：「是。」

薛蘅用口形對謝朗說了一個「馬」字後，若無其事地下車。她擎出長劍，衣袂挾風，飄身奔向激鬥場中。

那幾名高手正裝模作樣與「山賊」激戰，眼見薛蘅奔來，各自暗踏步法形成布袋之式，只待她一入「袋」，便要一舉擒殺。薛蘅心底冷笑一聲，即將入「袋」之時猛地停住腳步，那些人正蓄勢攻擊，被她這舉動弄得慌亂一瞬，薛蘅已凌空落下，劍光鏘然而出，轉眼間刃了兩人。

她剛一下車，與玄衣大漢奔出數步，謝朗便迅速閃出馬車。玄衣大漢們的馬還留在車邊，謝朗素來愛馬，自然識得哪匹最擅長奔，眨眼工夫就翻身上了一匹棗紅色駿馬。

那邊薛蘅已與眾「山賊」激戰起來，陵安府派的這幾人卻只在旁邊大呼小叫，裝模作樣。謝朗低頭咬著馬韁，雙腿大力踢向馬腹，駿馬「唏律律」一聲長叫，瞬似棗色閃電向前狂奔。

那幫人聽到馬叫聲，回頭時即見謝朗策馬奔到近前。薛蘅早有準備，劍如龍吟，清越的寒光將圍攻者驚得齊退一步，她騰身而起，落在謝朗背後。謝朗低頭咬著馬韁，自喉中含混地叫了聲：「殺馬！」

薛蘅會意，回頭抬臂，袖箭「嗖嗖」而出，無一失準，將後邊的數匹駿馬一一斃於袖箭之下。

有人怒喝道：「再找馬來，追！」但那二人一騎，已消失在山路拐彎處。

駿馬疾奔，勁風拂面，謝朗心中從未有過這等暢快，只覺此番合作痛快淋漓，毫不亞於當年與義兄合作的赤水原大捷。他吐掉口中轡繩，叫道：「師叔，您來！」

「好！」薛蘅應了聲，探出左手接過轡繩。

可謝朗雙臂不能動，無法平衡身體，吐出轡繩後，身子被顛得東倒西歪。薛蘅情急下疾伸右手，一把摟住他腰間，二人的身軀便在馬上貼了個嚴嚴實實。薛蘅起先一意策馬想擺脫追趕，也未在意，連聲叱馬，同時摟住身前的謝朗以防他跌落。

謝朗卻馬上感覺到了不對勁，駿馬奔動，將二人拋得起起落落。偏偏薛蘅將他摟得很緊，她那柔軟的胸部在起落之間不停撞上他的後背，每一次顛落、每一次起伏，謝朗的後背便是一陣酥麻，心便是一次劇跳。他想往前挪一些，可身形甫動，薛蘅以為他要掉落，又再摟緊了些。

謝朗心亂如麻，索性閉上了雙眼。風聲過耳，唯有背後的溫軟不時叩擊，他漸漸覺得自己似在雲端飛翔，又像在破浪乘風，渾然不知周遭何年何月、何人何景。

薛蘅策馬疾奔十餘里，前方驟現一處岔路，她勒馬想了想，奔上右邊官道。適才馬一停，她胸口便撞上謝朗後背，猛然省悟，霎時全身發熱，雙頰更於瞬間燒得通紅。可後方似有馬蹄聲隱隱傳來，她只得咬了咬牙，將身子坐後些，繼續打馬狂奔。

她想鬆開摟住謝朗腰間的手，可又怕一旦鬆手，他便會跌得粉身碎骨。她想再坐後些，可馬背顛落間，她控制不住身形，又一下伏在了他背上。他的背寬大而厚實，數次起落，她的臉恰貼緊他的背，這強烈的氣息、這股厚重感，還有這溫熱的身軀，都讓她感到極度害怕，想遠遠地逃開。

她的心怦怦跳得厲害，彷若就要脫喉而出。一生之中，她從未如此刻般驚惶、羞惱與尷尬，猶有一絲從未曾體會過的無力感，在四肢百骸蔓延滋生。

再奔數十里，馬兒累極，在一處岔道口停了下來，大口喘氣，不時有涎沫淌下。馬上二人卻仍神遊天外，面上俱是紅白相間，愣怔出神。

棗紅馬終於不堪勞累，悲嘶一聲後四蹄發軟，慢慢跪落在地。

薛蘅甫才清醒，發覺自己的身體竟在輕輕發抖。她似被蠍子咬了一口，迅速鬆開右手，從馬背上急彈躍起。謝朗卻還沉浸在那飛翔的感覺之中，直到薛蘅狠狠踢了他一腳，他才茫然抬頭，狼狽萬分地從馬背上踉蹌站起。

薛蘅力貫腳尖，踢上棗紅馬臀部。棗紅馬吃痛，一聲長嘶，掙扎著站起，向中間那條道路跑去。

薛蘅奔上右邊的小路，她越走越快，也不看謝朗是否跟上，直至走到夕陽西沉，她的心跳終於恢復如常，才在一處樹林停了下來。謝朗輕功本不及她，雙臂又不能動，這番奔走十分吃力，但他咬緊牙關跟著，待薛蘅停住腳步，他已脫力，倒在地上大口喘氣。

聽著他的喘氣聲，薛蘅莫名地發抖。她在離他很遠的地方坐下，調運內息，待恢復些力氣，拋下一句：「我去找吃的。」便如鬼魅般不見了人影。

謝朗躺倒地上不能動彈，體內之血仍一波接一波鼓湧，恰似馬背上起起落落的感覺，彷彿依舊飛翔在雲端。他極留戀這股飛翔的快感，索性攤開雙腿、雙眼閉闔，幻想自己正乘著萬里春風，騰雲駕霧，飛過殷國大好河山，飛向殺聲四起的戰場，如戰神驅著龍馬威風凜凜地降落，將丹軍殺得片甲不留。

直到暮靄沉沉，薛蘅覓食回到樹林，一腳踢來，謝朗才恍然驚醒，依依不捨地坐起。

一切弄定，弦月已經升上了半空。謝朗累極，往後仰倒躺了許久，仍感覺身體悠悠飄蕩，更奇怪的是，背後也似有兩團柔軟之物梗著。他嚇了一跳，勉力坐起，回頭一看，原來是草地上兩個稍稍突起的土疙瘩。

他臉上微微泛紅，偷眼瞧了瞧薛蘅，悄悄挪開幾步。

過得片刻，他又偷偷瞄了薛蘅一眼，見她一動不動，似是練功練到入定了，便輕輕挪動，又翻來覆去了好一陣，終於找到一處舒服的位置，方迷迷糊糊地沉沉睡去。

薛蘅聽到謝朗呼吸聲漸轉悠長，慢慢將雙眼睜開，望著深渺的黑夜。黑夜中偶有夜鳥鳴叫、草蟲呢喃，就連樹木也在夜風中婆娑起舞，這些聲音似譜成一首隱祕的曲子，撥弄著她心底之弦，引她不時輕微地顫慄。

空氣中飄來不知名的花香，挾帶著溫暖的濕氣，薛蘅感覺有些潮熱，不自禁地將雙手放到胸前和腰間，想將衣衫稍稍扯鬆。

血流，還在一波一波地湧動著，耳邊一陣陣嗡鳴，就連天上朦朧的弦月也似在水波中輕微盪漾。這股盪漾的感覺，讓她漸漸迷糊起來。

有沙沙的腳步聲在一步步逼近，比黑暗更引人恐懼。

薛蘅猛然睜開雙眼，還未躍起，便聽到謝朗的聲音在耳邊低低響起：「師叔，有人追來了，咱們快走！」

薛蘅忙點點頭。二人貓著腰穿過樹林，樹林外不知何人拴了一匹棗紅馬，謝朗大喜，將她一推，「快，快上馬！」

薛蘅翻身上馬，卻又一愣，指著謝朗道：「你的手……」

謝朗騰身而起，坐在她背後，低聲道：「敷了紅花膏，好得差不多了，你坐穩，他們追來了！」不等她再說話，他已從她背後伸過手拉住馬轡，勁喝出聲。駿馬疾奔，踏起一線草泥，向遠方的田野馳去。

二人共乘一騎，仍如白天逃亡時一樣被拋得起起落落，他與她的身軀不時碰撞，令她如坐針氈，恨不得立刻跳下馬背。可追趕者蹄聲如雨，彷彿就在背後數步處，她只得緊閉雙眼，雙手顫抖著抓住棗紅馬的鬃毛。正惶惶然，腰間一暖，卻是謝朗伸出右手，緊緊地抱住了她的腰。

薛蘅大驚，用力掙扎。謝朗在她耳邊怒喝：「別亂動，再動就沒命了！」

她身子一顫，不敢再動，謝朗抱住她的手越收越緊，緊得她無法呼吸，緊得她甚至發不出一絲呻吟。

棗紅馬越跑越快，春天的夜風呼嘯著，越來越烈。薛蘅覺得自己定是已經飛了起來，不然為何四周漆黑一團，看不到任何景物？這飛翔的感覺既痛快淋漓又憂恐叢生，她體內彷有東西在湧動，脹得她既舒服又難過，像陷入了一場混亂之夢。

她隱隱希望永遠像此刻這般飛翔，但腰間那隻溫熱有力的手，還有他在耳邊發出的粗重呼吸，令她顫抖著清醒。可不久，她又在飛翔的感覺中迷糊起來。

馬，終於一邊長嘶著，一邊慢慢停住腳步。他抱著她滾落馬背，數個翻滾過後，仰倒在地。

薛蘅手足發軟，好不容易動彈了一下，發覺自己躺在謝朗的臂彎中，不由大駭，急忙提起全部力氣向右翻滾。豈料謝朗竟然也跟著滾了過來，最後他一個側翻，將她壓在了身下。

他如大山般沉重，壓得她無法動彈。她極度恐懼，狂亂掙扎，可他大力扼住了她的雙臂。掙扎間，她看見謝朗眼瞳裡閃著灼熱光芒，他的臉越靠越近，帶著粗重滾燙的呼吸，像無邊無際的網，朝她沉沉地壓過來……

薛蘅驚恐地呼叫，驀地坐了起來，心跳聲如鼓點般在耳邊擊打，渾身大汗淋漓，四肢痠軟如泥。她大口喘氣許久，又無力地伏在草地上嘔吐，待將膽水都嘔了出來，這才明白自己竟是做了一場夢。

可喘息聲依然清晰，間或還夾雜著謝朗的呻吟。莫非不是夢？

薛蘅雙唇顫抖，緩緩回頭。數步之遠，謝朗正躺在樹下喘息著，不時呻吟一聲，但始終未見動彈。原來真的是夢！薛蘅不停撫著胸膛，漸漸從夢中清醒，四肢仍如滑脫了一般難受。

謝朗的呻吟聲越來越大，她怕他是今日奪馬逃生時觸動了傷口，便想過去查看。可剛爬起，夢境中的情景浮現，又連忙坐回原地。

再過片刻，謝朗突發出一聲悠長的呻吟，嚇得薛蘅跳了起來，他卻再無動靜，連喘氣聲也低了下去。

薛蘅宛似受驚兔子焦躁不安，待晨曦像個蒙著面紗的羞怯少女在東邊若隱若現，她才一步一步緩慢地走向謝朗。快要到他身邊時，謝朗卻忽地坐起，屁股在地上扭了一圈，背對著她。

薛蘅擔心地問了一句：「你的手是不是很疼？」

謝朗不答，只一個勁地搖頭。

薛蘅覺得他古古怪怪，終究不放心，再問道：「你昨晚睡著時一直在哼，倘真疼得厲害，就讓我瞧瞧。」謝朗面紅耳赤，搖搖晃晃站了起來，卻始終不敢面對薛蘅，悶聲道：「敷了紅花膏，好多了。」薛蘅想起夢中他說過的話，嚇得跳開兩步。

兩人各懷心事，皆未再說一句話，偶爾目光相觸，都如被閃電擊中了一般迅速轉頭。而謝朗始終沒有正面對著薛蘅，就連她遞來吃食，他也只側著身子、歪著腦袋，用嘴來咬。

謝朗在前，薛蘅在後，二人揀著偏僻處走了大半日，前方丘陵漸少，多是茫茫田野，田野間散落著村莊和集鎮。薛蘅思忖良久，道：「咱們這樣逃，不是個辦法。」

謝朗遠遠站著，聽到這話，並不轉身，只點了點頭，輕應一聲。

薛蘅道：「他們既然能脅迫陵安府，說不定可以脅迫更多的地方官。我們不便再去官府調兵。」

謝朗點點頭，頭腦清醒起來，道：「咱們在陵安府冒了頭，只怕回京城的一路，都會有人布網。」

「你的臂傷尚需半個月才會好，這半個月，絕不能讓他們發現咱們的行蹤。」薛蘅抬起頭，斷然道：「咱們易容吧！」

謝朗精神爲之一振。易容之術，歷來爲江湖不傳之祕，他一位貴族公子，只從傳言中聽過這種祕術，卻未親眼見過。此刻聽薛蘅這話，好奇心大起，忙趨近問道：「師叔，您會易容術麼？」

「易容術並無那等神祕，江湖傳言喜歡誇大其辭，其實不過是拿麵粉、赭石、炭筆之類塗飾，再根據妝容配些合適的衣裳而已。」薛蘅見謝朗盯著自己，急忙偏過頭去。

謝朗本心癢癢的，聽到「衣裳」二字，不自禁地低了低頭，急忙轉身，強作平靜道：「那就有勞師叔了。」

麵粉和上些灶灰，再用水調了，抹到臉上和脖子上，玉面朱唇頓時變成一個皮膚微黑的青年。修長的眉毛被短刃刮掉一截，用炭筆細細描濃，再在尾處稍稍壓低；赭石在鼻側淡淡地抹出陰影，俊挺鼻梁頓時大了一圈；胭脂和了松膠貼在左頰，不但看上去臉上生了顆紅痣，就連臉形也因爲這小小的一痣，感覺瘦削了許多。這不再是那修眉挺鼻的俊朗將軍，而是歷經風霜、正爲生活奔波勞碌的江湖青年。

謝朗看著銅鏡中的自己，歎道：「眞是神乎其技也！只怕太奶奶看見，也認不出來哩。」

薛蘅端詳著自己的傑作，恍惚間，夢中模糊的景象再度清晰。他向她逼近，他的手臂那般孔武有力，他眼神是灼熱的，呼吸是粗重的，他的喉結……眼前之人，眞的不再是三年前那個十七歲的頑劣少年了。

謝朗抬頭觸著她的目光，險些嚇得銅鏡掉落在地。薛蘅驚覺，一把搶過銅鏡，走開幾步。

謝朗既好奇她會改成啥模樣，又不敢細看，忐忑不安中慢慢轉頭，卻見她解開包袱，拿出一套男子衣裳。薛蘅躊躇片刻，抬頭望著謝朗，道：「還得換過衣服才行。」

他剛要點頭，又趕緊跳起，連聲道：「不用、不用。」

「不行，你現下穿的是農夫的衣裳，但我將你易容成一名行走江湖的青年，得換過這套才行。再說，還要在腰間纏些布帶，讓你身形改變一下。」薛蘅說著，兩眼一閉便來解他的腰帶。謝朗嚇得轉身跑走，薛蘅手伸了個空。她本就戰戰兢兢，這一刻惱羞成怒，喝道：「站住！」

外衫、夾衣、外褲都除下，謝朗伏低身子，死活不肯再脫裡褲。薛蘅雖覺他今天十分古怪，卻也不敢勉強再脫。

她將衣裳一一幫他穿好，跑到樹林深處替自己易容並換了衣物，再出來時，見謝朗正將脫下的那條外褲在泥土中用力踩著。

她跑過去將他推開，拎起褲子，見已被踩出了兩個破洞，還滿是泥漬，心疼至極，責道：「你這是幹什麼？好好的衣裳，洗乾淨了還可以再穿。」見謝朗低著頭，她越說越惱火，「你知不知道，一般的農家，一年四季才兩三套衣裳，窮的地方，甚至一家人共穿一套衣服。真是不知柴米艱難的公子哥兒！」

謝朗不禁腹誹了一句：「我家下人的衣服都比這些好，有必要麼？」他抬頭欲待反駁，看清薛蘅的妝容，不禁雙眸乍亮。

薛蘅一直以來總板著張素臉，身上也總是穿著厚重寬鬆、像道姑服的粗布藍衣，腳上是綁腿藤靴，走路如男子虎虎生風，就連身段也如男子般硬邦邦挺直。此刻，她裝扮成一名年輕的江湖女子，上著淡灰色對襟衣，下著深藍色百褶裙，腰間繫了一條深藍色絲絛，腳上換了雙黑色布鞋，從裙底冒出小小的鞋尖。

雖然依謝朗的目光，這套衣服仍嫌簡單樸素，比謝府燒火的丫頭們穿的還不如，但與她先前慣穿的那套藍布衣、綁腿藤靴比起來，實有天壤雲泥之別。更何況這樣一穿，她高眺的身材顯露無遺，不再像個遺世孑立的道姑，添了幾分煙火之氣。

她五官也稍作易容，眉毛畫彎了些，令整個面容柔和許多；可能是她想故意化得醜些，面頰上點了數粒小小的痲子，但這樣一來，反而令她的臉龐更顯生動，竟多了幾分俏麗的神韻。這哪是高高在上的一閣之主、輩分極高的掌門師叔，分明是個秀麗的姑娘。

謝朗目光逐寸向下移，猛然醒覺，暗暗罵了自己一句：「畜生！」

薛蘅見他嘴唇微動似在嘟囔著什麼，以為他尚不服氣，便再訓了幾句，方消了些氣。

她將換下來的衣物層層裹住鐵盒，放進包袱裡，再將包袱綁在背上。謝朗還在發愣，她輕聲喚道：「師姪！」謝朗還是不應，薛蘅忍不住大聲道：「謝朗！」

謝朗驀地跳起，「師叔，咱們得改改稱呼才行，不然一開口就會暴露身分。」

薛蘅點頭表示同意，思忖片刻後道：「你喚我姑姑或者小姨吧，我叫你大姪子。」

「不行，不行。」謝朗哪肯，心裡打起了主意，忙連連搖頭。

「為何不行？」

謝朗臉色稍斂，「師叔，靠這番裝扮，您把我變老了幾歲。我們年紀本就相差不大，如此一來更顯得相差無幾了，怎能再以姑姪相稱？」

薛蘅嘴角一撇，「這世上，年齡相仿的姑姪多了去了，你沒聽過『白鬍子的孫子、搖籃中的爺爺』一說麼？」

謝朗噎住，遂又搜腸刮肚，想著理由，「雖說這樣的也有，然畢竟不多。您這麼年輕，我喚您一聲姑姑，別人自然會多看兩眼，難保不招來懷疑。再說了，那些人也可能想到我們會易容，但您是一閣之主，我是將軍，他們肯定認為您我會謹遵輩分，只怕首先打探的對象便是結伴同行的姑姪或姨甥。」

「那你說，該如何稱呼才好？」

謝朗思忖片晌，抬頭直視薛蘅，正容道：「師叔，從今天起，我喚您『蘅姐』，您叫我一聲『遠弟』吧。」

薛蘅本能地張嘴，卻一時想不出理由反駁。

謝朗已微微笑著，輕快地喚道：「蘅姐！」

「蘅姐。」——「……嗯。」——「你輕點。」——「……」——「好了沒有？」——「別亂動。」——「若是沒好，說明你醫術還沒學到家。」——「少囉嗦！」——「要是二師叔在就好了，保證不用二十天。」——「你再廢話，就自己來拆。」——「……」

「蘅姐。」——「嗯。」——「好了沒有？」——「……」——「沒好麼？」——「……」——「蘅姐，到底是好還是沒好？」——「左手好了。」——「啊！」——「你再動，右邊的你自己拆！」——「……」

薛蘅小心翼翼地將謝朗右臂上的布條拆開，用藥酒在傷口周圍塗抹一圈，仔細看罷，又輕輕捏了捏他的臂骨。見他並不喊痛，再抬起他右臂緩緩移動，見他嘴角含笑，她便加快了動作。

謝朗恨不得大聲歡呼，索性站起，長臂舒展，做了幾招使槍的動作。薛蘅被他逼得退開幾步，皺眉道：「若是二哥在，定要把你的手再綁起來。」

謝朗滿心歡喜，苦難的二十天總算過去，自己的雙臂終於完好如初，他此刻反而說不出話，只喃喃地叫了聲：「蘅姐……」

薛蘅將剪子、藥酒收到竹筐籮中，再將拆下的布條丟到炭盆中燒了，端著筐籮往外走。

「蘅姐！」謝朗忙喚道。

「嗯。」薛蘅在門口停步回頭。

謝朗躊躇良久，薛蘅略顯不耐，他方低沉地說了句：「蘅姐，多謝。」

薛蘅心中同樣十分欣喜，忍不住微微一笑，轉身而去。

謝朗看著她高瘦背影消失在隔壁屋的門後，一躍而起，只覺渾身是勁，大聲叫道：「小二！」

店小二蹬蹬上樓，「客官，有何吩咐？」

「快！幫我送幾桶熱水來，燒熱些，爺我要洗浴！」

店小二從未見過要洗澡水要得這麼激動的客人，嚇得一個哆嗦，趕緊應了，轉身下樓。

謝朗將全身浸在大木桶中，任溫熱的水將自己整個身軀吞沒，直到在水底憋到無法呼吸，才「嘩」的跳起，再抹去面上水珠，趴在木桶邊緣長長地歎了聲：「眞是舒爽啊……」

他與薛蘅易容扮成姐弟後，走得極爲順利，未再遇到暗襲，也不用再遮掩躲藏，早行路、晚投宿，終於擺脫了艱難的逃亡生涯。

這半個月路程，薛蘅不再對他動輒呵斥與訓責，也不再老板著一張臉，有時還和他談天說地，雖然泰半是他說的多，但總算能偶爾見到她露出一絲微笑。她照顧他吃飯、穿衣、梳頭等事，不再像以前那般凶神惡煞，他若是有何要求，她也會儘量滿足。可即便是這樣，謝朗亦始終不敢提說想洗個痛痛快快的熱水澡。

自受傷之後他就沒有下過水，雖說是不炎熱的春日，二十天下來，身上也已餿不可聞。他不知道薛蘅有沒有洗過澡，數次聞到自己身上的餿味後，便關心起了她身上的味道，可每次想偷偷細聞，又想起那個無法言說的夢境，不由得尷尬地坐開，還在心底狠抽自己兩個耳光。

好不容易終於熬到臂傷痊癒，能夠洗這麼個香噴噴、暖烘烘的熱水澡，謝朗禁不住呻吟了一聲，再度沉入水中。

天還未亮，謝朗便來敲薛蘅的房門。

薛蘅正在收拾包袱，並不回頭，道：「進來吧。」

謝朗大步進來，見薛蘅正將一本書捲起，塞入鐵盒底的夾層。他心頭一跳，想細看，她已迅速扣上了夾層。薛蘅將包袱紮好，回頭道：「走吧。」

謝朗略顯猶豫，她隨口一問：「手還不舒服麼？」

「不是。」謝朗忙做了幾個伸展的動作，見她往外走，趕緊追上，吞吞吐吐道：「蘅姐。」

薛蘅停住腳步，冷冷地望著他。

謝朗只得問道：「蘅姐，我受傷以前穿的那套衣服呢？」

「沒了。」

「怎麼會沒了？」謝朗覺得奇怪，她連一條破了的農夫外褲都要洗淨縫好，怎會丟了自己那套值百兩銀子的衣裳。

薛蘅瞥了他一眼，「那些天你要吃飯、敷藥，還要梳子等物，你以爲這些東西是從天上掉下來的麼？那套衣裳已經撕破了，能換回這些，算是不錯了。」

謝朗一聽她竟將自己那身「瑞蚨祥」的衣裳換了農夫的衣服和粗糧回來，立時哀歎道：「要命呀，那套衣服的夾袋中還有一千兩銀票！」

薛蘅怒了，「你又不說！當時你只死命要繫回原來的腰帶，我才猜到令牌在裡面，怎知衣服中還有銀票！」她想了想，怒氣馬上又消了，還隱露笑意，「倒也不錯，那農夫家七個孩子瘦得皮包骨似的，若是那千兩銀票能讓他們過得好一些，亦算值得！」

謝朗這才知她竟是對己吝嗇小氣，對窮人出手大方。萬般無奈，他只得輕聲道：「蘅姐，你身上還有沒有銀子？」

「做什麼？」

「我想換身衣服。」

謝朗自幼穿慣了綾羅綢緞，除去在軍營的三年，四位姨娘竟可以讓他每天都穿不同的衣服，衣料自不必說，做工也是精巧至極。這二十天，他先穿破舊的農夫衣裳，接著一套跑江湖的衣服穿了半個月，實在難以忍受，此刻雙手恢復自由，便念著要換一套好些的衣裳。

薛蘅上下打量著他，道：「這身多好啊，爲甚要換？我已經揀頂好的買了。」

謝朗狠狠腹誹了一番她的品味，可眼下自己身無分文，令牌又被薛蘅給收了，只得放低語氣道：「蘅姐，這套衣服穿了大半個月，有股味道。」

「有味道麼？」薛蘅感到奇怪，湊近來聞，忽而面頰一紅，退開兩步。

謝朗卻沒察覺，仍往她跟前湊，口中道：「是啊，一股好重的味道，不信你聞聞！」

薛蘅多退幾步，急忙取出一張銀票，又不甘心，沉吟片刻後再掏一張，道：「你手臂已好，咱們無須再辛苦走路，可以騎馬了。」

這回輪到謝朗面上一紅，低聲答：「是。」

「這裡兩張銀票，加起來一百兩，你去買兩匹馬回來，記住啊，要挑三歲牙口、毛光滑亮的。剩下的銀子，你就拿去買衣服吧。」

謝朗接過銀票，轉身而去。薛蘅望著他的背影，嘴角隱現一抹得意的笑容。

過不多時，謝朗牽著兩匹馬悻悻回轉，身上仍是原來那套衣裳。他將剩下的三吊錢丟給薛蘅，輕哼一句：

「算你狠！」

「你果眞不會還價，若懂得講價，應當能夠剩下二五兩銀子買衣服的。」薛蘅面無表情，躍身上馬。

二人打馬出城，向北馳出數里，謝朗忽然勒馬嚷道：「不對！」

「怎麼了？」薛蘅勒住馬，回頭問道。

「蘅姐，你稍等我片刻。」不待薛蘅允可，他已撥轉馬頭，一騎絕塵。

薛蘅等了許久，謝朗甫策馬回來，表情凝肅，「蘅姐。」

「嗯，你說。」薛蘅面色鄭重。

「有人在民間偷偷地大量收購馬匹。」謝朗露出憂心忡忡之狀，「據我所知，吉縣多產擅於長途行走的馬匹，以前這種馬不過五十兩銀子一匹，今時漲到了六十兩銀子。」

「你不是拿一百兩買了兩匹麼？」

「我是耍了點詭計，嫌說這馬的牙有點問題，才好不容易砍下價的。」

薛蘅一聽，同覺得不對勁，疑道：「朝廷對民間大量買馬的行爲向來有著嚴格管制，怎會出現這樣的情況呢？」

「我剛才回去再暗查了一番，買馬的人大多操北方口音。」謝朗述道。見薛蘅微微抽了口冷氣，謝朗又道：「我再去問了問米價，每石漲到了八錢。」

薛蘅看著他，眼底閃過一絲讚許，斷定道：「有人在囤糧囤馬！」

二人皆知此事非同小可，薛蘅道：「他們絕不敢在一個地方買太多，會分散行事。咱們再查接下來要經過的州府，倘若屬實，回京後你細稟聖上，不可小視。」

謝朗點點頭，勁抽馬鞭，當先馳出。可馳出百來步，他又覺不對勁，回頭大聲問道：「蘅姐，你哪來的銀子？」薛蘅不答，打馬超過他了，才拋下一句：「你猜！猜中了，獎賞你一套衣裳！」

謝朗猜破腦袋，也想不明白她哪來這麼多銀子，明明自己受傷之初，她還拿衣服去換吃食哩。正撓頭抓腮之時，聽到空中傳來數聲鳴叫，他幾乎要喜極而泣，也顧不了許多，一聲呼哨，大白和小黑迅以閃電之勢撲落下來。

謝朗一把抓住在懷中撲騰的大白，抱著牠的頭狠狠親了兩口，開懷大笑，「臭小子，沒出息，如今才找到老子！」話一出口，他隱隱覺得這腔調似曾相識，心中一跳，趕緊望向薛蘅，「蘅姐，大白、小黑會不會將那些人引來？」

薛蘅不停撫摸著小黑，搖頭道：「實則虛之，虛則實之。你且讓大白帶著小黑在空中高飛，別降落下來，再不時讓牠們往別的方向飛一會兒，教那些人摸不透咱們的行蹤。」

謝朗大喜，多親了大白數下，才命牠飛去。

肩傷痊癒，與大白重逢，又再度騎上駿馬，謝朗頗有再世為人之感。他遙望前方，充滿喜悅地勁喝一聲，駿馬揚蹄前奔，馳向莽莽田野。薛蘅凝望著他在馬背上的身姿，也跟著喝馬揚鞭。

這時已值陽春三月，路旁楊柳亭亭臨風、桃李競相吐芳，而一望無際的田野更是金黃一片，油菜花層層疊疊，開得燦爛。油菜花連綿開到天際，像在茫茫原野間鋪上了世上最美的錦氈，明麗眩目，美不勝收。天邊盡頭恰有雲朵團團簇簇，竟似被這油菜花染成了金黃，漫天錦繡。

春風吹過，花海湧潮，天籟聲聲，任誰見到這等景象，都恨不得投身到此金色汪洋中，任花香蜂語將自己淹沒。謝朗奔得一陣，也被這景觀所吸引，駐馬觀賞，歎道：「蘅姐你看，好一幅人間美景！」

半天沒聽見薛蘅動靜，他回頭，見她正望著油菜花海，秀眉緊蹙，似在努力想著什麼。她的嘴角微微顫抖，又像想起了什麼極可怕的事物，眸子裡流露出隱隱的恐懼。

謝朗覺得奇怪，正要相詢，薛蘅已撥轉馬頭。他連忙趕上去問道：「蘅姐，怎麼了？」

薛蘅微微垂目，聲音透出一絲不自然，「咱們走那邊的路吧。」

「我問過了，這條路去霜陽府最近，那邊的得繞上百多里路。」

薛蘅卻不理他，逕自揚鞭而去，謝朗只得懷著滿腹疑雲，乖乖跟上。他正遺憾不能再看到油菜花田的盛景，誰知從這條岔道上奔出十餘里，前方金黃一片，又是無邊無際的油菜花海。

薛蘅的馬速減緩，謝朗輕吁一聲，與她並駕齊驅，慢悠悠地走著。他環顧四周，心情愉悅，脫口而出：「眞好，若是在京城過生辰，我還看不到這等美景！」

薛蘅恍恍惚惚接口道：「今天是你生辰？」

「是啊。」謝朗略感羞赧，「我今早問了小二，正是三月十二，我今天滿、滿二十，須行冠禮了。」

薛蘅還是恍恍惚惚地說道：「二十了啊。」

「是呢。從邊關回來時，原本還想著能在家裡過個熱熱鬧鬧的生辰，誰知竟是和蘅姐你在一起過的。不過也好，自小熱鬧慣了，難得過一回清靜的生辰，還能欣賞到這等美景。」

薛蘅眼神游離，道：「你以往生辰很熱鬧麼？」

「嗯，從小到大，每逢我過生辰，家裡必定要慶祝一番。四位姨娘早早便會去寺廟進香爲我祈福，我早上起來，就要戴著她們祈福拿回來的符包，去給太奶奶和爹叩頭。然後府裡也會唱上一整日的戲，總會擺上十來桌，請族裡親戚們吃上一頓。」謝朗回憶起往日生辰家中的熱鬧喧譁和京中的美味佳肴，不禁心馳神往。他轉頭望著薛蘅，問道：「蘅姐，往年你生辰怎麼過的？」

薛蘅望著前方在油菜花海裡蜿蜒的小路，良久淡淡道：「我沒有生辰。」

謝朗「啊」了一聲，追問道：「怎麼會沒生辰？」

薛蘅頓了一下，方輕聲回應：「我是個孤兒，從小無父無母，我也不曉得自己的生辰是哪天。」

她語氣平淡，恍似在說別人的事，謝朗卻感到心尖一顫，試探著問道：「那、那你還有別的親人麼？」

「好像……還有一個小妹。」薛蘅眉頭深鎖，遲疑著道。

「她在哪裡？」謝朗忙藉機問出這句盤桓心頭多時的話。

薛蘅沒回答，只望著油菜花田，不停地輕輕搖頭。

謝朗憐惜之情大盛，他想了想，閃身下馬，大步奔入油菜田。薛蘅急忙跳下馬，呼道：「你去哪兒？」

謝朗像沒聽見似的，半晌過後他採了一大捧油菜花，又撲捉了一隻翩翩飛舞的彩蝶，飛快地跑了回來。他把油菜花和彩蝶送至薛蘅面前，春陽將他額頭汗珠照得熠熠生輝，他喘著氣，笑容比春陽還要燦爛。

「蘅姐，乾脆你和我同一天過生辰吧。你沒有親人，我來替你慶賀好了！」

油菜花黃澄澄、彩蝶豔麗，遮住了謝朗的笑容，如一團黃雲向薛蘅湧來。薛蘅渾身劇顫得像抽搐似的，眼見油菜花束就要觸到自己下巴，她尖叫一聲，叫聲中充滿驚恐，踉蹌跳開幾步，跌坐在地。

謝朗嚇了一大跳，急忙放下手，大步趨近急問：「蘅姐，怎麼了？」

薛蘅宛若看見到世上最可怕的東西，眼睛睜得老大，眼中滿是恐慌驚懼。見謝朗步步逼近，她猛地爬起，顫抖著要上馬。她踩空了數次才踩上踏鐙，幾乎將身子伏在馬背上，就連喝馬聲也是顫慄的，謝朗還沒回過神來，她已飛速策馬而去。

謝朗丈二金剛摸不著頭腦，愣愣站在原地，雙手一鬆，彩蝶振翅翩翩而飛，飛向金色的花海。薛蘅的背影消失在小道拐彎處，謝朗收回目光，再低頭看著散落一地的油菜花，苦笑了一下，悵然若失。

「娘……」薛蘅從喉間掙扎著吐出模糊的聲音。

風不知從何處吹來，將她這聲低呼捲得無影無蹤，但她仍能清楚聽到自胸腔深處發出的「呵呵」喘氣聲。胸口似被什麼巨大的力量擠壓著、絞動著，雙腳如鉛般沉重，身體卻又似輕飄無力。

她不停地喘氣，不停地奔跑，不停地四處張望，卻仍陷在這無邊無垠的油菜花海裡，找不到出路。

她清晰地聽到一個小女孩的哭泣聲，撕心裂肺、揪心刺骨。她尋著這哭聲，不停地撥開比自己還要高上幾寸的油菜花，想要找到這個小女孩，但哭泣聲可聞而不可即，彷彿找到白髮蒼蒼之歲都無法觸及。

油菜花開得明媚燦爛，在原野上鋪開來尤顯流金溢彩。可她卻懼怕這種明燦燦的黃色，又不得不伸手去撥開眼前層層疊疊的油菜花，想從這無邊的黃色天地脫逃，帶著那個哭泣的小女孩逃出去。

小女孩的哭泣聲不斷，她漸趨焦灼，雙足無力，終於腳下一絆，跌倒在泥土中。仰面望去，高大的油菜花像一團團黃色雲朵沉沉壓下，彷彿要將她壓入污濁的泥土裡，永世不得翻身。

小女孩的哭泣聲仍清晰傳來，那是一種絕望的、被世間遺棄後的哭泣。薛蘅的喘氣聲越發劇烈，她在泥土中掙扎輾轉，絕望於自己的無能。當小女孩的哭聲越來越淒厲，她不敢再聽，用盡全身力氣嘶聲呼道：「小妹……」

過得好半天，再也聽不到小女孩絕望的哭泣、看不到黃澄澄的油菜花田，四周黑沉如墨，只聞夜風呼嘯著颳過山林。薛蘅倚靠樹幹劇烈喘氣，眼睛直直望著深沉的黑夜，她冰冷的十指緊攥著地面泥土，額頭上汗珠不停沁出。

許久，她虛弱地閉上了眼睛。小妹……真的，丟了，再也找不回來了……

黑暗中，夜風裡，她掩面而泣。

黑暗中，夜風裡，謝朗躺在樹後，定定地看著那個掩面而泣的身影。

十二　月滿霜河

「蘅姐，前面就快到霜陽府了！」謝朗笑著將馬鞭指向前方。

薛蘅看也不看他，繼續策馬前行。

謝朗不禁鬱鬱，本來薛蘅對他的態度已較以前大有改變，偶爾還露出些笑容和他說笑幾句，可自從離了油菜花海，她便對他冷若冰霜，三天下來竟沒和他說上一句話。若是前幾日，謝朗猶可藉口手臂不能動彈，要她照顧來引她說話，現下他能跑能跳，再怎麼折騰，薛蘅正眼都不瞧他一下。

謝朗悻悻地跟在後面，始終想不明白，自己那天獻花之舉爲何得罪了她？胡思亂想中，他跟著薛蘅進了霜陽府。

二人是算準了時辰趕路的，入城之時正值黃昏。本來以爲霜陽府不大，居民不會太多，可一入城門，謝朗即被眼前熙攘景象給小小嚇了一跳。

二人牽著馬在人流中徐徐往前走，謝朗邊走邊看，發現幾乎人人手中都提著一盞狀似荷花的燈，而且都在三三兩兩地往城外走。

謝朗覺得奇怪，薛蘅已找了一家四海客棧，客棧門口恰有老者擺攤賣那款荷花燈。

謝朗微微欠身致禮，道：「老丈則安，小可請教一事。」

老者在荷花燈上題寫詩句，並不抬頭，笑呵呵道：「客官客氣，請問吧。」

「小可初到貴地，見人人手執荷花燈，不知是何緣故？」

老者抬頭，慈眉善目，微笑答道：「客官有所不知，今日是三月十五，是我們霜陽府傳統的『河燈節』。每年此日，城中百姓都要到城外的霜河邊，將這荷花燈點燃，放入河水之中，讓燈隨河水向東漂流。大家還要虔誠地唱首曲子，向天祈禱，以求來年風調雨順、豐衣足食。」

謝朗聞所未聞，笑道：「這倒新鮮，不知是何時傳下的此樣習俗？」

「老丈我活了七十歲，打小就有這河燈節，究竟是從何時傳下來的，就不知曉了。」

謝朗喜歡刨根問底，笑問道：「是不是真的放了河燈，來年就會風調雨順呢？」

老者呵呵笑道：「老人們傳說，只要大家誠心祈禱，自有天意，護我百姓平安。」

薛蘅同停住腳步，靜靜地聽著，忽然低低歎了一句：「憐我世人，憂患苦多！」

「我看都是狗屁！」薛蘅尚未說完，一把粗豪的聲音自客棧內傳出。

隨著這把聲音，一名高大的灰衣漢子自客棧內闊步走出。他身形奇偉，燕頷虎頸，背上一把三尺長劍，走路衣袂生風。尤引人注目的是他面上鬍鬚幾乎蓋住了他半個臉龐，那鬍鬚十分奇特，每一根尾部微微捲起，正是難得一見的「虬髯」。

謝朗眼前乍亮，他久在北地，即使是丹軍最精銳的騎兵中亦罕見有這般高大的漢子。他極愛結交真英雄，心癢難耐，便向這虬髯漢子拱了拱手，微笑道：「請教兄臺，何出此言？」

虬髯漢子看了謝朗一眼，目光如炬，謝朗毫不畏懼，與他坦然相望。

虬髯漢子再掃了一眼四周，竟隱隱流露出一種捭闔縱橫的氣勢，他聲音洪亮，客棧四周的人聽得清清楚楚：「若真是天意注定，天意不可更改，求也無用；若無天意，祈禱又有何用？」

薛蘅若有所思，賣燈老者已嚇得連聲念佛，「阿彌陀佛，小心老天爺怪罪！」

虬髯漢子哈哈大笑，將手中酒壺往背後長劍上一掛，邊行邊歌，大步遠去。人群湧動，他高大的身形消失在街角處，而他的歌聲卻久久縈繞在眾人耳際：「踏歌萬水間，仗劍三千里。輾轉風雲路，寒光照鐵衣……」

謝朗對這虬髯漢子有說不出的好感，恨不能立刻結交。薛蘅站在客棧門口，喃喃念道：「若是天意，求也無用；若無天意，又向何求？」

二人正出神，又一把極清澈的女子聲音傳來：「方才何人說話唱歌？」眾人齊齊轉頭，眼前一亮，只見說話的是個年輕女子，不過十八九歲年紀，穿著淡紫色勁裝，身材勻稱，五官明麗，雙眸烏亮。最引人注目的，還是她光潔而飽滿的額頭，襯得整個人英氣勃勃。她背後站著數名青年，俱是二十來歲年紀，個個身著勁裝，氣宇非凡。他們以眾星拱月姿態擁著紫衣女子，雖只七八人，但那般雍容氣勢竟令滿街初上的華燈為之一黯。

紫衣女子見眾人都望著自己，並不慌怯，微微一笑後學男子般拱手，聲音和悅，「小女子冒昧，敢問各位，方才何人說話唱歌呀？」

謝朗出生以來，從未曾見過這般美麗又不失清貴與英爽的女子。與她相比，柔嘉雖高貴，卻失之嬌柔；裴紅菱雖豪爽，卻失之頑野；秋珍珠美豔有餘，又失之滄桑；蘅姐……

他不自禁回頭去看薛蘅，卻見薛蘅盯望著那紫衣女子，面色微訝。

薛蘅緩緩走下客棧的臺階，向那女子道：「那人已經離去。」

「敢問大姐，他去往哪個方向？」紫衣女子微笑問道。

薛蘅反問：「不知姑娘找那人有何要事？」

紫衣女子瀟灑一笑，「不瞞大姐，他所說之話與所唱之曲，極對小女子的脾性，我忍不住想看看這人長何模樣。」

薛蘅微微點頭，往街角一指，「他往那邊去了。」

紫衣女子拱了拱手，道：「多謝大姐。」她再微笑點頭致意，旋帶著背後之人往街角走去。

街上人群熙熙攘攘，但說也奇怪，紫衣女子一行人從容不迫走來，行人看見他們都紛紛讓出一條路，如潮水般分開，有些人還不自覺地低下了頭。

才一會兒工夫，這幾人便轉過了街角。人們仍不時抬起頭，望著她消失的方向，卻無人去打探這女子究竟是何方神聖。

薛蘅向那女子的背影凝神注視少頃，轉身要進客棧。謝朗忙向賣燈老者道了聲謝，正欲跟著進客棧。此時，人群忽然一陣躁動，不知是誰發了聲喊：「周算盤要出來了！」街上人群如同捅了馬蜂窩一般，都往街道兩邊擠，有那等擠不上臺階的，急得直跳腳。

賣蓮花燈的老者急得手直哆嗦，腰彎了幾次都沒將擔子挑起來。謝朗立即一手提擔，一手挪椅，幫忙移至客棧廊下，老者連聲致謝。

薛、謝二人覺得奇怪，便也不急著進客棧。過了片刻，鑼鼓大盛，吆喝聲響起，間或夾雜著三兩人的慘嚎聲。不多久，一群如狼似虎的衙役手執棍棒大搖大擺而來，見到街道上若還有沒來得及閃避的人，便橫掃幾棒或踢上幾腳。街道兩旁，所有人都噤若寒蟬。

謝朗眉頭一皺，正要喝止，卻又覺得不妥，側頭看了看薛蘅。

正在此時，從街道一邊忽然竄出幾個衣著破爛的小叫化子，他們追打著爭搶饅頭，一個四五歲的小女孩力氣太弱，跌坐在地上。還未等她爬起，衙役們已經過來，其中一人抬腳，對著小女孩肩頭一踹，罵道：「臭化子，找死啊！」

薛蘅眉尖一挑，那些衙役已手執棍棒打向小叫化子，小叫化們被打倒在地，有的還被踩上幾腳，痛嚎聲聲。

謝朗再也忍不住，喝道：「住手！」跳了出去。

走在最前面的衙役嚇了一跳，未料世上竟有敢叫自己「住手」的人，他上下打量了謝朗一眼，怒道：「你是何人，竟敢攔我家老爺的道！」

賣燈老者承了謝朗的情，嚇得趕緊上來抱住謝朗的腰，將他往後拖，連聲向衙役道歉：「官爺恕罪，我家小子腦子有點毛病，官爺恕罪！」

「原來是個瘋子！」衙役對賣燈老者罵道：「還不趕緊把你家瘋子關起來，找死啊！」差頭在後面喝道：「老爺快出來了，還不趕緊清道！」

那衙役又瞪了謝朗一眼，繼續往前開道。

謝朗氣得掙脫老者的雙手，老者滿面驚懼，死命拉著他到一邊，顫巍巍道：「小夥子，那是周算盤的人，你不想活啦？」

謝朗慢慢平靜下來，問道：「老丈，周算盤是何人？」

老者歎了口氣，「你是外鄉人，有所不知。周算盤便是我們霜陽府的知府大人。」他壓低聲音道：「他大名叫周之磐。」

「不過是個小小七品知府，怎麼出行的架勢比王爺還要大！」謝朗冷哼一聲。

老者又歎氣，低聲道：「在我們霜陽府，他就是王，土霸王！唉，你有所不知，這周算盤是貴妃娘娘的親戚，所以才會這麼……」

謝朗心中一凜，忙問：「不知是哪位貴妃娘娘？」

「弘王爺的生母，俞貴妃娘娘。」

「原來是她的親戚，怪不得……」謝朗微微點頭。

俞貴妃乃弘王生母，本為景安帝少年時身邊的大宮女，還長景安帝幾歲，後被景安帝納為側妃，生下長子弘王。景安帝後來雖專寵故皇后，但對俞貴妃始終有幾分舊情。俞貴妃性情陰鷙、睚眥必報，就是當今皇后也不敢得罪她。

謝朗聽得這周知府竟是俞貴妃的親戚，便恢復了冷靜。老者還在說道：「周算盤本只是個小小的帳房先生，並沒有進士及第，全靠著是貴妃娘娘的遠房表哥，又溜鬚拍馬，才當上了知府。他對上司諛媚奉承，對百姓極盡欺壓之能，還和城中的惡棍們聯合起來，奪人家產，將許多殷實人家逼得家破人亡。你看，這些叫化子，有很多就是被他逼得流落街頭的。因爲他喜歡每晚打算盤，數算今天又收了多少銀子，所以我們都偷偷叫他『周算盤』。」

老者歎了口氣，又道：「他在霜陽府橫行霸道，若是出行，必要街邊的百姓都迴避並給他下跪才行，如若不然，就要安一個『以下犯上』的罪名，暴打一頓。」

謝朗聽完義憤塡膺，但也知此時不宜莽撞行事，得趕緊離開這是非之地，回京再慢慢搜集周算盤的惡行，請御史大人參他一本。於是他向賣燈老者拱拱手，隨即四處尋找薛蘅。

掃視一圈沒找到她，他再低頭，才見她正蹲在地上，將那個被衙役踹了一腳的小叫化子抱在懷中，口中不停嗁哄：「不怕、不怕，小妹不怕。」

謝朗忙過去，輕聲道：「蘅姐，咱們進去吧。」

薛蘅不理他，慢慢揭開那小叫化子破爛的衣服，仔細查看她肩頭傷勢。

謝朗微感不耐煩，湊到薛蘅耳邊低聲道：「蘅姐，人多眼雜，咱們趕緊進去。」

薛蘅還是不理他，見小女孩肩頭並無大礙，鬆了口氣。她打量著圍在小女孩身邊的小叫化們，從懷中掏出數吊銅板，想了想，柔聲問道：「小妹妹，你家中還有大人麼？」

小女孩說不出話，只是點頭。

薛蘅將她抱起，道：「他們在哪兒？」

其餘的小叫化們七嘴八舌，「我們都住在城隍廟！」

薛蘅低頭看著他們，面帶憐惜，輕聲道：「你們帶我去好麼？」

小叫化們見薛蘅溫柔可親，忙都應了，帶著她往前走。謝朗急了，又不好當街勸阻，只得跟上。

小叫化們帶著二人拐過數個彎，到達城隍廟。薛蘅將一塊碎銀遞給謝朗，吩咐道：「你去買一些乾淨衣服和吃食來。」

這是幾天來，她首度開口和謝朗說話。謝朗莫名地高興，忙接了銀子，飛快跑到旁近街道上將東西買齊，又飛快地奔跑回來。

廟裡的叫化子們一擁而上，謝朗見他們一個個衣衫襤褸，髒得令人噁心，忙將東西往地上一放，任叫化們搶奪。他趕緊避開幾步，向薛蘅喊道：「蘅姐，行了，咱們走吧。」

薛蘅不知從哪裡找來軟布，打了水，正給幾個小叫化子擦臉。她動作輕柔，目光中透出疼惜之意，一個個替他們將臉洗淨，又一個個將手擦乾淨。見孩子身上有瘀青之處，她又找出傷藥，細細替他們搽藥。

謝朗大為不解，京城也有乞丐，平王、謝朗、陸元貞等人每次出行，遇到乞丐亦會施捨些銀子，但從未有一人像薛蘅這般，不但施捨銀子衣物，還將這些髒黑的小叫化們抱在懷中悉心照料。他從未見過這樣的薛蘅，她此時像是天下間最溫柔的女子，再沒有一絲冷漠與嚴肅。

他看著那小女孩打結的亂髮，以及黑黑的指甲，忍不住偏過頭去。那小女孩卻似對他極有好感，一直跟在他身邊，這時還怯怯地靠過來。

謝朗冷然一個寒顫，不禁低頭看向自己身上的乾淨衣服。他猶豫了一陣，只得強忍著將小女孩抱過來，面上卻不自覺地露出一絲嫌惡的表情。

小女孩伸手扯住謝朗的衣衫，怯怯地叫了聲：「叔叔！」

謝朗看著她像小貓般怯怯的眼眸，心中一軟，應了聲，抱著她蹲到薛蘅身邊，遲疑片刻後道：「蘅姐。」

「嗯。」

「咱們只是路過，不能管他們一輩子，給他們施捨些銀子衣食就是了，你爲何還要這樣……」

薛蘅沉默著，替所有的小叫化們檢查過，才站起來。謝朗跟著站起，小女孩掙扎著跳下地，和夥伴們又打鬧在一起。

薛蘅靜靜望著謝朗，他有點承受不住她的目光，正要避開，卻聽她輕聲說道：「我，像她這麼大時，也是個叫化子。」

謝朗「啊」了一聲，登時愣住。

薛蘅望向正在打鬧的小女孩，低低道：「我和她一樣小、一樣髒，一樣被人欺負，也和她一樣，渴望每天能有口飽飯，渴望有人替我打跑那些欺負我的人，替我出氣……」

謝朗早聽得呆了，望著那個小女孩，又看著薛蘅瘦削的雙肩，無法言語，實在難以想像二十年前，這個硬朗堅強的女子，也曾有過這樣小貓般怯弱的眼神。他突來一陣心悸，熱血上湧，大聲道：「蘅姐，你別難過，我來幫你出氣！」他猛然轉身奔出城隍廟。薛蘅急忙追出去，卻見他大步疾奔，同時撮唇而呼，奔出數條街，大白撲扇著翅膀降落在他肩頭。

他衝動下奔得極快，薛蘅一時竟追他不上。二人一前一後，仍舊奔回大街上。

銅鑼「鐺鐺」敲響，喝聲連連，街邊百姓紛紛下跪。一頂八抬大轎煌煌然出現，威風八面，正是知府大人出行了。

謝朗怒氣上沖，仰天大笑一聲，身形拔起，落在街心。他雙腳微分，負手而立，目光如炬，望向正赫赫行來的知府儀仗！

街道兩邊的人群一陣驚呼，官轎也緩緩停下。差頭顯是嚇了一跳，回過神後勃然大怒，不待轎中之人發話，即已拔刀向前喝道：「何方小子，竟敢擋我家大人的道！」謝朗手叉腰間，學著他的樣子挺腰鼓目，喝道：「何方小子，竟敢擋我家大人的道！」

差頭老成，見來人似是有恃無恐，便問道：「你家大人是誰？」

「這就是我家大人！」謝朗用手一指。

眾人隨著他手指望去，卻是一隻白色大鳥，正顧盼有神地站在他肩頭。有衙役沒忍住，噗哧一笑，「原來是個瘋子！」

差頭見不能藉機敲到一筆銀子，也洩了氣，揮手道：「來啊，將瘋子趕開，別擋了大人的道。」謝朗仍舊學他的樣子，揮手道：「來啊，將瘋子趕開，別擋了大人的道。」

此時薛蘅已經趕到，她並不上前拉住謝朗，只站於一旁靜靜看著他。

衙役們上前，口中有笑有罵：「死瘋子，活膩了？」「臭瘋子，快滾開！」

謝朗巍然不動，待他們走到面前，忽舉起右腿旋風般的橫掃，衙役們頓時倒了三四個。不等其他人回過神，他已右手橫切搶過一人手中衙棍，掄轉如風，挑掃戳打，「啪啪」連聲，所有人還沒看清楚，七八名衙役已呻吟著倒在地上。

四周鴉雀無聲，圍觀者嚇得呆了。差頭更是腿直哆嗦，他雖橫行霸道，卻有幾分眼力，這青年一出手就是極高明的槍法，霜陽府只怕無人能敵。

「出什麼事了？」陰鷙的聲音從官轎內傳出，差頭忙趨近，低聲細稟。

轎簾打開，知府周之磐架子十足地下來，上下打量了謝朗一眼，拖長聲音道：「你是何人？為何攔本官官轎？可知這是以下犯上，該當棒刑！」

「你是何人？為何攔我家大人之路？可知這是以下犯上，該當棒刑！」謝朗仍將原話奉還。

周算盤大怒，強行壓下怒火再審視對方，見謝朗一副風塵僕僕的模樣，貌不驚人，正要發作。目光掃過謝朗肩頭的大白鳥，周算盤忽想起一件事來，頓時嚇出了一身冷汗，語氣隨即放軟許多，「這位小兄弟，不知你家大人是……」

謝朗仍然板著臉，指著大白腳上的銀環道：「這便是我家大人，被聖上御口親封為六品『威勇白郎將』，現在驍衛將軍謝朗謝大人麾下當差！」

圍觀人群頓時鬧哄哄議論開來，平王告捷回京，謝朗立下赫赫軍功，就連他養著的那隻白鵰也立下汗馬功勞，被聖上欽封為「六品郎將」，這事早在殷國傳為一時佳話。此刻聽說此鳥正是那隻「六品威勇白郎將」大白鵰，個個都恨不得上前來看一眼、摸一摸才好。

周算盤也算精明，上來細看，銀環上鐫刻著兵部印記，絲毫不假，像這等威猛且馴服的白鵰更是千里無一。他連忙哈腰點頭，「原來真是郎將大人，下官不知，多有得罪！」又向謝朗道：「不知小兄弟是……」

謝朗眼珠望天，大大咧咧道：「我乃謝將軍帳下親兵，別的事也不會幹，只會替我家將軍伺候白郎將大人的吃穿住行，並替大人開開道，以免被一些不知高低的小人給衝撞了。」

周算盤雖是俞貴妃的親戚，卻是拐了幾個彎的，他不過藉著她的名頭，同時又仗著天高皇帝遠，才在這霜陽府作威作福。此刻想起謝朗三品將軍、皇家準駙馬的威名，周算盤連忙拍起了馬屁，「原來是謝將軍的愛將啊，失敬失敬。只是不知謝將軍是否已駕臨鄙縣？下官也好前去拜會。」

謝朗斜睨著他，不屑道：「將軍奉旨南下巡查軍務，事關機密，行蹤又豈是你這區區知府所能探問的？」

周知府噎了一口氣，卻也不敢再問，只又拍起了馬屁，「是、是、是，下官僭越。小兄弟儀表非凡，又跟著將軍大人，他日定會……」

「廢話少說，周大人不曉得規矩麼？」謝朗白了他一眼，打斷了他的話。

「什麼規矩？」周算盤一愣。

謝朗露出一副朽木不可雕也的表情，指著大白道：「周大人你乃七品知府，我家大人乃六品郎將。尊卑有別，這滿城百姓都知道給周大人下跪，難道周大人不應當給我家白大人下跪麼？」

周算盤還在目瞪口呆，謝朗已極具威嚴地長「嗯」了一聲，「周大人是想以下犯上，吃棒刑麼？」

周算盤萬般無奈，雙膝一軟，跪倒在地。謝朗看也不看他，負著雙手昂首站了許久，看著他跪得快要撐不住了，才哈哈大笑，帶著大白揚長而去。

圍觀的數千百姓心頭暢快至極，卻又不敢笑出聲，俱是面上憋得辛苦。待謝朗遠去，周算盤垂頭喪氣地回轉府衙，大家才哄然大笑，掌聲震天。

街角處有棵高大的槐樹，槐樹上，虬髯大漢坐在樹杈間，仰頭慢慢地喝著烈酒。看著謝朗遠去的身影，他呵呵笑道：「這小子不錯，是條漢子！」

街邊，福慶樓二樓雅間內，紫衣女子臨窗而坐，將街上發生的一切看得清清楚楚。她慢條斯理地抿了口酒，嫣然一笑，「眾位哥哥，咱們這一趟還眞沒有白走！」

她身邊的青年輕聲而笑，其中一人應道：「一切聽大小姐的吩咐。」另有一人匆匆下樓，尾隨薛蘅而去。

紫衣女子思忖片晌，笑得明眸生輝，「這回，可得麻煩十六哥重操舊業。」

一名長得白淨秀氣的青年聽了，心癢難熬，摩拳擦掌，「我正憋得慌，偏偏老大一直不准我胡鬧，說會有損我的威嚴。還是跟著大小姐辦事好，痛快！」

雅間內，眾青年擠眉弄眼，笑得越來越大聲。

紫衣女子微微而笑，看著遠處街上薛、謝二人的身影。待兩人快不見了，她才回過頭，滿面肅然道：「既要行事，大家就趕緊準備吧。」

青年們頓時收斂笑容，齊聲道：「是，大小姐。」

「什麼大小姐，我看再過不久，要改叫嫂子了。」一名稍矮的青年嘀咕道。

紫衣女子面上一紅，卻又不像羞澀，也無多少歡喜。她緩緩轉頭，望向南方逐漸黑沉的天空。

謝朗激憤下戲弄了周算盤一番，看著周算盤在面前跪下，他滿心愉悅，覺得自己恍如神明從天而降，替當年被欺凌的小小薇姐大大地出了一口惡氣。可衝動過後，瞧見周圍百姓崇敬的目光，他猛地叫了聲不妙，大步奔出，直至奔出城門，奔到河邊才停下腳步。

他急急發出命令，讓大白帶著小黑向北遠遠飛開，心裡依然十分不安。

全身激湧的血漸漸復平靜，他越想越覺自己太過莽撞，禁不住抬起右手用力抽了自己一下。正要再抽第二下，一隻手伸過來輕握住了他的手腕，謝朗抬頭，薛蘅正靜然凝望著他，她眼裡一片柔和水波。

謝朗不由愣住，喃喃喚了聲：「蘅姐。」

「嗯。」薛蘅輕輕應了一聲。

謝朗垂頭喪氣，「蘅姐，是我做錯了，不該魯莽行事，萬一暴露了身分，可就……」他抬起頭直視薛蘅，「蘅姐，你罵我吧。」

薛蘅凝望著他，微微地搖了搖頭。許久，她才輕聲道：「沒關係，不怕。」

謝朗見她並不怪責，不由一愣，道：「那咱們趕緊離開，別讓那些人找來了。」

薛蘅還是搖頭，嘴角泛起淡靜的笑容，「真的沒關係，你做得沒錯，很好。咱們不用急著走，既然到這霜河邊來了，不如也去放一盞河燈吧。」

謝朗大奇，她已放開他手腕，轉過身，買了兩盞荷花燈。

她提著燈，沿著河岸，在依依楊柳下緩步向前走。謝朗看著她的身影，不禁滿腹疑雲，緊蹙眉峰，半晌眼睛乍亮，眉目漸漸舒展開來。

他追上薛蘅，心中喜悅之情難以抒懷，忽然面對著霜河，雙手攏在嘴邊，長長地叫了一聲：「啊……」

他清亮的聲音在河面上久久迴響。霜河邊，人們紛紛舉目相望。

淡黃色圓月，自山的青影後悄悄升起，將清瑩之光灑落霜河上。河邊瀰漫著嫩蒲的幽香，偶有禽鳥飛快地點過水面。

夜霧清濛，像在河面籠上了一層輕紗。河風吹動楊柳，也不時將霧氣搖動，讓河邊成千上萬的人影變得明明暗暗。

河的兩岸，漸有星星般的火點亮起，或排成隊，或在水面轉著圈，如荷花朵朵盛開，帶著人們在心底默念著的祈願，隨著水波微漾，緩緩向前飄流。

圓月、薄霧、水光、山影，像一場迷濛之夢。在這虛無的夢中，人們跪拜在河邊，他們看不清天地萬物，似乎連自己都看不清了，唯有眼前的盞盞明燈。

河風忽盛，荷花燈被吹得搖搖晃晃，有的遇上水流，只微微掙扎了一下便傾覆在河水之中，其餘的燈忽明忽暗，如同亙古以來，生命之火的明明滅滅。風越吹越大，許多荷花燈連掙扎都沒有就傾覆入水，剩下的也都被吹得只見一丁點豆大的燭光。

有人開始向天地河流叩首，用含著敬畏的聲音哀哀吟唱：「霜河清清兮，可知我愁，霜河咽咽兮，可知我憂。一愁歲饑荒，眼淚汪汪；二愁吏如狼，賣地折房；三愁役夫勞，不得回鄉！霜河清清兮，可知我愁，霜河咽咽兮，可知我憂。四愁賣兒苦，動輒參與商；再愁金戈起，萬里皆成荒；更有天之怒，巨浪滔天狂！」

薛蘅聽著這歌聲，似是癡了，一動不動。

謝朗環顧四周，頗覺興奮，想起京城的上元節燈會，尚不若這樣清美動人。見薛蘅還呆呆地捧著荷花燈，他忙提醒道：「蘅姐，放燈許願吧。」

薛蘅恍從一場夢中醒過來，她走到河邊蹲下身，閉上雙眼。耳邊的歌聲越來越淒涼，她雙唇微動，默禱幾句後將荷花燈點燃，慢慢地放入水中。

謝朗本站在一塊石頭上，見薛蘅放了燈，他興奮地跳下石頭，三兩步蹦到河邊，口中念念有辭：「老天保佑！」保佑什麼，他卻沒有說出來，念了兩遍就彎腰將點燃了草芯的燈放入水中。

薛蘅跪在地上，雙手合十。二人放下的燈在岸邊打著轉，卻不向前飄移。薛蘅神情漸轉淒然，只默默祝禱。謝朗在後看得急了，猛地蹲下，雙手不停撥著水，蓮花燈終於顫顫巍巍、晃晃悠悠地向前漂移。

謝朗笑道：「蘅姐，你許了什麼願？」

薛蘅不語，癡癡望著河面，心中覺得人間憂患千百年來從未減少，鋪天蓋地淨是滿目的悲涼。天地不仁，世人卑微的希望，就如這河中燈火在狂風中搖搖欲滅。她默然許久，終於潸然淚下。

謝朗從未見過這樣的薛蘅，一時慌了手腳，吶吶喚道：「蘅姐……」他驀地覺得眼前的這個女子，彷彿從不認識，但又好像是自有生以來就認識……夜霧從河上籠到了心中，只覺得一陣迷迷茫茫。

夜風忽然濃烈起來，二人先前放下的河燈剛飄出數丈遠，正遇上一股水流，被漩流吸得在水面上左右搖擺了幾下，便向一側傾覆。

微弱的兩點光，慢慢地熄沒在幽深河水中。薛蘅如遭重擊，臉色慘白，身形一晃，頹然坐下。

謝朗也「啊」的一聲站起，扼腕道：「可惜了……」

他正想著再去買兩盞河燈，轉頭見薛蘅神色，莫名地心中一緊，似有什麼東西緊攥住了他的心房。他猛地站起，連衣衫都顧不上脫掉，「撲通」一聲縱入河中。

水花濺到薛蘅臉上，她恍然清醒，站起來急呼道：「你做什麼？」

謝朗不管不顧，雙臂急划，埋頭游向前方。他衝得極快，不過片刻便衝到了那兩盞河燈傾覆的地方。所幸河燈用紙紮成，並未完全沉入水中，謝朗左手拿起河燈，單臂游了回來。

薛蘅看著他一身濕答答從水中鑽出，還像捧著珍寶似的將那兩盞河燈捧在懷中，不禁又好氣又好笑，「你這是做什麼？」

謝朗的頭髮全被打濕，水珠一串串自額前滴下，他卻渾然不顧，嘿嘿笑了一聲，「紙做的，烘乾就好了。」

他跑上河堤，眨眼工夫抱來了一大堆乾柴。薛蘅掏出火摺子點燃柴堆，他小心翼翼地捧著兩盞被水沁濕大半的河燈，既不敢隔近了，又不能太遠，這番烘烤實是有些費力。

薛蘅本在一邊蹙眉看著，可看到謝朗臉上那抹專注神情，馬上將到口邊的話嚥了回去。她自謝朗手中接過一盞燈，低聲道：「我來吧。」

謝朗抬頭向她笑了笑，火光照映下，他明朗的眉眼似驕陽當空。薛蘅的手微顫一下，不自禁地轉開目光，低聲道：「晚上風大，快把衣服烘乾吧，黏在身上容易著涼。」

謝朗「啊」了一聲，方覺得衣服濕答答黏在身上很不舒服，夜風清寒，他忍不住打了個噴嚏，搔了搔頭，不好意思地往火堆前挪動一下。薛蘅低下頭，差點忍俊不住。

良久，二人手中的河燈終於烘烤乾了，謝朗拿起一根點燃的柴枝，緩緩靠近燈心中的草芯。見微弱的火光亮起，他「哈」的一笑，得意道：「行了。」

薛蘅也忍不住泛起微笑，將手中河燈點燃，二人並肩站在河邊默念頃刻，又同時將手中的河燈放入水中。

此時風已轉輕，滿河明燈如螢光萬點，照亮天地。這燦然繁燈，甚至蓋住了在黑暗中流淌的河水，將霜河照得如同白晝。

謝朗轉頭看了看薛蘅，恰好她也於這一刻轉頭看了看他，目光相觸，皆看到對方眼中有微微光芒在閃爍。兩人又同時轉開目光，看向霜河。

人們的歌聲，似也隨著這片璀璨景象而歡悅起來。

薛蘅若有所悟，燈的光芒慢慢融入她眼眸之中。兩人都沒再說話，就這樣靜靜坐在霜河邊，看著滿河繁星一樣的燈火悠悠東去。

夜霧漸散，人們的歡語聲亦漸稀疏，唯有一輪明月越發皎潔，將清幽的光芒鋪滿霜河。

十三　紫鳳初鳴

薛蘅回頭看著晨曦中霜陽城的北門，嘴角不自覺地向上彎了一下，又回過頭用力抽鞭子，在春風中疾馳。謝朗急忙打馬跟上，雖然昨晚在霜河邊坐到東方發白，二人才回客棧稍稍闔眼，但他此時仍精神奕奕。

待駿馬奔出二十餘里，二人稍作歇息。

謝朗將水囊遞給薛蘅，薛蘅接過來喝了口水，自言自語道：「奇怪。」

「蘅姐，有何奇怪？」

「那個大鬍子，還有紫衣女子帶著的那幫人。」

謝朗細想，點頭道：「大鬍子一看就身負極上乘的武功，紫衣女子武功或許一般，但她背後的那些人，可個個都非常人。」
薛蘅微微搖頭，「她能讓他們甘爲隨從，只怕更非常人。我覺得奇怪的是，怎麼在江湖上從沒聽說過這樣兩號人物。按理說，那女子姿容出眾，大鬍子面相奇特，應當非常好認才是。」
謝朗歎道：「唉，只恨這麼錯過了，不能與他結交。」
「結交？你怎知他不是爲非作歹之徒？」薛蘅瞪了他一眼。
謝朗笑道：「依我看，這人雖來歷不明，但絕非宵小之流。」
薛蘅站了起來，「有緣自會再見，若你和他無緣，歎也無用。走吧，咱們趕快些，到白石渡再歇息。」
白石渡卻非渡口，只因這處山間有條溪流，溪水在山谷間被一塊白色巨岩攔成兩截，岩下尚有縫隙，溪水便由岩下噴湧而出，形成白沫飛濺的瀑布。遇雨後彩虹，瀑布宛如通往仙境的渡橋，故被稱之爲「白石渡」。
二人到達白石渡時，下起了霏霏細雨。謝朗將馬繫在山腳酒肆外的拴馬柱上，笑道：「等會兒若是天現彩虹，乾脆我們踏橋而去，當神仙好了。」
「你信這世上有神仙麼？」薛蘅反問。
謝朗笑而不語，薛蘅也忍不住微笑了一下。
謝朗心中歡暢難言，待踏入酒肆，更是眼前一亮，高興得向薛蘅直擠眼睛。酒肆內坐著四五位客人，而北面窗下，執壺豪飲、大口吃著牛肉的，正是那名在霜陽城中有一面之緣的虬髯大漢。
謝朗按捺住想上前攀談的衝動，與薛蘅坐下，點了一碟炒豆子、一碟鹹菜和數個饅頭。薛蘅看了看他的神情，掏了兩吊銅板出來。謝朗大喜，喚道：「老闆！」
酒肆當壚的卻是一位二十多歲的少婦，不知是喜愛白色還是家中有親人去世，通體皆素，纖腰盈盈一握，丹鳳眼含情脈脈，風情萬種。謝朗將銅錢遞給她，指了指那虬髯大漢，低聲道：「你送壺上好的酒過去，什麼都別說。」少婦接了，抿嘴一笑，謝朗也衝著她呵呵一笑，薛蘅別過頭去。

虬髯大漢只在少婦將酒壺放下時看了她一眼，又自顧自嚼著牛肉。

「大爺行行好，可憐可憐小的，賞口吃的吧。」一名瘸了腿的乞丐拄著枴杖顫顫巍巍走進酒肆，挨桌乞討。有人不耐煩地呵斥，謝朗忙招手道：「你過來。」

乞丐衝得過急，身子失去平衡，眼見就要跌倒在地，謝朗及時一把將他扶起，又將桌上的饅頭分了幾個給他。

見乞丐狼吞虎嚥，謝朗輕聲道：「慢點吃，別噎著。」他低頭看了看，瞧見乞丐腿上傷勢紅白相間，怵目驚心，遂向薛蘅道：「蘅姐，還有傷藥麼？」

薛蘅歎了口氣，「昨天用完了。」

她再掏出兩吊銅錢，謝朗接過，將銅錢放在乞丐手心。想了想，謝朗又叮囑道：「你小心收好，別讓人搶去了。不管再餓，先買藥把腿給治好，腿好了就有力氣，可以再去賺錢買吃的。」

乞丐激動得雙眼流淚，生怕自己骯髒的身子挨到大恩人，便咬著饅頭、捧著銅板，坐到酒肆門檻外，一個銅板一個銅板地數著。數完一遍，他似不敢相信，又再一遍一遍地數著。

謝朗看得心酸，連忙低頭，大口咬著饅頭。

這時又有人進來。薛蘅抬頭，見來人穿著一身皺巴巴的綢衫，搖著一把同樣皺皺的摺扇，奸笑兮兮，眼白多、黑瞳少，是集鎮上常見的地痞，旋又低下了頭。

地痞卻斜倚在櫃檯上，開始調戲那掌櫃的少婦，「素娥妹妹，我昨晚可夢見你了。」

少婦一把將他的手揮開，怒道：「白眼狼，滾開！」

「喲，丁家妹子，你在夢中對我那麼溫柔，讓我欲仙欲死，怎地這刻竟不認得哥哥了呀？」

這話不僅讓薛蘅聽得眉頭一皺，丁素娥尤氣得渾身發顫，指著酒肆門口喝道：「白眼狼，你若再這樣，我叫你爹來！」

白眼狼將扇子放在手心拍打著，得意道：「丁家妹妹，可真不好意思，我爹昨晚受了些風寒，此刻只怕連你的話都聽不清了。」

丁素娥慌了神，白眼狼已向她湊近，輕薄道：「妹子，你家掌櫃的癱在床上，你身子苦，心裡也苦，哥哥我都知道。不如讓哥哥我來照顧你吧……」

丁素娥尖叫一聲，從櫃檯後跑了出來，白眼狼卻不急，嘻嘻笑著來追她。

酒肆內有人看不過去，怒喝道：「成何體統！」

白眼狼將眼一瞪，「老子的乾爹是霜陽府的知府大人，誰敢在這兒聒噪？」

那人頓時噤聲，謝朗正要拍案而起，丁素娥已逃到了他背後。白眼狼追了過來，大大咧咧道：「臭小子，滾開些！」謝朗斜眼看著這個周算盤的乾兒子，冷笑應道：「我若不滾，你又如何？」

丁素娥見來了個不怕他的，便不再往別處躲。她站在謝朗和薛蘅中間，纖弱白嫩的手緊揪住謝朗的手臂，嬌呼道：「好漢救我！」白眼狼挽了袖子上前來拽她，口中道：「小賤人，今天看你躲到哪裡去？」謝朗氣得一腳踹過去，正中對方胸口，白眼狼仰面倒在地上。

酒肆內的人紛紛叫起好來，過了好一陣，白眼狼才晃晃悠悠地自地上爬起，怒道：「臭小子，我看你真是活膩了。」

「你別怕，我幫你出氣。」謝朗回頭安慰泫然欲泣的丁素娥，又看著白眼狼笑道：「少爺我還真是活膩了，不想做人，只想做神仙！」

薛蘅吃著豆子，忍不住橫了他一眼。

白眼狼氣得撲將過來，謝朗腳在地上一蹬，凳子橫移一尺，白眼狼撲了個空，跌了個狗吃屎，引得酒肆內的人哄堂大笑。白眼狼再爬起來，指著謝朗咬牙道：「臭小子，你有種就別躲！」

謝朗看了看薛蘅，見她目光柔和，這目光簡直和昨日戲弄周算盤後她望著自己時一樣。他心中一熱，便對白眼狼笑道：「好，少爺我就不躲，看你能把我怎樣！」

白眼狼在手心吐了口痰，一把撲過來緊緊抱住謝朗的腰，謝朗仰頭哈哈大笑。

就在這一剎那，酒肆內「砰砰」連聲，幾乎所有人都動了！

謝朗正哈哈大笑，想用沾衣十八跌的功夫將那白眼狼震出去，卻覺腰被他死死抱住，竟運不起眞氣。他大驚，雙臂甫動，卻被身邊的丁素娥用力扳住。此時她眼神銳利、手腕硬如堅鐵，哪還是剛才那個弱小女子，分明是個武林高手。

霎時間，謝朗瞥見薛蘅正被那幾名食客圍攻，她以一敵四，雖然暫未落於下風，但也撐得十分辛苦。謝朗大怒，雙目圓睜，右足暴踢，直取那白眼狼心窩。白眼狼一個側翻，輕輕巧巧避過他這一腳，左手卻仍扼住他腰間，右手則化扼爲戳來點他的穴道。

所幸薛蘅爲改變謝朗身形，在他腰間纏了幾圈厚厚的布條，白眼狼的指力只透了三分進來。謝朗穴道一陣酥麻，卻仍未倒地，只是晃了晃。白眼狼「咦」了一聲，重又抱住謝朗的腰，叫道：「十六，你來！」

那「丁素娥」應了一聲，清朗無比，卻不再是女子腔調，而是正宗的男兒聲音。「她」同時鬆開謝朗雙臂，右掌在他肩頭一按，身形輕巧地翻過他頭頂。

謝朗雙臂回復自由，本能地上舉去攻「她」，但「丁素娥」翻得極快，謝朗雙掌還未觸到「她」的裙角，「她」已落在他面前，駢指如風，正中他的膻中穴。

薛蘅本咬著豆子，微帶笑意閒看謝朗戲弄那白眼狼。謝朗仰頭大笑時，白眼狼抬頭，眼中閃著狡黠光芒。

薛蘅心呼不妙，嘴裡的豆子不及吐出，本能地前撲翻過了桌子，再在地上連滾數下，才避過從四面八方襲來似暴雨般的招數。她和謝朗坐著的桌椅，「喀嚓」數聲後立時裂成無數碎片。

圍攻薛蘅的共有四人，論單打獨鬥皆非她的對手，然這四人兵刃不同卻配合無間，相互呼應，攻則集雷霆之力，守則成犄角之勢。特別是其中一人手持木棍，招式簡單卻霸道異常，每一次揮出都在酒肆內激起一股狂風，這風從門口鼓湧出去，吹得酒肆門口的酒幡在空中疾速翻轉。這人棍法一旦攻出，其餘三人中的兩人配合急攻，另一人則護住此三人。這番攻守兼備，殺得薛蘅一時手忙腳亂。

薛蘅騰身間見白眼狼正戳向謝朗穴道，而他顯已無法躲閃。她心中一急，穿雲裂石般長嘯一聲，身形忽然間變得輕靈飄忽，手中寒劍如在空中幻開了一朵朵銀色蓮花，「鏘鏘」連聲。那持棍者吃不住，連退十餘步，仰倒在地，右肩處鮮血涔涔而下。

其餘三人也被這段劍勢晃花了眼，退開幾步。

薛蘅精神大振，拔身而起，正待拚著內力受損欲再度運出「青雲十二劍」，卻聽白眼狼得意之聲傳來：「薛閣主，咱們好好談一談吧。」

薛蘅努力不讓一口真氣洩掉，飄然落地。只見謝朗滿面羞怒之狀坐在椅中，顯是穴道被制，而白眼狼正將一把森寒的匕首對準了他心口。

不過數招，謝朗被制，使棍者受傷倒地，薛蘅收招。

酒肆內一片狼藉，桌椅碗筷都被那使棍者掃落在地，唯有北面窗下的桌椅完好無損。虯髯大漢狀似旁若無人，仍繼續喝酒吃肉，他只在薛蘅使出青雲十二劍傷了那使棍者時，眼中暴現光芒，但瞬間又恢復寧靜。門檻外，那乞丐早嚇得直哆嗦，癱軟在地。

薛蘅劍橫胸前，冷冷注視著白眼狼和「丁素娥」，不發一言。

「啪啪啪啪！」清脆的拍掌聲響起，一人撩起布簾，從後屋從容不迫地邁出來，笑道：「薛閣主好功夫，佩服！」

說話者唇角微勾，笑得黑眸流光，十分明麗，頗顯清貴雍容的氣度，正是薛、謝二人曾在霜陽府中偶遇過的那位紫衣女子。紫衣女子走到使棍者身邊，關切問道：「三哥，傷得要不要緊？」

使棍者按住傷口，血從他指間汩汩而下，他卻毫無痛色，笑答：「大小姐放心，皮肉傷罷了。」

紫衣女子放下心，站起來向薛蘅拱了拱手，「薛閣主請了。」

薛蘅凝目看了她一眼，又看向謝朗，謝朗羞愧得別開臉。

一人搬了把椅子過來，紫衣女子意態瀟灑地坐下，微笑道：「薛閣主，打鬥傷和氣，咱們做筆買賣如何？」

「我薛蘅從不和不知姓名的卑鄙小人做買賣！」薛蘅冷哼道。

紫衣女子笑吟吟道：「閣主此話差矣！當年青雲先生輔佐太祖打天下，也使了不少陰謀詭計，否則今日這天下可不一定姓秦。」見薛蘅抿嘴不言，紫衣女子又是一笑，「也罷，爲表示對閣主的尊重和我們的誠意，何妨自我介紹。在下姓柴，單名一個靖字，在家排行老大，大家都叫我柴大小姐。」

薛蘅眉頭微蹙，柴靖已寬手，從使棍者開始一一介紹，「這是三哥，七哥，十一哥，十二哥。」她指著仍嫋嫋娜娜站在謝朗背後的丁素娥道：「這是十六哥，雖然他有時會變成十六姐來嚇人。」

丁素娥聞言大笑，「大小姐過獎了，是那些小子不經嚇。」他聲音清亮悅耳，略帶一絲磁性，道地的男子喉音，偏偏膚如曉月、腰似春柳，就連那十指亦是纖白細嫩。倘不開口，真的很難讓人相信「她」竟是男兒之身。

白眼狼的七首仍緊緊抵在謝朗心口，側頭笑道：「我就不用大小姐介紹了，本就姓白，白十三是也！」

「你還是叫回你的白眼狼好些！」丁素娥啐了他一口。

白十三嘻嘻笑道：「我若真成了白眼狼，誰來替十六你疊被鋪床呀？」

丁素娥惱了，用腳來踢，白十三笑著躲過，刃尖在謝朗心口旋了一圈，卻始終沒移開半分。

薛蘅冷眼看著，只在白十三與丁素娥笑鬧時，雙眸微不可察地瞇了一下，終不得機會下手，不由在心底歎了口氣。

柴靖舉起右手，白十三和丁素娥旋即肅容站定。柴靖吩咐道：「十六哥，麻煩你送一壺酒給那位朋友。」

丁素娥應了，從櫃檯後取出一壺酒，送至北面窗下虯髯大漢桌上，恭敬道：「大小姐請您喝一杯。」

虯髯大漢仍在淺酌慢飲，並不看「她」，也沒推卻。丁素娥知這是他要袖手旁觀的表示，放心地退了回來。

薛蘅腦中迅速回憶著，目光落回丁素娥身上，終於豁然開朗，冷冷道：「原來是穆帥手下的十八虎將！果然出手不凡，幸會！」柴靖一愣，轉而笑應：「閣主好眼力！」

薛蘅的話一出，謝朗雙眼猛然睜開，他哪料得到暗中設局偷襲、以卑鄙手段制伏自己的，竟是劍南穆燕山手下的十八虎將！他目光從這六人面上一一掠過，似要將他們的相貌牢牢記在心中。

丁素娥笑道：「謝將軍可看清楚了，到了地府也好向閻王爺告上一狀，莫認錯人。」

「十六哥又嚇人，誰說咱們要取謝將軍的命了？可還得經過薛閣主同意呢。」柴靖嗔道，她望向薛蘅，微微而笑，「薛閣主，我說的這筆買賣呢，就是拿謝將軍來換你背上的東西。」

謝朗聽她這話，頓時熱血沸騰。無奈穴道被制，不能動彈，便大聲道：「蘅姐，別理她！你快走，不用管我！」

白十三嘖嘖出聲，搖頭道：「真不愧是驍衛將軍，夠膽色！只不知這匕首刺進去後，你還能不能嚷得這麼大聲。」謝朗瞪了他一眼，譏道：「真是個蠢蛋！你試一試，不就知道了？」

白十三聞言噎住，丁素娥笑得媚眼如絲，打趣道：「白眼狼，你可又有個新外號了！」

薛蘅將司詹這幾年在冊子中所作記載想了又想，仍想不起這位柴大小姐是何人物。穆燕山手下，何時出了這等外表光風霽月、笑起來讓人如沐春風，手段卻狠狡如狐狼的厲害之人？更何況這人，還只是個十八九歲的姑娘！而且看樣子，十八虎將中的這幾位對她頗爲服從，她究竟是何來歷？

柴靖見薛蘅面上冷如冰霜，微笑道：「薛閣主好好考慮一下，柴某不急，有的是耐心。」

薛蘅聽到「柴某」二字，猛然省悟，心中一凜，難道，穆燕山與劍西柴氏聯手了麼？她望向柴靖，淡淡說道：「柴大小姐，如果我薛蘅不答應你的條件呢？」

「對、對、對，蘅姐，千萬別答應。」謝朗大喜。

柴靖表情微露遺憾，「雖然留不住薛閣主，但能取回謝將軍的人頭，穆帥也定會欣喜萬分。」

薛蘅冷笑道：「你就不怕還沒將謝朗的人頭送回劍南，自己的人頭先落地了麼？」

「我和眾位哥哥既然敢來，自然就有辦法回去。」

薛蘅語氣豪爽乾脆，拱手道：「謝朗這小子本就礙事，我就把他交給柴大小姐了，告辭！」說罷，她看也不看謝朗，轉身往外便走。

白十三冷笑一聲，手中匕首緩緩推進，謝朗心口劇痛，鮮血一絲絲沁出來，卻緊咬牙關不發出半點聲息。他早知道薛蘅必不會答應柴靖的要求，但聽她親口說出來時，不知爲何，心尖還是疼了一下。

柴靖看著薛蘅一步步走向門口，眼睛微微瞇起。白十三眼見薛蘅就要踏出門檻，禁不住略顯慌亂，看向柴靖。柴靖輕輕搖了搖頭，左手悄然舉起。

薛蘅走到門檻前又停住，似想起了一事，回頭道：「對了，煩請柴大小姐回去代我向穆帥問安，就說我多謝他上次援手之德。」

屋內諸虎將齊齊一愣，不知道老大何時對這天清閣閣主有了援手之德。

柴靖猛然變色，來不及發出命令，薛蘅已趁眾人齊齊愣住的這一剎那，以平生從未有過的速度撲向門檻外的那個乞丐！

乞丐猛然抬頭，雖已不及站起，卻並不慌亂，左右掌迭次攻出。薛蘅早料到他這招式，撲出之時便將長劍橫在胸前。乞丐眼見自己的十指就要被劍刃削斷，只得急急撤掌，薛蘅左掌旋即按上了他胸口，喝道：「站起來！」

乞丐眼睛射出仇恨的目光，緩緩站起。他屢次運氣想擺脫薛蘅左掌，但她手掌卻似黏在了他胸口，如同索命的陰魂，無從擺脫。

薛蘅側頭看著要撲過來的丁素娥等人，嘴角微露笑意，「柴大小姐，看在你甚有誠意的分上，薛某要與你做一筆生意。」

柴靖已然恢復鎮定，她不慌不忙地站起，拍著手掌道：「精彩、精彩，薛閣主著實教我驚喜！」

薛蘅對柴靖的氣度頗爲欣賞，道：「柴大小姐過獎了。」

二人眼鋒相觸，俱都微微而笑，心中皆不禁大起惺惺相惜之意。

柴靖道：「生意做不做先放下，不知薛閣主能否坦誠相待，告訴柴某是如何認出我九哥的？」

乞丐略動一下，薛蘅冷聲道：「我天清閣有門絕學，可一掌震斷人的心脈。」

「九哥別動！」丁素娥衝前兩步。

薛蘅看了他一眼，淡靜道：「二十年前津河洪災，有兩名少年同時失去了親人，流落到劍南，被劍南『南蒲社』的梅師傅收爲徒弟，一學花旦，一唱武生。十二年後這二人名聲大噪，卻也招來了殺身之禍。」

她淡淡說來，言語中不帶半分情緒，丁素娥卻慢慢低下了頭。

薛蘅續道：「有勢力強大者看中了花旦的美貌，燒了南蒲社，殺了梅師傅，搶了花旦。那武生勇闖敵府，在身中十餘劍的情況下殺了仇人，救出花旦，自己卻奄奄一息。」

丁素娥抬起頭，神情悽楚地望向薛蘅掌下的乞丐，乞丐卻不看他，閉上了雙眼。

柴靖歎道：「這武生確是義薄雲天的漢子，實在讓人佩服。」

「花旦正絕望之時，穆燕山路過救下這二人。他用盡寨中的靈丹妙藥，並不惜犧牲自己的內力，將武生從鬼門關上拉了回來。從此，武生和花旦便對穆燕山忠心不貳，在十八虎將中分別排行第九和十六。」

柴靖點頭，笑問：「卻不知閣主怎地看出他就是九哥，莫非是他扮得不像？」

薛蘅搖了搖頭，「不，他扮得很像，我倒也未瞧出破綻。只多虧了兩點：武生從不離花旦，花旦既在此，武生在哪兒？還有，柴大小姐怎就知道我薛蘅定會答應你的條件呢？我若不答應，逕自跑了，你拿著謝朗豈不是個燙手山芋？所以，你必得防我這一手，在門口設下最後關卡。」

柴靖大笑，「佩服、佩服，今日與閣主交鋒，實是暢快！」

薛蘅逼視著她，緩緩道：「只不知柴大小姐願不願意做這筆以人換人的生意？」

「行！」丁素娥脫口而出。

乞丐眼睛猛地睜開，怒道：「十六！你忘了老大說的麼？此次行事，一切聽大小姐的，你休多嘴！」

丁素娥轉過頭去看柴靖，柴靖想了片刻，望向門外。此時門外雨勢趨小，但從酒肆門望出去，西南面天空仍是一片低沉灰霾，雲在天際捲湧，如萬馬奔騰又似怒雪驚濤，顯見遙遠的西南方正醞釀著一場暴風雨。

柴靖負手而立，室內所有人的目光都凝在她面上，她卻始終緊抿雙唇，靜望著門外的雨，雙眸微微閃爍光芒。丁素娥急得用目光去求那三哥，三哥頗感爲難，丁素娥漸露出絕望神色。

柴靖忽地收回目光，望向薛蘅，眸中凌厲光芒一閃即逝。她點點頭，毅然道：「好，我柴靖就和閣主做回朋友，這筆生意，成交！」

丁素娥大喜，白十三微皺眉頭但終未表示異議，謝朗眼睛睜得老大，乞丐也張開雙眼，屋內八九位大男人望著針鋒相望的兩個女子，心中都說不上是何滋味。就連窗下的虬髯大漢也放下了手中酒杯，他看看薛蘅，目光又在柴靖面上盤桓良久，面上露出幾分欣賞讚訝之意。

柴靖將手一揮，「十三哥，放人！」

白十三本就對她答應換人頗感不滿，這下更不高興了，「大小姐，讓她先放！」

「我相信閣主的爲人，放吧。」柴靖一笑。

白十三將手在眼上一抹，取出兩塊白白的東西，他那「白眼狼」似的眼珠頓時恢復了神采，整個人也隨之變得陽剛，不再像個猥瑣奸笑的地痞。他用力解開謝朗穴道，不甘心地哼了一聲，將謝朗往前一推，「滾吧，小子。」

謝朗一個踉蹌，卻不忘回敬道：「謝了，蠢蛋！」

白十三恨不得將他再拖回來，可看著柴靖的神色，終將滿腔忿然壓了下去。

謝朗一步步走向薛蘅，快要脫離六虎將的攻擊範圍之時，卻聽柴靖喊了聲：「慢著！」

「大小姐想反悔不成？」薛蘅目中銳意劇增。

柴靖道：「閣主誤會了，我怎會反悔。只是我今日與閣主一見如故，恨不能促膝夜談。咱們既換了人，也不再是敵人。閣主乃當世第一巾幗英雄，不知閣主可否答應，與我比試比試？」

薛蘅怔了怔，再仔細打量了柴靖一番，道：「不知大小姐要如何比法？」

「論武功，我定非閣主的對手。我想和閣主比三場，前兩場是棋道和兵法，第三場嘛，我到時再定，就怕閣主不敢接招。」柴靖笑得雲淡風輕，連她眼中隱隱的鋒芒都似被這笑容悉數融化。

謝朗本能地回頭，怒目而視，「隨你要比什麼，我蘅姐豈會怕你！」

柴靖撫掌大笑，「痛快！」

謝朗躍回薛蘅身邊，薛蘅將乜丐運力一推，丁素娥忙將他接住，卻被一股大力撞得連退幾步。丁素娥心中嘖嘖稱讚，難怪大小姐要定下劫謝朗、脅迫薛蘅的計策，似薛蘅這等內力和武功，她若不顧及謝朗而強行突圍逃逸，便是幾兄弟齊上亦保不定能夠將她攔下，即使攔下了，只怕也難免傷亡慘重。

乜丐卻怒哼一聲，顯是想起因自己被薛蘅生擒而令大夥的行動功虧一簣，又羞又怒，不禁忿忿然盯視柴靖一眼。

那邊七哥等人已迅速扶起了桌子，擺好了棋盤。柴靖將手一引，「閣主，請！」

薛蘅端然入座，柴靖也不慌不忙地坐下，由薛蘅先行，她應勢落子。

薛蘅行棋很慢，絲絲入扣、前後相應，柴靖卻接得很快，殺氣隱露、步步緊逼，儼如吱呀慢拉的二胡，和著慷慨激昂的燕山大板。不管大板如何鏗鏘有力，二胡卻總能在它落拍的間隙，逸出一絲綿長的曲音。

棋過中路，薛蘅越下越快，柴靖反而越下越慢。再下十數手，薛蘅在西北角落下一子。柴靖本安靜放在桌上的左手手指，控制不住地輕點數下，她再凝眉想了有頃，笑著推手，「閣主高明！」

薛蘅頷首道：「大小姐過獎。大小姐若能單獨在山洞中修行半年，薛蘅將再也不是你的對手。」

柴靖若有所悟，回頭道：「三哥，你幫我記下這話，下次穆帥要關誰的禁閉，我便去代勞。」

白十三嘀咕了一句：「老大捨得麼？」

兵法一場，卻無現成的沙盤地圖，二人遂開始了「舌戰」。

有別於謝朗素日與陸元貞或裴無忌等人所常議千軍萬馬的兵法之道，柴靖一上來只拉起了一支百人左右的隊伍。謝朗不禁在心中嘀咕：「一百人，對於邊境來說不過是支巡邏小分隊，再打也成不了氣候啊。」薛蘅卻神色鄭重，總要思忖良久才定下應對之數。

柴靖手中的兵數逐漸增多，謝朗也慢慢聽出了名堂。柴靖手中兵數雖不比薛軍，但打得靈活至極，不與強敵正面交鋒，待強敵疲累了，她再不時來幾次偷襲燒糧之舉，且經常在深山老林中神出鬼沒，較丹國騎兵更顯得來無影去無蹤。

想起薛蘅曾經和自己討論過的，謝朗省悟，柴靖竟是以在穆燕山這些年的戰爭實例，來與薛蘅交鋒。他站在薛蘅背後，越聽越心癢難熬，實在忍不住時，便要插上幾句。白十三被他罵了蠢蛋，極不甘心，反唇相譏，於是薛、柴二人鬥法，這二人間或鬥嘴，聽得丁素娥等人連連搖頭。

柴靖嗓音極清澈，又含著一絲刀鋒銳氣；薛蘅聲音不高，亦隱隱有股浩然氣勢。二人本針鋒相對，刀光劍影，但說到後來，薛蘅卻屢次遲疑不決。再戰數個回合，薛蘅已沉吟不語。

柴靖喚了聲：「薛閣主！」

「穆帥果乃不世出的兵家奇才，薛某甘拜下風。」薛蘅盯了對方一眼。

柴靖嫣然一笑，「看來閣主對我們穆帥挺瞭解的。只不過正因爲閣主太過瞭解，不知不覺中，便把坐在對面的人當成了穆帥，而非我柴靖。」

薛蘅恍然，道：「穆帥有柴大小姐輔助，眞是如虎添翼。」

「閣主過獎了。」柴靖落落大方地拱手。

前兩場打成平手，大夥兒皆目不轉瞬地盯著柴靖，看她第三場要玩啥花樣。觀戰之人一生中都從未見過兩個女子這般交鋒，俱在心中嘖嘖稱奇，又大呼過癮。

柴靖微微笑著，從袖中取出一卷紙，展開推了過來，道：「這是第三場比試的題目，只要閣主能答對這百道題目中的五十道，就算我輸。」

眾人大奇，不知這紙上寫的是何題目，難道竟有一半能難倒這位以博學才智著稱的天清閣閣主不成？

謝朗接過題目，一掃而過，見那上面寫著的淨是些「梧州去歲九月米價幾何？」、「房山府胥吏私加給百姓的戳頭幾何？」、「景安六年，海州遇海嘯，海嘯後，海州户籍人數減爲幾何？朝廷遷民，人數又幾何？」之類的問題。謝朗愣了頃刻，再想了想，才遞給薛蘅，「蘅姐，你看！」

薛蘅接過細看，眉尖一挑，望回謝朗，「遠弟，這局由你來答。」

柴靖含笑看著二人，道：「也行，謝將軍若答出五十道來，我一樣認輸。」

謝朗卻緊閉雙唇，最後下定決心，硬邦邦道：「我一道題也不會！」

薛蘅並不驚訝，也不言語，只讚許地看了謝朗一眼。白十三等人一陣歡呼，柴靖面上卻無太大歡喜，反而有著淡淡的失望，道：「倒是我小瞧了謝將軍。閣主和謝將軍都乃大智大勇之人，這局仍算我們平手吧！」

七虎將大爲不解，不懂柴靖爲何要將明定的勝局說爲平手，今日儘管奪書不成，但若能勝了天清閣閣主，回去向老大也好有個交代。

「小小女子，野心不小，竟敢與七尺男兒一比高低。」謝朗斜睨了柴靖一眼。

柴靖面上閃過一絲惱怒，卻又盈盈笑道：「薛姐姐也是女子，謝將軍莫非瞧不起你的蘅姐不成？」

謝朗噎了一下，終道：「你怎能與蘅姐相比？」

柴靖歎了口氣，向薛蘅道：「此番與閣主交手，實乃平生快事，只恨不能與閣主長談。山高水遠，後會有期，就此別過！」說罷她拱了拱手，又瞄了瞄窗下的虬髯大漢，隨即帶著七虎將飄然出了酒肆。

白十三出門之時，忍不住向謝朗瞪了一眼，謝朗自然毫不示弱地瞪了回去。二人眼睛越瞪越大，直到那三哥怒喝，白十三才悻悻轉頭，卻還往地上「呸」的一聲吐了口水，甫揚長而去。

薛蘅望著柴靖遠去的身影，面上神情似讚歎又似不捨。她忽然踏前兩步，大聲道：「柴大小姐若是有意，薛蘅在孤山隨時掃榻相候！」

春風撲入酒肆，帶來柴靖悠長的回音：「多謝閣主！倘有機會，柴靖定來討杯水酒！」

細雨不知何時停歇，白石渡山峰間，一道七彩長虹將東北面天空映得燦爛絢麗。

柴靖站在山腰處，望著這彩虹，忽道：「九哥，你信這世上有神仙麼？」

已丟掉乞丐裝、換回一身青色長衫的九哥一直怏怏不樂，低聲回道：「神仙一說太過縹緲，信則有，不信則無。」

柴靖微笑道：「說得好，信則有，不信則無。可見九哥是個不會怨天尤人，十足頂天立地的好漢子。」她轉過身來，平靜地看著九哥，「九哥，阿靖知道你不開心。你是不是想問我，爲何要答應薛蘅的條件，以謝朗換你，而放棄《寰宇志》？」

九哥低頭道：「若是我在戰場上被敵人生擒而用來威脅老大，老大再怎樣心痛，仍會以大局爲重的。」

柴靖搖搖頭，微笑道：「不，九哥，你錯了。我相信，今日若是穆帥在此，他也定會答應薛蘅的條件。」

其餘虎將都凝神想著，老大若是當此情境，又會做何決斷？九哥問了出來，「爲何？」

柴靖微微一笑，誠聲道：「九哥，再珍貴的書也比不上人珍貴，若人死了，要書又有何用？穆帥當年拉起大旗，爲的就是讓弟兄們能活得好些，如若人都不在了，他即使奪了《寰宇志》、奪了這天下又有何用？」

她再環顧四周山野，傲然道：「更何況，這世上本無什麼神仙寫的天書。不管再珍貴的書，總是人寫出來的。他殷國有人能寫出來，我就不信我們寫不出來！信則有，不信則無，事在人爲罷了。劍南兒郎，江東俊傑，難道還不如殷國這日薄西山的老大帝國？」說到最後，她豪氣勃發，竟有種睥睨一切、傲視萬物的氣概。

七虎將心中既感動又折服，齊齊應道：「是，大小姐。」

九哥突然跪下，猛地抽了自己一記耳光。柴靖急忙俯身將他扶起，二人相視而笑。

卻再聽見「啪」的一聲，白十三也狠狠抽了自己一記耳光。十六已換回了男裝，斜目諷道：「十三哥，你皮厚，多抽幾下沒關係。」這話說出，白十三嘿嘿笑了一聲，虎將們齊齊大笑。

柴靖遙望西南方，那邊的風雲仍在捲湧，但黑沉雲層內卻似開了個天眼，金光從中縷縷射出。這幅奇特的景象，與東北方天空湛藍如洗、彩虹依稀形成鮮明的對比，眾人看著此等景象，個個心醉神馳。

柴靖微瞇著眼，輕聲道：「劍南城，只怕又要下暴雨了。」甫又粲然一笑，「該做的事做了，想看的也都看到了。眾位哥哥，咱們這就回家吧。」

虎將們齊聲笑道：「好！回家！」一起擁著她下山而去。

十四　風塵出奇俠

雨後晴光，慢慢滲入酒肆內。

薛蘅站在門口，看著柴靖等人的背影消失不見，喃喃道：「眞乃奇女子也。」

「確然！」粗豪的聲音震得酒肆屋頂的灰塵簌簌而落，薛、謝二人回頭，只見窗下的虯髯大漢振衣而起。他似是醉眼朦朧，腳步卻穩如青松。他大步走到門口，與薛蘅並肩而立，望著柴靖遠去的方向道：「此女面相清貴難言、性格剛毅果決，必非池中之物！我看他日此女必會名揚天下！」

薛蘅眉尖微挑，虬髯大漢已轉頭看向她，微笑著拱手道：「在下張若谷，今日得見當世兩位巾幗英雄巔峰對決，實乃平生幸事。他日有緣，再向薛閣主請教！」不待薛蘅說話，他已闊步遠去。

直到虬髯大漢的背影也不見了，薛蘅才回過神來。見謝朗神色複雜坐在椅中，眉頭深鎖，她急忙過來問道：「方才傷得很重麼？」

謝朗仍是悶悶不樂，薛蘅以爲白十三下手狠絕，忙蹲下來一把撕開他胸前衣襟，乍見鮮血將他心口處染得殷紅一片。她心中一急，再待細看，謝朗已將衣襟快速掩上，輕喚道：「蘅姐。」

「嗯。」薛蘅抬頭望著他。

「你……」謝朗躊躇了好一陣，終於問道：「蘅姐，若是、若是你沒拿住那個九哥做爲要脅，又不肯拿書換我，他們眞的將我殺了，你會怎麼辦？」

薛蘅愣了一下，站起來淡淡說道：「你若死了，我拿命賠你就是。」

「啊……」謝朗一窒。

只聽薛蘅又淡淡地繼續道：「只是，你可不一定高興和我一起死。」

謝朗脫口而出：「我高興！」

話一出口，二人都呆了，心中俱是一陣不自在，忙把目光挪開，十分尷尬。酒肆內，只聞謝朗略顯沉重的呼吸聲，和門口酒幡在風中捲舞的颯颯聲。

突如其來一聲「喀嚓」，二人驚得齊齊轉頭。原來是一把椅子先前被十八虎將中的使棍者掃得斷裂了一條椅腿，搖搖欲墜，此刻終於傾倒。

薛蘅不知爲何，竟暗暗鬆了口氣，她一邊往酒肆外走，一邊道：「既無大礙，咱們趕緊走吧，這裡打成這樣，里長不多久便會過來查看。」

她解下馬韁，謝朗跟上，他覺得胸口漲漲的，似是歡喜又似不是，反正是自己從沒有過的感受，不禁一陣迷糊。

馳出數里，涼風過耳，他總算清醒了些，細想前事，遂又悶悶不樂。

薛蘅側頭看見，拉住馬韁問道：「怎麼了，疼就別死撐著。」

「沒事，皮肉傷而已。」謝朗忙道。但一想起今日遭人暗算，被擄爲人質，實乃生平大辱，他憤懣難平，不由得問道：「蘅姐，你爲何要對這幫逆賊如此客氣？」

薛蘅目光深深盯視他一眼，緩聲回道：「兩百多年前，本朝太祖皇帝剛舉事時，亦曾被人稱爲『逆賊』、『流寇』。」

謝朗頓時目瞪口呆。他天天聽著長輩「忠君愛國」的訓誡長大，謝峻尤時時教導他要「以君爲天，爲聖上分憂，以青史留名」，儘管他從小脫略不羈，覺得聽著這些陳詞濫調厭煩得很，但內心深處畢竟還是有些被潛移默化了的。薛蘅這話，他從沒在其他人嘴裡聽到過，雖然他有時自己看史書時也會對書中記載心存懷疑，不過這些念頭多半一閃而過，都悶在自己心裡，從沒跟人談起。而且，薛蘅這話頗有點大逆不道，不但將太祖皇帝給罵了，連她的祖師爺青雲先生都罵了進來。她竟敢說出這樣的話？謝朗心中既震撼，又有點蠢蠢欲動的欣喜。

薛蘅繼續說道：「你久居京城，自是不知道。朝廷之人口口聲聲將穆燕山罵爲逆賊、山寇、叛軍，但你可知，跟隨穆燕山的那夥人又是怎麼罵我們的朝廷？」

謝朗閉緊了嘴巴。

「那些人原本都是普通的老百姓，若非眞的被生活逼得無路可走，誰又願去做逆賊呢？」她看了看謝朗的神情，明曉他這種世家子弟家教嚴謹古板，儘管「涑陽小謝」飛揚叛逆之名在外，恐怕「忠君報國」的思想亦仍是根深蒂固的，便不想再和他討論下去，只淡然道：「你說我對柴靖太客氣，先撇開她確實值得尊重不說。你可知，朝廷現下對穆燕山是打也打不得，罵也罵不得，還得哄著他，生怕他劃地稱王。」

這話，謝朗倒和平王等人同樣談起過，馬上微微點頭。

薛蘅偏頭看了看西南方向，道：「朝廷這三年和丹國交戰，想來國庫中的銀子也耗得差不多了，劍南又隔著天險濟江，朝廷如今哪還拿得出巨款來組建一支強大的水軍，打過濟江、收復南方呢？」她策馬與謝朗並肩慢行，「朝廷眼下最怕的，就是穆燕山劃地稱王。他若真的稱王，打還是不打呢？不打的話，既失國土又失體面威嚴；若是要打，該拿什麼來打？目前南方諸路勢力都看著穆燕山，只要他一稱王，其他各方隨會有樣學樣。到時，朝廷又應如何是好？若真的掀起潑天戰事，吃苦的還是老百姓。」

謝朗默默聽著，低聲道：「難怪這個柴靖，如此大搖大擺地帶著他們來，竟是有恃無恐。」

「穆燕山從不打無把握之仗，他若非有恃無恐，又怎捨得將手下愛將送入危險的境地。」

謝朗冷哼道：「怕就怕穆燕山野心不小，遲早會劃地稱王。你看今天柴靖寫的那些問題，竟涵蓋了殷朝近年最要害的國計民生大事，打死我都不信她只是問著好玩。」

「你做得不錯，她氣度也不差。」

謝朗狠聲道：「不管怎樣，遲早我要與他穆燕山會上一會！」

薛蘅用力抽響馬鞭，丟下一句：「八年以後吧。你會穆燕山，我還要再會一會柴靖！」

這一日實是驚心動魄，直至子時初，謝朗猶未睡著，在樹下翻來覆去。

見薛蘅納氣回谷，睜開雙眼，他忙坐了過去，「蘅姐，別練了，和我繼續說說穆燕山吧。」

薛蘅提起長劍，擦了擦劍身，「我還要練劍。」

謝朗央求道：「今天就別練了，和我說說吧。」

「不行，我夜夜都要如此練功，你先睡吧。」

謝朗歎了聲，道：「眞沒勁。蘅姐，你爲何要這麼苦著自己？人生有趣的事情多了，爲何要將全部光陰都用在練功上面？」

「勤有功，嬉無益。不苦練，武功本領哪裡來？」薛蘅冷笑一聲。

謝朗大笑，「我可不這麼想。」

「你怎麼想？」薛蘅站了起來，擺了起手劍勢。

謝朗身子一躍，雙手攀上樹枝吊著搖了幾下，又跳下地，笑道：「在我看來，不管學什麼，都定要學得開心、練得高興。喜歡才去學，不要苦著自己、勉強自己，若是學得痛苦，不如不學。」

薛蘅愣了愣，劍勢凝住。她若有所思，可瞥見謝朗得意的表情，又冷哼一聲，「笑話！你怎知我不開心，我學得高興得很！」

謝朗只得悻悻讓開，坐回樹下看著薛蘅練劍。她劍勢很怪，一時輕靈飄忽，一時凝重如山。謝朗看了有頃，漸覺雙眼餳澀，喃喃道：「蘅姐，你怎能一劍挽出二十個劍花？」

薛蘅聽了奇怪，自己頂多能一劍挽出十個劍花，他怎地數出二十個來了？她收劍轉頭，忽覺眼前一暗，似是火堆熄滅。她一驚，拔身而起，避過從腳下土裡冒出來的凜冽寒光！

「蘅姐，你在哪裡？」謝朗焦灼的呼聲傳來。

薛蘅左手攀住樹枝，不敢落地。周遭一團漆黑，謝朗的聲音彷似就在耳邊，她遲遲未敢應答，方才從地底鑽出的寒光實在太過詭異，讓人不寒而慄。可她凝目細看，卻再無動靜，難道是自己的幻覺？

「蘅姐，沒事了，下來吧。」火光亮起，謝朗在樹下招手。薛蘅吁了口氣，鬆開左手，飄然落地。

豈料她剛一落地，四周又是一暗。薛蘅保持著幾分警惕，雙腳如鐵釘般釘在地上，上身急往後仰。可極細微的破空聲過後又再無動靜，薛蘅絲毫不敢動彈，屏息靜氣，保持著戒備姿勢。

謝朗的聲音還在四面八方迴響，「蘅姐，你在哪兒啊？」

他的聲音十分焦灼，薛蘅忍不住張開了口：「我在……」

突然爆出「轟」的一聲，薛蘅及時將劍尖在地上一點，借這一點之力硬生生將身子挪開數尺。待她再落地，周遭大亮，她先前站著的地方竟出現了一個巨大土坑，謝朗也表情茫然地站在樹下，他手持長槍，槍尖上挑著一塊黑布。

這番遇襲，實是從沒見過的詭異恐怖。若非謝朗槍尖上的黑布和那個大土坑，二人幾乎就要懷疑不過是自己做了一場夢而已。究竟是何人暗襲？

這情景太過詭異，二人覺得這處山林中危機重重，趕緊上馬，乘夜前行。

趕到東方發白，謝朗才鬆了口氣，道：「蘅姐，咱們歇歇吧。」

薛蘅同覺神經太過緊張，便點了點頭，二人遂在山路邊坐下。

謝朗剛仰頭喝了口水，忽然怒喝一聲，槍尖如巨龍探珠，深深捅入黃土之中！似有什麼人慘嚎了一聲，但一瞬即逝，謝朗將槍尖抽出來，上面僅餘鮮血一滴。

謝朗怒極，將槍尖在土中連捅，卻再無動靜。而那邊，薛蘅也望著自己在樹幹上連砍的十餘劍怔怔發愣。

二人不明白究竟有多少敵人在跟蹤自己，也不明白這些人究竟是何來歷，只得再打馬上路。可等到再下馬歇息，竟又遇到了同樣的暗襲，薛蘅更不知被從哪裡擲來的利刃割破了左手。

謝朗氣得目眥欲裂，提了長槍站在路中間怒罵：「王八蛋！兔崽子！有種出來和爺決戰，只敢偷襲，算什麼英雄好漢？鬼鬼祟祟的王八羔子，小心生兒子沒屁眼！」

薛蘅聽得眉頭一皺，謝朗恨恨道：「若是義兄在，定要罵得他斷子絕孫！」言下之意，是說他還罵得太文雅了。他見薛蘅責怪的神情，道：「蘅姐你別怪我，我生平最恨這種放冷箭的卑鄙小人，連面都不敢露，我看他們做人都不配，去做地裡的蛆蟲好了。不，他們連做蛆蟲都不配！」

薛蘅將手略略包紮後就又趕著上路，誰知暗襲仍接踵而至，二人一停下馬便要面對詭異的偷襲，偷襲者卻始終不曾露面。

這番追殺，實讓人筋疲力盡。謝朗更是來了脾氣，揚言定要像赤水原一樣，拚著三天三夜不闔眼，倒要看看這些王八蛋長何模樣。

躲到黃昏，薛蘅覺得如此下去不是辦法，便提議道：「咱們別在野外歇息，再趕幾十里路，進城找家客棧。人多，那些人就不好下手了。」

謝朗點頭稱是，正要催馬，眼前驟然颳起了一陣狂風。

耳聽謝朗暴喝連連，薛蘅心焦，於狂沙中尋找他的身影，可那些風沙好似凝滯了一般，讓她看不到半點景物。她正要下馬，風沙卻急促旋轉起來，鋪天蓋地撲面而來。薛蘅怒喝一聲，長劍直刺沙眼，可風沙又忽在一瞬間悉數散去。

薛蘅看得清楚，自己的長劍正如閃電般刺向坐在馬上傾耳細聽的謝朗！薛蘅大駭，硬生生收回長劍，可力道轉得太過突然，劍柄撞上自己的胸口，體內真氣亂竄，她「噗」的吐出一口鮮血，跌落馬來！

正眼前一陣黑暈，耳邊忽傳來有幾分熟悉的聲音：「閉眼！」薛蘅心中一動，毫不猶豫地將眼一閉。說也奇怪，睜開眼睛時似是什麼也看不清，一閉上眼睛後，以耳代目，寧息細聽，周遭一切便聽得清楚明白、纖毫畢現。她察見謝朗站在自己身邊數步處，有三個人正慢慢向他靠近，而自己的右後方有土堆快速移動！

薛蘅清嘯一聲，騰空而起，再迅雷般落下，右手如電，殺氣震得泥土四濺。慘嚎聲響起，一個黑衣人在泥土中鮮血迸濺、四肢抽搐！

那邊謝朗同時聽到了「閉眼」的聲音，他卻是猶豫了一下才閉上雙眼，轉而便大喜，槍尖吐出蛇信，擊開兩名黑衣矮子的兵刃，直入中間那人的咽喉！

「哈亞庫你挨路！」一名黑衣人嘰哩咕嚕大叫，手一揚，白霧立時大作。謝朗退後兩步，屏住呼吸。待白霧漸漸散去，僅剩下一名黑衣人橫屍於地，還有一人在泥土中垂死掙扎。

謝朗拔身上馬，要去追趕那兩名逃逸的黑衣矮子，乍聽見薛蘅急咳數聲，回頭一看，她正身形搖晃，吐出一口鮮血。謝朗嚇得滾下馬，撲到薛蘅身邊將她扶住，急問：「蘅姐，你怎麼了？」

薛蘅眼前昏黑一片，哪還說得出話。謝朗不知她傷在何處，忙前後左右找傷口，忽聽那個熟悉的聲音道：「她是受了內傷。」

謝朗急忙抬頭，眼前如鐵塔般站著一個人，正是昨日在酒肆會過的那位虯髯大漢張若谷。他此時也已聽出，先前說出「閉眼」的聲音正是此人發出。他向虯髯大漢點頭致謝，薛蘅亦已強運起真氣，睜開了雙眼，向虯髯大漢低低道：「多謝張大俠援手之德。」

張若谷歎道：「我想著在丘陽府等你們，誰知這些王八羔子竟提前下手了！」他蹲下身，把上薛蘅右腕凝神探了片刻，「還好，沒傷到奇經八脈，但閣主怕是要休養一段時日，才能恢復之前的內力。」

謝朗長長地鬆了口氣，吊在半空的心落下來。他不知薛蘅是怎樣受了內傷，連聲問：「蘅姐，怎麼會傷了的？」

薛蘅無力地瞅他一眼，又連聲咳了起來。張若谷想了想，向謝朗道：「你將她扶到樹下去，讓她坐直，將她背上的包袱拿開。」他言語中有一股無法抗拒的威嚴，謝朗又爲薛蘅之傷慌了心神，連忙照辦。

張若谷在薛蘅背後盤膝坐下，道：「薛閣主，在下要為你運功療傷，多有得罪。」說著雙手慢慢舉起，便要按上薛蘅背心。

謝朗愣愣看著，眼見張若谷的手快要挨到薛蘅的衣服，忽然大叫一聲：「慢著！」

張若谷一口眞氣險些岔掉，他抬起頭，語帶不悅，「怎麼了？」

謝朗本能地叫出一聲「慢著」，自己都沒有想清楚是何原因。張若谷這一問，他張口結舌，無言以答。

張若谷肅容道：「謝將軍，運功療傷相當危險，稍有不愼，兩個人都會走火入魔。還請你保持安靜，在一邊幫我護法就是。」

謝朗心裡嘀咕了一句：「運功療傷罷了，有啥了不起，難道我不會麼？」可他也明白自己習的是外家功夫，內力不足，儘管萬分想替薛蘅療傷，唯怕心有餘而氣不足，只得快快地退開幾步，蹲於一旁，緊張地觀察著薛蘅慘白的臉色。

好不容易等到薛蘅臉上恢復些血色，張若谷也鬆開了雙手，謝朗一個箭步竄過去將薛蘅扶住，輕聲喚道：「蘅姐！」

薛蘅虛弱地睜開雙眼，向張若谷道：「多謝張大俠。」

張若谷爽聲笑應：「我可當不起這個『俠』字，只不過癡長幾歲，閣主還是叫我張兄好了。」

「多謝張兄，只是不知張兄為何……」

張若谷道：「我一離了那酒肆，便看見這班王八羔子，偷聽到他們說要等你們到了丘陽後再下手。我想著先一步趕到丘陽等你們，再出言示警。誰知他們竟提前下手了，累得閣主受這一劫。」

薛蘅疑道：「敢問張兄，這些人是……」

張若谷「呸」了一聲，言語頗為不屑，道：「他們都是東桑國的無恥小人！」

「竟是東桑國的人？他們使的功夫，薛蘅聞所未聞。」薛蘅暗驚。

「這些人都是東桑國的忍者。」

「忍者？」

「是，他們屬於東桑國最神祕的一個門派，使的功夫詭異而殘忍，稱爲『忍術』。這個門派的人叫做忍者，性情都極凶殘，在東桑國無人敢惹。」

謝朗罵道：「什麼忍者，我看都是些王八烏龜，只會縮在殼裡，幹偷襲人的無恥勾當！」

「謝將軍罵得痛快！」張若谷仰天大笑。

薛蘅又問：「張兄去過東桑國麼？」

「東桑國遠在海外，我是在前年去南梁國探望朋友的時候，一時興起，乘船出海，到了東桑，將他們的十二島走了一圈。也就是那次出遊，才對這忍術有了瞭解。」張若谷說得意興橫飛，「其實所謂『忍術』，不過是幻術的一種罷了。他們擅於運用周圍的環境和人心的弱點，製造幻象。閣主僅須記著，不爲眼前幻象迷惑，平心靜氣，即可破敵制勝。」

薛蘅點點頭，頗神往道：「多謝張兄指點。張兄眞是博聞廣記，我也時時想著要走遍各國、尋訪名師以增廣見聞，奈何一直不能如願。」

謝朗插嘴道：「蘅姐，你剛受傷，還是別再說話了。」

張若谷點頭道：「是，閣主，你現下不宜勞累，也不能騎馬。這樣吧，我去幫你找駕馬車來，到了丘陽府再說。」說著翻身上了駿馬。

薛蘅仰起頭，感激地望著張若谷，輕聲道：「多謝張兄。」

謝朗忽然站了起來，道：「不敢勞煩張兄，還是我去找馬車吧。」他剛踏出一步，又停住，吶吶道：「還是勞煩張兄吧。」

薛蘅不知他弄甚名堂，張若谷也摸不著頭腦，仍打馬而去。

見張若谷遠去，謝朗坐回薛蘅身邊，低聲道：「蘅姐，這人來歷不明，只怕居心叵測，咱們還是自己走吧。」薛蘅無力地瞪了他一眼，喘氣道：「人家若是心懷叵測，咱們還有命坐在這兒？你之前不是說，他怎麼看著都不像宵小之人麼？」謝朗頓時語塞。

薛蘅傷得較重，一上馬車便昏昏沉沉睡了過去。謝朗看著她蒼白的面色，心中抽搐了數下，猛然大叫：「停車！」

張若谷拉住馬韁，謝朗跳下車，奔回受襲處，衝著那個在泥土中奄奄一息的黑衣人狠狠踹了兩腳，才奔回來。張若谷看得哈哈大笑，待謝朗跳回馬車，朗笑一聲：「坐穩了！」

馬鞭抽響，馬車啓動，又快又穩地前行。

「蘅姐，你醒了？」謝朗欣喜萬分地望著緩緩睜開眼的薛蘅。

薛蘅眼睛略動了動，旋掙扎著坐起來，「張兄，還要勞煩你煎藥，實在是……」

張若谷將藥汁倒在碗裡，謝朗搶著端過，像奉著稀世珍寶似的端到薛蘅面前。薛蘅微皺了皺眉頭，他才醒覺藥太燙，只得在床邊坐下，嘴唇鼓氣，湊到藥碗前一下一下吹著。他吹得嘴痠麻起來，薛蘅不耐煩道：「行了、行了。」

謝朗笑著將藥遞給薛蘅，看著她一口喝下，心中歡喜難以名狀。

薛蘅「咦」了一聲，抬頭道：「這藥裡的人參……」

張若谷負手站在床前，眼睛裡透出笑意，「閣主果然見識廣，我這支北梁人參收了十年，沒什麼用，今日能派上用場，倒是幸事。」

「張兄厚德，薛某實在承受不起。」

張若谷仰頭大笑，他唇邊威武的鬍鬚也隨著笑聲微微顫抖。笑罷，他目光炯炯地望著薛蘅，道：「薛閣主這話可就太見外了，藥不拿來救人，豈不成了廢物？」

薛蘅把碗順手遞給謝朗，拱手道：「是，張兄說得對，是薛某矯情了。」她心裡好奇，問道：「這藥裡的北梁人參，只怕當世找不出幾支來，當年我二哥百求不得，卻不知張兄是如何得來？」

謝朗看看手中的藥碗，又看著薛蘅望向張若谷的眼神，怏怏地站起身，將碗放到藥爐邊。可等他放好碗，轉身一看，張若谷竟一屁股坐到了自己方才坐的位置，手也搭上了薛蘅的手腕。謝朗強忍著才沒有喊出聲來，薛蘅卻是一驚，瑟縮了一下，但張若谷的手指宛如鐵楔一般，她便不再動彈。

張若谷眉頭漸漸凝重，似是遇到個棘手難題。謝朗連聲問道：「怎麼樣，傷得很重麼？還是藥不起作用？」

張若谷眉頭又舒展開來，向薛蘅笑道：「閣主且放寬心，這種北梁人參我還有。閣主只要再服三天藥，半個月內不亂動眞氣，就能康復如初。」

謝朗一顆心悠悠落地，看張若谷的手仍搭在薛蘅手上，便老大的不自在。

薛蘅道：「只不知張兄如何得來這麼多北梁的珍貴人參？」

張若谷卻還不鬆開她的手腕，回道：「說來也有意思，這些北梁人參我沒有花上半分銀子。」

「哦？」薛蘅來了興趣。

張若谷侃侃而談，「十年前，我遊興大發，到了北梁國本想去會一會傅夫人。誰知傅夫人閉關了，我只得四處遊蕩，遊到了雪嶺。那時正值寒冬臘月，我在雪嶺最深處迷了路，靠著挖樹根、喝幾口烈酒撐持。熬了幾日，眼見樹根也沒得挖了，而帶著的烈酒也只剩一壺，我一氣之下，馬上將那壺酒喝了個乾乾淨淨，想著即使是死了，也要做個醉死鬼。」

「想來閻王爺不收醉死鬼，張兄又回來了。」

張若谷仰頭大笑，「閣主說得是。我正想著如何打得閻王爺送我投個好人家，卻覺地震山搖，林間傳來一陣驚天動地的虎嘯，然後就是一陣陰森的狂風。」

謝朗不由聽得入神，他雖與平王經常出圍打獵，但不管是在西山還是在皇家的圍場，都不曾正兒八經地打到過老虎。即使有一次陪景安帝狩獵時，眾人合力圍狩了一隻老虎，但那是為討好帝君的臣子早就在圍場中安排好的，老虎從御苑中運來，已事先餓了數日，瘦骨嶙峋，氣得景安帝狠狠責斥了那幫想拍馬屁的大臣一頓。此刻聽這大鬍子竟在人跡罕至的雪嶺遇見老虎，大感有趣。他慢慢在床沿上坐下，問道：「老虎出現時真的會有狂風？」

張若谷卻不看他，目光不離薛蘅面容，微笑道：「雲從龍、風從虎，這句話說得倒是半點不假。我被那狂風吹得睜不開眼，待睜開眼時，虎已到了我身前十餘步處。」

薛蘅聽得心中暗驚，和謝朗同時追問：「後來呢？」

張若谷笑道：「我當時正和閻王爺打得興起，索性借酒壯膽，三兩拳就把那老虎給打死，送給閻王爺當坐騎。閻王爺一高興，又將我放回來了。」

「張兄乃真豪傑也。」薛蘅嘴角隱現一絲笑意。

謝朗本在心中讚歎，聽到薛蘅這話，不禁嘟囔道：「我還以為張兄和燕雲大將軍一樣，一人殺二虎，原來只有一隻虎。」

「雪嶺虎的凶猛天下聞名，西山的矮腿虎能比麼？」薛蘅瞪了他一眼。

謝朗忍不住反駁，「說不定雪嶺虎也有長得矮的。」

薛蘅怒道：「有本事你也去打一頭回來。」

二人鬥嘴間，張若谷終於鬆開手指，目光再在薛蘅面容上停留一陣，笑道：「我將那老虎打死，自己也脫了力，躺在地上不能動彈，幸好有一隊採參客經過，他們一見到那隻死虎，旋就驚呼起來。等他們餵我吃過東西，我恢復了力氣，他們便告訴我，我打死的那隻老虎竟是橫行雪嶺已久的虎王。」

「虎王？」

「是，採參的人說這隻虎王當世罕見，全身是寶，定要向我買下。我也不在意，說送給他們便是，他們很是高興，說無功不受祿，就回送我十餘支人參。所以說，我這些人參，沒花上半分銀子。」張若谷呵呵笑道。

薛蘅聽得心馳神往，卻忽覺胸口一陣疼痛，不禁眉頭緊蹙，彎下腰來。

謝朗正暗下決心，往後定要去雪嶺打頭虎王，乍見薛蘅情狀，嚇得一把握上她的雙肩，急喚：「蘅姐！」

張若谷忙道：「她沒什麼大礙，這是藥在起作用，放平歇息一下就行了。」

謝朗扶著薛蘅慢慢躺下，趁機將張若谷擠開，又用袖子替薛蘅擦著額頭冷汗，輕聲道：「蘅姐，你睡吧，我在這兒守著。」

薛蘅輕「嗯」一聲，閉上了雙眼。

張若谷道：「謝將軍，你昨夜也沒闔眼，不如先歇息，我來守著閣主吧。」

謝朗輕「哼」一聲，道：「張兄打虎雖是把好手，但不睡覺的本事可能比不過我。想當年赤水原大戰時，我三天三夜沒闔過眼。」

「是、是，我倒忘了這回事。」張若谷也不惱，笑著出門而去。

薛蘅卻怎麼也無法安然入睡，不時醒來，即使睡過去了，也仍是眉頭緊蹙、低沉地喘氣。有時喘得很急，她的手會猛然向半空抓舞，然後低低驚呼一聲，額頭上迸出一層汗，才微弱地睜開雙眼。

謝朗細心辨認，聽出她仍在呼著「小妹」二字，他心中一酸，輕握住她的右手。她的手指涼得刺骨，手背皮膚下青色的血管清晰可見，謝朗想起正是這雙手照顧了自己二十多天，便再不肯放開來。

薛蘅也不再驚悸而呼，過了半夜，終於沉沉睡去。

謝朗直至天依稀亮時才闔上雙眼，夢中自己似乎到了茫茫雪嶺，正在肆虐的暴風雪中四處尋找虎王。耳邊卻模模糊糊傳來薛蘅與那大鬍子的對話：「張兄，明遠少年心性，你別和他計較……」——「豈會……謝將軍心底單純，如渾金璞玉……」——「是，他雖任性，人卻不壞，也很……」

謝朗想聽清楚他們究竟在說些什麼，猛然跳起。

薛、張二人霎時俱嚇了一跳。

謝朗雙目圓睜，看看自己的手，又看向薛蘅的手，最後盯在張若谷搭在薛蘅手腕上的三根手指上。

張若谷從容地鬆開手指，道：「閣主內力精深，恢復得很快。」

「張兄高義，薛蘅沒齒難忘。」

張若谷輕撫著微捲的鬍鬚，思忖片刻，甫道：「但閣主短時間內仍不能妄動眞氣。這裡距京城尚有十來天路程，保不定還有些什麼人打壞主意。這樣吧，我本要進京，既然順路，就和你們一起走吧。」

謝朗「啊」了一聲，正待說話，薛蘅已攔在他前面道：「張兄不喜歡矯情之人，我也就不推卻了。張兄見多識廣，我正有許多事情想向張兄請教呢。」

「蘅姐，你要不要喝水？

「蘅姐，吃點果子吧。

「蘅姐，你那天到底是怎麼傷到的？

「蘅姐，你熱不熱，熱我就開窗。

「蘅姐……」

薛蘅將書一放，抬頭道：「你若覺得無聊，就去駕車。人家張大俠已經連著爲我們駕了幾天馬車了，天天早趕路晚投宿的，還要防著東桑國的小人再來暗算，我心裡十分過意不去。你既在這車裡悶得很，不如去替他下來，讓他歇息歇息，我也好再向他請教一些事情。」

謝朗忙說：「不悶不悶，我是怕你悶著。」

「我有書看，怎麼會悶？」

謝朗瞄了瞄她手上的書，見是一本《山海經》，勸道：「蘅姐，你傷還沒有好，就別太勞思傷神了。再說這《山海經》，殷國的很多孩童都會背，你還看來做什麼？」

「孩童都會背是麼，那你背來聽聽。」

謝朗只得硬著頭皮背，可《山海經》是他八九歲時背過的，他又對這個不感興趣，如今哪還記得齊全，遂背得七零八落、東鱗西爪。薛蘅皺著眉頭聽著，起始還不停糾正他的錯處，聽他越背越亂，便不再理他，自顧自低頭看書。

天黑時未趕到集鎮，三人只得在林間歇宿。

謝朗眼疾手快，下馬車時長槍「嗖」的擲出，然後笑咪咪奔了過去，從草叢裡拎了隻野兔子回來，得意地說道：「蘅姐，今天咱們烤野兔，給你補一補。」

薛蘅只輕輕地「嗯」了一聲，不再理他，轉向張若谷請教起了江湖暗語。

張若谷道：「江湖暗語，林林總總不下二三十種，若將小門小派的也算上，只怕會更多。各種暗語用途起源不同，其規律也不同，像排教，因爲久在水上行走，多以手勢和旗語爲主；劍南南部山裡的巫教，則以歌爲暗語。據我所知，北梁的傳夫人門下，有位弟子創造了一套劍語，劍招不但能禦敵，還能表達特定的意思，呼應同門，數人合力，在北梁再無敵手。」

薛蘅問道：「這些暗語多是以手勢話語爲主，那有沒有以文字爲主的呢？」

「江湖之人粗鄙無文，用文字爲暗語的不多。自古以來，倒是軍中傳遞軍情時，用暗語寫成文字的較多，謝將軍久在軍中，應該頗爲瞭解。」

謝朗本在一旁悶著腦袋烤野兔，一聽馬上來了精神。

這幾日，薛蘅白天在車上閉目養神，謝朗小心翼翼地照顧她，但她只是間或和他說上那麼兩句。到了夜間歇宿，她卻與張若谷談得極爲投機。張若谷多年來遊歷各國，他武藝高強，性情又極豪爽不羈，所經歷的事情自是精彩紛呈，不但薛蘅聽得津津有味，就連謝朗也不時被吸引過去，雖總要插上幾句表示質疑，卻仍不自禁被張若谷的見多識廣所折服。可聽得越多，謝朗越覺得心裡不是滋味，這一刻聽到竟有機會助蘅姐瞭解軍中暗語，不由精神大振。

他往薛蘅身邊一坐，笑道：「蘅姐，說起軍中暗語……」

薛蘅卻淡淡道：「以後你再詳細說給我聽吧，我現在累了。」

張若谷笑著站起身，「閣主好好歇息，我將馬牽去吃草。」

謝朗看看張若谷的背影，又看看薛蘅，喜笑顏開。他撕了最肥的那條兔腿，笑咪咪地奉給薛蘅，「蘅姐，你先吃塊兔子肉再睡吧。兔子肉補筋益氣，我看比人參也差不了多少。」

十五　書中自有寰宇志

「薛閣主，你看！」張若谷拉住馬韁，用手束了馬鞭指向右前方。

薛蘅駐馬觀望，只見由三人行走的山峰下往右前方延伸，是一片極爲開闊的平地，平地往北，是兩座對峙的高峰。山與山之間，殘破的關牆依稀可見，而沿著連綿的山脊，是一座又一座荒蕪的烽火臺。她面露微喜，「難道這裡就是……」

「是，這處就是當年赤馬關大戰的的遺址。令派祖師爺青雲先生，正是在此處輔佐秦修以少勝多，大敗劉武成的十萬大軍，從而北上入主涑陽，創立有殷一代皇朝。」

謝朗在馬上眺望，歎道：「妙啊，難怪祖師爺選在此處堅守三月之久，再發動大反攻。此處於南面大軍來說是攻守兼備，而對於北面之軍卻是進退兩難。」

薛蘅低聲道：「自古英雄業，多少黎民淚。」

張若谷哈哈大笑，道：「敢問薛閣主，是先有英雄業，還是先有黎民淚？」

薛蘅微愣。張若谷顧盼雄飛，又道：「時勢造英雄。若逢亂世，豪傑之士應勢而起，救黎民於水火之中，造就一番豐功偉業，又豈不強過隨波逐流、醉生夢死之徒！」

薛蘅點了點頭，「張兄說得是，當年祖師爺亦是見天下百姓受苦，才決定輔助明君以求安定天下，造福蒼生。」

「秦三擔不過是運氣好，他是不是明君，還眞不好下斷論。」張若谷大笑。

謝朗聽他對太祖皇帝極爲不敬，正欲反唇相譏之時，張若谷已向薛蘅拱手道：「此番與閣主同行，受益良多。這處離京城已不遠，在下多年來漂泊江湖，犯下不少大案，不便進京，只能送閣主到這裡了。」

薛蘅這才知他並非順路，心中感動，「不知張兄要去往何處？」

張若谷歎息道：「不瞞閣主，我張若谷自幼便有一番雄心壯志，奈何奔波多年卻一事無成。眼見天下英雄輩出，關外丹王正當盛年，北梁傅夫人驚才絕豔，殷國又有薛閣主和謝將軍這樣的英才，南面更出了穆燕山、柴靖那等傑出人物，我實是……」

「張兄過謙了……」薛蘅勸道。

張若谷輕舉右手，止住她的話語。他望向赤馬關，雙眸如炬，先前感慨時的悵然已全然不見，恢復了莞爾笑生死的豪情，「不管怎樣，我得先去見見那個穆燕山。我要親眼看一看，他到底有何出眾之處，能將柴靖那等人物都收入麾下！」

他再向薛蘅拱手，「閣主，張某有一言，還請閣主謹記。」

「張兄請說。」

「閣主，你此次受傷，因傷在胸口而以心脈損傷最巨，現雖痊癒，但只怕會落下病根。還請閣主謹記：以後切勿因小事鬱結於懷，放開胸懷，多笑少憂，以免心疾漸重。」

薛蘅點頭回應：「薛蘅記下了。」她望著張若谷，語氣誠摯，「張兄，大恩不言謝，日後張兄若是足跡踏到了西北，還請上孤山，也好讓我一盡地主之誼。」

張若谷仰頭大笑，「好、好、好！」又笑道：「去也，去也！」他向謝朗一拱手，撥轉馬頭，不過眨眼工夫，高大的身形便消失在山路盡頭。唯有他的歌聲仍依稀傳來：「踏歌萬水間，仗劍三千里。輾轉風雲路，寒光照鐵衣……」

薛蘅凝望山路盡頭，良久方輕輕歎道：「真豪傑也！」她轉過頭，卻見謝朗笑得一臉陽光燦爛，不由訝道：「你笑怎的？」

謝朗忙收斂笑容，搖頭道：「沒什麼，只是見張兄就這麼告辭而去，想到天長水遠、再見無期，頗爲不捨。」說完重重地歎了口氣。

「是啊，這樣見多識廣的人可不容易見著，我還有好多問題想向他請教呢。」

謝朗恨不得迎風歌唱，忽地豪興大發，指向赤馬關，「蘅姐，不如我們去那裡策馬一番，領略一下祖師爺和太祖皇帝當年的風采，如何？」

薛蘅略略沉吟，竟點了頭，「好。」

謝朗大笑，滿腔喜悅之情難以言表，他勁喝一聲，催動身下棗紅馬馳向赤馬關前的莽莽平原。薛蘅望著他的背影，微微一笑，也縱騎追了上去。

春末夏初，平原上野草鬱鬱青青，暖融融的風拂過原野，草波起伏，宛如綠色海洋。

草海上，漸漸有霧氣蒸騰，迷濛的青色和天空柔和的蔚藍色相映成一幅清麗的圖畫。雲雀飛上天空又俯衝下來，待被馬蹄聲驚動，再度沖天，響起一片嘰喳叫聲。

暖風拂面，謝朗縱馬疾馳，側頭間見薛蘅追了上來，滿懷舒暢，笑道：「蘅姐，咱們比試比試，看誰先到關下。」

「好！」薛蘅來了興致，足跟運力在馬臀處踢下。

眼見她超過自己半個馬身，謝朗一笑，策動駿馬又趕超過去。薛蘅毫不相讓，再度趕超，謝朗便打起全部精神，奮力狂追。暖風中，兩匹駿馬如兩道閃電劈開霧海綠波，馳向赤馬關。

快到關牆下，兩人尚是並駕齊驅，眼見難分勝負，謝朗忽聽到空中數聲鵰鳴，略鬆了鬆韁繩，薛蘅已於瞬間搶先衝到了關牆下。

謝朗抱著撲入懷中的大白笑罵道：「你個臭小子，這麼多天不見人影，一來就讓老子輸！」他在霜陽府用大白戲弄了那周算盤後，後悔之下便命大白遠遠飛開，沒有召喚不得下來。誰知後來遇東桑忍者偷襲，薛蘅受傷，二人白天一直在馬車上，這十來日竟與大白、小黑冉度失去聯繫。此刻重逢，自然又是一番親熱。

大白顯是不習慣主人過度的熱情，振著翅膀飛開。謝朗笑著抬頭，見薛蘅從小黑翅膀下取出一樣東西，掩在手心裡看過即迅速收入懷中，但她唇邊閃出一抹抑制不住的笑容。

謝朗仰望關塞兩邊綿延的烽火臺，突發奇想，「蘅姐，咱們再去登登這烽火臺，如何？」

薛蘅竟也未表示異議，聲音中反似有淡淡的欣喜，「好。」

可春末夏初的天氣，說變就變，二人還未登上烽火臺，雨點便砸落下來。等二人狂奔進烽火臺內，謝朗臉上已是灰白相間，爲易容而塗抹的麵粉、石灰等物全被雨水沖洗得慘不忍睹。

謝朗看到薛蘅面上的小麻子也搖搖欲墜，不禁哈哈大笑。他索性走到瞭望孔處接了雨水，將面容洗淨，回首道：「蘅姐，反正快到京城了，咱們不用再易容了吧。」

薛蘅正一粒粒將麻子揭下，抬頭見謝朗面上水珠燦然，笑如朗日，不禁心尖一跳。她低下頭，許久甫輕聲道：「遠弟，對不起。」

「啊？什麼對不起？」謝朗呆呆一應。

薛蘅竟似不敢看他，別著臉低聲道：「今天是四月初二，入夏節，三年前，我……」

謝朗從沒見過她這副樣子，反倒彆扭起來，忙擺手道：「別、別、別，蘅姐。當年若沒有你那句詩的激勵，我後來也不會咬著牙吃下那麼多苦，更不會有今日……」他忽然朗笑起來，「蘅姐眞是，這個時候說這些做甚，快看！」

薛蘅循著他的目光望向烽火臺外，只見雨已慢慢停歇，烏雲在空中疾速飛捲著散去，天空又現湛藍一片。

離了赤馬關，兩人不再策馬疾奔，在暖風裡慢悠悠地走著。謝朗總覺似有話想說，每次張口，又不知要說什麼。

官道蜿蜒向前，謝朗忽然想到，若是這官道一直沒有盡頭，就這麼彎彎曲曲下去倒也不錯。薛蘅也不知在想些什麼，偶爾看一眼謝朗，又馬上移開視線，看向他背後的山丘田野。

兩人正神遊天外，路邊樹叢中忽然鑽出幾個人來，擋在路中間向二人喝道：「站住！」謝朗嚇了一跳，急握馬鞍邊長槍，凝目細看。攔路者共有三人，均著顏色鮮豔、式樣奇特的寬袍大服，頭上戴著高高的帽子，帽子後面還飄著兩條長長的布帶。

謝朗覺得這些人的裝束似曾相識，想了一下，輕聲對薛蘅說：「是南梁國的人。」

中間一人身上的衣服綠得刺眼，他個子不高卻挺胸昂首，用輕蔑的眼神上下掃了謝朗一眼，拖長聲音道：「爾等二人，可是謝朗與薛蘅？」

謝朗看了看薛蘅，點頭應道：「是又怎樣，不是又怎樣？」

綠衣人再挺了挺胸，輕咳一聲，「看樣子是了。奏樂！」他左邊的紅衣人迅速從袍子下取出一面皮鼓，另一人則取出一件似笙非笙的樂器。

紅衣人敲響皮鼓，另一人則吹響那似笙非笙的樂器，「砰砰」鼓聲夾著絲樂聲，曲調說不出的怪異，再加上這三人的服飾舉止，薛、謝二人簡直看得目瞪口呆。

樂罷，綠衣人搖頭道：「真是蠻荒之人，遇我大梁聖使，還不知下跪迎安。」

謝朗疑道：「你等是……」

綠衣人從袍子下取出一卷東西，展開念了起來。

綠衣人說殷國話舌頭捲起，發音怪異，謝朗細心辨認，才聽出這人竟是南梁國皇帝欽封的使節，來殷國取回南梁國聖物云云。他雖不知這人爲何物而來，但仍恭敬下馬，接過那人手中之聖旨細看，確認無疑，行了個禮道：「原來是南梁國的使者，謝朗方才不知，多有得罪。」

他這是客套話，綠衣人卻翻了個白眼，接道：「既知多有得罪，還不速速將我國聖物歸還！」

「什麼聖物？」謝朗一愣。

綠衣人頗爲不耐煩，斥道：「你這蠻子怎地這麼不知好歹，我國聖物，自然就是那被你國私占多年的《寰宇志》！」

謝朗有點不敢相信自己的耳朵，轉頭去看薛蘅，只見她也是秀唇微張，顯是正在苦思，本門祖師爺傳下來的寶書，何時成了南梁國的聖物？

綠衣人見二人發呆，清清嗓子，端著架子道：「《寰宇志》本係我煌煌大梁之聖物，二百多年前被你國賊子盜去，從此流落殷國。我國聖武英明皇帝自得知聖物重現天日，便知是祖宗顯靈、天神庇佑，特命我等前來迎返聖物，還望爾等蠻子速速歸還！」

薛蘅凝神想了許久，仍想不起《寰宇志》中有何記載顯示是由南梁人著寫，遂即回道：「使臣大人，貴國皇帝只怕是記錯了吧，《寰宇志》是我天清閣祖師爺青雲先生發現的，著者乃我中原先賢，何時成了貴國的聖物……」

綠衣人鼻子一哼，極爲輕蔑地看了她一眼，「區區小女子，本使臣不屑與你說話！」他轉向謝朗告道：「據本朝天下大學府一等教授官多年悉心考證，《寰宇志》確係我國祖先所撰寫，爾等休得囉嗦，速速將書還來！」

謝朗和薛蘅大爲詫異，兩人一路遭遇不少搶奪者，明攻者有之，暗襲者有之，卻沒有任何一方像南梁國這樣，居然派出使臣，紅口白牙地說《寰宇志》乃其國之物，要求歸還。

謝朗細心看了這綠衣人幾眼，見其下盤虛浮不像武功高強之人，而兩名隨從也都雙目黯淡無光，顯爲酒色浸淫之徒，更加嘖嘖稱奇。他敬綠衣人是一國之使臣，還是耐心問了句：「使臣大人既說《寰宇志》乃貴國之聖物，不知有何證據？」

綠衣人不耐道：「我國一等教授官多年精心考證，那還有假？」

「可《寰宇志》之中未有任何一處提到『南梁』二字啊。」薛蘅疑道。

綠衣人頓時一窘，轉而怒道：「小女子休得多言！據我國一等教授官多年考證，青雲先生便是我南梁國人，你還不承認《寰宇志》是我國之物麼？」

薛蘅與謝朗面面相覷。

薛蘅接口道：「使臣大人，祖師爺親筆手書的族譜上寫得分明，他老人家乃陳州人氏，祖祖輩輩都生活在陳州，不知何時竟成了貴國之人？」

綠衣人語塞，半天才應道：「陳州之民，都是由我南梁遷過去的，爾等不知麼？」

謝朗哭笑不得，終於確認，南梁國皇帝和使臣皆是一群坐井觀天的蠢物，竟異想天開想用這種方法來奪《寰宇志》。薛蘅也連連搖頭，唇邊笑意不可抑制。

綠衣人聽謝朗笑聲，怒道：「你這個蠻子，笑什麼！你說《寰宇志》是你國的聖物，你舉出證據來啊。」

「《寰宇志》本來就是我國之物，憑甚要我舉出證據？」謝朗斜睨著他。

「臭小子，你舉不出證據，就得向我國賠罪！」綠衣人跳著腳，手指幾乎戳到謝朗臉上，唾沫四濺，「你舉啊，有種你就舉證啊。你舉，我賠罪；不舉，你賠罪！」

謝朗「呸」的一聲，「你讓我舉我就舉啊，憑甚我要聽你的？我得聽蘅姐的！」

薛蘅搖頭，微笑道：「遠弟，別囉嗦了，將他趕開就是。」

「好。」謝朗上前一步，衝著綠衣人一瞪眼，喝道：「快滾！本將軍懶得和你囉嗦！若再煩人，管你什麼使臣，一律拳頭伺候！」

綠衣人氣得腳直跳，吹鬍子瞪眼道：「你竟敢侮辱大聖朝的使臣，還敢打人？我倒要看你小子有沒有膽打人，你打啊，有種就打啊！」

謝朗猶豫了一下，綠衣人已將臉湊到他面前，擠著他道：「你打啊！怎麼不敢打了，本使臣現下求著你打，打啊！」謝朗聽了這話，再也忍不住，右拳運力揮出，「砰」的一聲正中綠衣人的鼻梁。

綠衣人慘叫數聲，連退十幾步，仰倒在地。隨從手忙腳亂將他扶起，他一手捂著鮮血直流的鼻子，一手指著謝朗道：「你、你、你，你眞敢打？」

謝朗輕揉著拳頭，笑道：「剛才可是你求我打的。這麼卑屈的請求，本將軍這輩子還眞是頭一次見到！」

薛蘅坐在馬上，雙肩聳動，竭力憋忍，最終忍俊不禁，縱聲大笑。在她這一生中從未有過的清脆笑聲中，謝朗追出數步，再是一陣拳打腳踢，南梁使臣嚇得屁滾尿流，抱頭鼠竄。

望著他們落荒而逃，謝朗雙手叉腰，哈哈大笑。笑罷，他回過頭來，只見豔陽下、暖風裡，薛蘅仍在馬上開懷而笑，她的雙肩隨著笑聲微微抖動，秀髮也如波浪般起伏。他凝望著她這煥發無限光彩的笑容，喃喃道：「蘅姐，他說得對，你眞的應該多笑一笑……」

「你打啊！怎麼，沒膽打了，本使臣現在求著你打，打啊！」謝朗擠眉弄眼，往薛蘅跟前湊。

薛蘅微笑著握起劍鞘，在他肩頭輕輕拍了兩下。謝朗慘叫數聲，連退十幾步，仰倒在地。他爬起來，一手捂著鼻子，一手指著薛蘅道：「你、你、你，你眞敢打？」

薛蘅板起臉道：「我打的是肩膀，你捂鼻子做什麼？」

謝朗恍然，又趕緊去捂肩膀，薛蘅忍不住又大笑起來。謝朗恨不得這笑容永遠停留在她的臉上，又學起了南梁使臣屁滾尿流的樣子。

薛蘅笑了一陣，道：「好了，別鬧了，趕緊上路吧，再趕兩天就可以到京城了。」

謝朗「啊」了一聲，茫然道：「這麼快？」

「是啊，只要兩天就可以到了。」薛蘅笑容慢慢斂去。

謝朗有氣無力地策著馬，薛蘅也任由坐騎隨著他的馬慢慢走。有時馬兒走岔了路，兩人過了很遠才醒覺，甫又慢騰騰地將馬拉回官道。

這一天因而走得極慢，黃昏時，眼見離最近的城鎮還有數十里路，謝朗心情大好，笑咪咪道：「蘅姐，反正趕不到城裡了，不如咱們今晚在這山裡歇一晚，明天再趕路吧。」

薛蘅微有遲疑，謝朗已「哎呀」一聲，翻身下馬，捧著肚子往路邊草叢跑，再回來時一副無力之狀，哼哼道：「蘅姐，五臟廟鬧事，我眞走不動了。」

「那就在這裡歇息吧。」

謝朗大喜，又裝模作樣跑了一回草叢，才奔回薛蘅身邊坐下。

用過乾糧，二人圍著火堆靜坐，柴火劈啪作響，火光將薛蘅的臉映得通紅。謝朗左看右看，都想不起以前那個古板師叔究竟長什麼模樣。薛蘅似是感覺到了他的目光，微微低下頭去。謝朗有些失望，忽道：「蘅姐，橫豎無事，咱們切磋槍法吧。」

薛蘅抬起頭回道：「我長於劍法，槍法不及娘。」

謝朗滿面笑嘻嘻，「那豈不正好？你若像師叔祖一樣強，我怎敢和你比試？」

「原來你欺軟怕硬！」薛蘅輕罵一聲。

謝朗提起長槍，耍了個花式，肅容道：「涑陽小謝，向天清閣閣主薛女俠請教！」

薛蘅微笑著搖搖頭，謝朗已猝然出槍。

薛蘅仰面而倒，謝朗槍尖倏然挑起她的長劍，他左手探出握住長劍，縱身而起，砍下一根粗樹枝。他三兩下將杈葉削乾淨，將木棍舞得虎虎生風，再擲給薛蘅，「蘅姐！」

薛蘅接過，微微一笑，卻不出槍，只將木棍拄地，靜立等待。謝朗不敢輕視，腳步凝重，緩緩逼近，薛蘅卻仍一動不動。

謝朗深吸口氣，掄起長槍，腰一挫，長槍刺向薛蘅胸前，他打定主意要讓槍尖在她胸口前兩三寸處停下，遂暗中收了三分力。誰知薛蘅還是一動不動，謝朗真氣便稍有紊亂，薛蘅覷準他槍尖微抖，手中木棍如風火輪般攪上他長槍，數十個急旋，將謝朗逼得長槍險些脫手。

謝朗卻忽靈機一動，趁著這急旋之勢鬆開手，讓長槍飛上半空。他身子一個輕巧地騰躍，躍過薛蘅頭頂，在空中接住長槍，飄然落於薛蘅背後，頭也不回，長槍從腰間疾出，使了招「回馬槍」。薛蘅於他騰空時也防了這招，身形後仰，木棍架在胸前，正架住他這記「回馬槍」。

謝朗長槍壓住她的木棍，笑著轉過身來，慢慢用力將她往下壓。薛蘅此時身形後仰，使不出十分的力氣，稍稍吃虧。眼見謝朗的笑容越來越近，他灼熱的眼神也越來越清楚，她心中竟有微微的慌亂和恐懼，腰一軟，仰倒在地。

謝朗嚇得急忙收槍，撲過來將她扶起，「蘅姐！」

「看來我內傷還沒完全好。」薛蘅急忙掩飾。

謝朗後悔不已，扶著她在火堆邊坐下，道：「蘅姐，你好好歇息，等傷完全好了，咱們再上路。」

薛蘅輕輕地「嗯」了一聲。

可「傷」總有好的一天，這世上，也沒有走不完的路。

五天後，謝朗坐在馬上，遙望前方距京城西門僅十餘里的離亭，聲音飽含惆悵，「咱們走得眞快！」

「是啊，走得眞快。」薛蘅垂目，不知在沉思什麼，恍恍惚惚接口。

謝朗宛如做了一場極美之夢，耳中聽到窗外雄雞啼鳴，卻還依戀在夢中不願醒來。忽聽薛蘅低聲問了句：「遠弟，你是什麼時候開始猜到的？」

他慢慢轉頭，望著她漆黑深邃的眼神，輕聲道：「在霜陽府，我一時激憤，用大白戲弄那周算盤，你卻沒有罵我，還安慰我說沒事。」

「說不定我眞的只是安慰你呢？」薛蘅目光柔和地看著他。

「後來，我又將你一路上的舉動細細揣摩了一遍，越想越覺得自己的猜測沒錯。屢次打鬥，你的招數，都不太顧及背後的鐵盒，如果鐵盒裡眞有《寰宇志》，你本能下應當以鐵盒爲重才是。還有，蘅姐，你記得麼？後來那大鬍子給你運功療傷時，我還將包袱解下來了，你當時並未昏過去，卻無半點掛慮。」

薛蘅靜然看著他，在心頭盤桓多時的話就要衝口而出，突聞馬蹄急響，十餘騎從離亭方向疾奔而來。

「小謝！」

「少爺！」

謝朗嘟囔了一句：「少爺我又沒死，這麼激動做甚的。」他縱身下馬，大笑著奔向陸元貞和小柱子等人。

陸元貞跳下馬衝到謝朗面前，握住他雙肩上下打量一眼，用力捶上他胸前，笑罵道：「你個臭小子，怎地走得這麼慢，害我們等了好幾天啊。」

小柱子興奮得直跳，又回頭向小武子道：「快、快、快！快回去告訴老祖宗和各位夫人，少爺無恙，趕緊準備香湯、艾葉！」

謝朗瞟了瞟遠處靜靜策馬而立的薛蘅，喝道：「回來！」

小武子回轉，道：「少爺，還有啥要準備的？」

謝朗敲了小武子一記，怒道：「備你個頭！」又輕咳一聲，沉聲道：「你回去給各位長輩報個平安就是，不消大驚小怪的，更不用大張旗鼓。」

小武子摸不著頭腦，仍舊應了而去。

陸元貞和謝朗再笑鬧幾句，看見一邊的薛蘅，忙肅容整衣，帶著平王府的人過來行禮，恭聲道：「陸元貞拜見閣主！」

薛蘅微微頷首，「我二哥呢？」

「閣主放心，薛二叔很好。他是三月初十進的京，除了遇到個別毛賊攔路打劫，一路走得極順利。王爺當天就引薛二叔進宮，將《寰宇志》呈獻給聖上。聖上龍顏大悅，讓薛二叔在宮中居住。可薛二叔住不慣宮裡，百般請辭，現下住到六福客棧去了。」

「二師叔腿腳不便，怎麼能住客棧？」謝朗馬上接口。

陸元貞又向薛蘅道：「聖上有旨意，閣主一進京，請即入宮面聖。」

薛蘅躬身道：「薛蘅遵旨。」

她策馬向前，謝朗卻大呼著追了上來，「蘅姐！蘅姐！」

「怎麼了？」薛蘅勒馬回頭。

謝朗笑道：「蘅姐，面聖之後，你是不是要去六福客棧看二師叔？」

「當然。」

謝朗一笑，「蘅姐，到時我來找你。」

薛蘅看了他兩眼，打馬而去。

陸元貞追上來，看了看謝朗，又看了看薛蘅的背影，問道：「小謝，我耳朵沒毛病吧。」

「我怎麼知道你耳朵有沒有毛病。」謝朗瞪眼道，猛地探頭在陸元貞耳邊大喊一聲：「小六子！」

陸元貞震得頭昏腦脹，謝朗已哈哈大笑，策馬馳向京城。

景安帝自故皇后去世後，即信奉黃老之說，並在宮外的西北面闢了塊地修建太清宮，做爲他靜修、聽道及煉丹之處。薛蘅被引至太清宮時已近黃昏，太清宮宮牆高巍，夕陽竟透不進來，牆根處的松柏便越發顯得森然冷穆。

太清宮內瀰漫著一股淡淡煙霧，薛蘅細心聞了聞，心中微歎：「景安帝對煉丹越發癡迷了。」

她在殿腳處等了一陣，一名似是老得直不起腰、頭髮全白的老太監出來，躬身道：「閣主，聖上請您進去。」

薛蘅剛踏出兩步，心中一凜，回頭躬身拜下，「晚學後輩薛蘅，拜見左總管。」

老太監無聲地笑了笑，又如鬼魅般隱去。待他不見，太清宮內所有的太監、宮女也都悄然退出，宮內頓時沉寂靜穆。

薛蘅今日得見宮中三大侍衛總管中最神祕的左寒山，實是意外，她將他離去時的身法回想了一遍，竟不寒而慄，怔了好一會才踏入殿內。

景安帝看著她在身前拜下，呵呵笑道：「小薛先生快快請起。」

薛蘅被他這聲「小薛先生」觸動，想起薛季蘭，再看著放於景安帝身旁那一大堆書冊，心中一酸，低聲道：「陛下風采如昔，微臣欣喜萬分。」

景安帝竟親自斟了茶，「而今朕得叫你薛先生了。薛先生請坐。」

薛蘅告罪坐下，景安帝道：「當年故薛先生推薦薛先生接替閣主一職，朕還頗有微詞，怕薛先生終究年輕，難當重任，現下看來，倒是朕錯了。」

薛蘅忙離座，景安帝又道：「這次薛先生定下明修棧道、暗渡陳倉的妙計，又不畏生死，以身為餌引開奪書之人，掩護薛忱將《寰宇志》安全送抵京城，眞乃大智大勇也。」

「陛下謬讚，臣愧不敢當。此次護書進京，臣之二哥薛忱責任最重。還有謝將軍等人，更是屢遭危難，他們才是眞正有功之人。」

「都好，都好！」景安帝高興地大笑。他喝了口茶，眼神微閃，盯著薛蘅看了許久，微笑道：「朕很好奇，不知薛先生是如何參破天機，尋獲《寰宇志》的？」

「回陛下，臣是在孤山後山，某處歷代閣主面壁靜修的石洞內找到的。臣經常思念亡母，故常去那石洞內悼念，見亡母在石洞上寫下的字，便去撫摸，無意中觸動機關，這才發現洞內有洞，找到了這些書。」

「這既是兩代薛先生不懈的努力，也是天佑我大殷。」景安帝微微點頭，輕輕撫摸著身側的書籍，歎道：「可歎各方高手拚死爭奪，大家都以為是一本天書，卻不知，《寰宇志》是多達上百冊珍籍的統稱！」

「正是，陛下，這些書涵蓋天文、地理、數理、兵法、醫學、星相、方術、音樂、水利、工器各方面，祖師爺在其中一冊上批註云：『若能究其眞相，則寰宇皆明也。』所以他老人家當年才給這些書取名為《寰宇志》。」

景安帝目光中充滿讚許，和聲道：「這麼多書，要明著運進京，還眞是樁難事。多虧薛先生想出奇招，自己揹個空鐵盒上路引開各方高手，卻將這些書藏在薛忱的輪椅和藥箱中，平安送進京。」

「全賴陛下聖德，蒼天保佑，這些書才得以重見天日，並為萬民所用。」薛蘅躬身道：「陛下，臣有一言。」

「薛先生請說。」

「這些書，絕大部分有利於民生國策，但也有一些奇技淫巧、荒誕不經之說，臣敦請陛下去蕪存菁，善加利用。再者，這其中許多書博奧精深，甚至還有上古的文字，以祖師爺之智慧亦只能學會其中三成，陛下或需要組織全國智士們共同參詳，方能將其中奧妙一一破解。」

景安帝連連點頭，「薛先生此言，甚合朕意。朕正有意組織一間寰宇院，專門研究這些書籍。薛先生悲天憫人，不以一閣一己為念，不但將《寰宇志》當年丟失的那部分書籍找到，還將另外那幾本閣內相傳的祕本也貢獻出來，朕心感動，欣慰啊！」

薛蘅一愣，所幸她此時躬著腰，景安帝未注意到她的神色。

景安帝翻著身側的書籍，拿起其中一本，躊躇了一下，終問道：「薛先生，這些書你找到後，不知參透了多少？」

「回陛下，時日有限，臣只稍稍研究並參透了其中的幾本書，實是慚愧。」

景安帝沉默少頃，遞出手中那本書，緩緩道：「那這本書，不知薛先生參透了多少？」

（待續，請繼續閱讀《月滿霜河（中冊）朗日拂情》）

國家圖書館出版品預行編目資料

月滿霜河（上）春風解凍／簫樓著；── 初版．──
臺中市：好讀，2014.1

面：　公分，──（眞小說；39）（簫樓作品集；5）

ISBN 978-986-178-305-5（上冊：平裝）

857.7　　102022144

好讀出版

真小說 39

月滿霜河（上）春風解凍

作　　者／簫　樓
總 編 輯／鄧茵茵
文字編輯／林碧瑩
美術編輯／鄭年亨
行銷企畫／陳昶文

發 行 所／好讀出版有限公司
台中市 407 西屯區何厝里 19 鄰大有街 13 號
TEL:04-23157795　FAX:04-23144188
http://howdo.morningstar.com.tw
（如對本書編輯或內容有意見，請來電或上網告訴我們）
法律顧問／甘龍強律師

戶名：知己圖書股份有限公司
劃撥專線：15062393
服務專線：04-23595819 轉 230
傳眞專線：04-23597123
E-mail：service@morningstar.com.tw
如需詳細出版書目、訂書，歡迎洽詢
晨星網路書店 http://www.morningstar.com.tw

印刷／上好印刷股份有限公司 TEL:04-23150280
初版／西元 2014 年 1 月 15 日
定價：250 元
如有破損或裝訂錯誤，請寄回台中市 407 工業區 30 路 1 號更換（好讀倉儲部收）

Published by How-Do Publishing Co., Ltd.
2014 Printed in Taiwan

ISBN 978-986-178-305-5

情感小說 · 專屬讀者回函

書名：月滿霜河（上）春風解凍

姓名：＿＿＿＿＿＿＿＿ 性別：□男 □女 生日：＿＿＿年＿＿＿月＿＿＿日

教育程度：＿＿＿＿＿＿＿＿＿＿＿＿

職業：□學生 □教師 □一般職員 □企業主管

□家庭主婦 □自由業 □醫護 □軍警 □其他＿＿＿＿＿＿＿＿＿＿＿

電子郵件信箱（e-mail）：＿＿＿＿＿＿＿＿＿＿＿ 電話：＿＿＿＿＿＿＿＿＿

聯絡地址：□□□＿＿＿＿＿＿＿＿＿＿＿＿＿＿＿＿＿＿＿＿＿＿＿＿＿

您怎麼發現這本書的？

□書店 □＿＿＿＿＿網路書店 □朋友推薦 □＿＿＿＿＿網站／網友推薦

□其他＿＿＿＿＿＿＿＿＿＿＿＿＿＿＿＿＿＿＿＿＿＿＿＿＿＿＿＿＿＿

買這本書的原因是

□內容題材深得我心 □價格便宜 □封面與內頁設計很優 □其他＿＿＿＿＿

您閱讀此本小說的原因：□喜愛作者 □喜歡情感小說 □值得收藏 □想收繁體版

□其他＿＿＿＿＿＿＿＿＿＿＿＿＿＿＿＿＿＿＿＿＿＿＿＿＿＿＿＿＿＿

您喜歡閱讀情感小說的原因

□打發時間 □滿足想像 □欣賞作者文采 □抒解心情 □其他＿＿＿＿＿＿＿

您不喜歡哪類情感小說的情節設定

□人人都愛女主角 □女主角萬能 □劇情太俗套 □太狗血 □虐戀 □黑幫

□其他＿＿＿＿＿＿＿＿＿＿＿＿＿＿＿＿＿＿＿＿＿＿＿＿＿＿＿＿＿＿

最無法忍受的主角人物關係

□父女 □師生 □兄妹 □姊弟戀 □人獸 □ BL □其他＿＿＿＿＿＿＿＿＿

您最常接觸情感小說的方式

□購買實體書 □租書店 □在實體書店閱讀 □圖書館借閱 □在＿＿＿＿＿＿

網站瀏覽 □其他＿＿＿＿＿＿＿＿＿＿＿＿＿＿＿＿＿＿＿＿＿＿＿＿＿＿

您喜歡的情感小說種類（可複選）

□宮廷 □武俠 □架空 □歷史 □奇幻 □種田 □校園 □都會 □穿越 □修仙

□台灣言情 □其他＿＿＿＿＿＿＿＿＿＿＿＿＿＿＿＿＿＿＿＿＿＿＿＿＿

推薦你喜歡的情感小說作者或作品（多多益善喔）

＿＿＿＿＿＿＿＿＿＿＿＿＿＿＿＿＿＿＿＿＿＿＿＿＿＿＿＿＿＿＿＿＿＿

您對這本書還有其他想法嗎？請通通告訴我們：

＿＿＿＿＿＿＿＿＿＿＿＿＿＿＿＿＿＿＿＿＿＿＿＿＿＿＿＿＿＿＿＿＿＿

＿＿＿＿＿＿＿＿＿＿＿＿＿＿＿＿＿＿＿＿＿＿＿＿＿＿＿＿＿＿＿＿＿＿

部落格 howdo.pixnet.net/blog 粉絲團 www.facebook.com/howdobooks

請填妥後對折黏貼，直接投郵即可，無須貼郵票。

廣告回函
台灣中區郵政管理局
登記證第 3877 號
免貼郵票

好讀出版有限公司　編輯部收

407 台中市西屯區何厝里大有街 13 號

電話：04-23157795-6　傳真：04-23144188

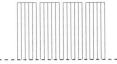

沿虛線對折

填 問 卷， 送 好 書

詳填此張讀者回函，並附上 40 元郵票（寄書郵資），即送您好書

中視八點檔大戲｜傾世皇妃原著小說｜林心如主演

《傾世皇妃（上）一寸情思千萬縷》

定價：250 元

數量有限，送完為止